最強魔法師の
The Greatest Magicmaster's Retirement Plan
隠遁計画
11
イズシロ
illust ミユキルリア

ニケ
実験で生み出された魔物探知犬。
かつてのアルスと絆を結ぶが……？
アルス（【特隊】所属時）
かつてのアルス。十一歳ながらもすでに天才的な魔法師で、生真面目な性格。
エリーナ・オフリール
【特隊】メンバーの女性魔法師で、
アルスのことがお気に入り。

リリシャ
学院にやってきた謎めいた編入生。本名はリリシャ・ロンド・リムフジェ・フリュスエヴァンで、いわくつきの貴族の家柄。
アルス・レーギン
現役1位の軍人にして最強の魔法師。訳あって一学生として魔法学院に通う。
テスフィア・フェーヴェル
アルスが指導する美少女魔法師で、氷系統の使い手。名家の出身だが、あまり貴族らしくない一面も。

「まだまだ子供ですね、アルス君は」
エリーナは不意に、アルスの頭を両腕で抱え込んだ。
ぎゅっと強く、さらに力を加えると同時、
「大丈夫ですから」とその唇が小声で
言葉を紡いだ気がしたが……
アルスの心に、その意味が深く届くことはなかった。

最強魔法師の隠遁計画 11

イズシロ

HJ文庫
893

最強魔法師の
隠遁計画

The Greatest Magicmaster's Retirement Plan

CONTENTS

11

Presented by IZUSHIRO Illustrator MIYUKIRURIA

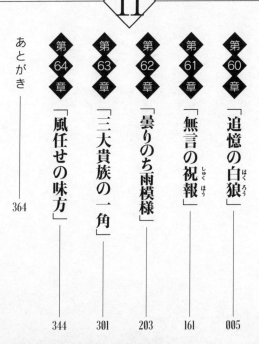

第60章「追憶の白狼《はくろう》」

　バナリス奪還《だっかん》を果たしたその後。

　ロキを背負いながら、アルスはようやく帰路に就いていた。

　以前の雪景色は嘘《うそ》のように消え去り、巨木《きょぼく》の間を行く間にふと見上げると、晴れやかな日差しが、巨木の樹冠《じゅかん》の隙間《すきま》を縫《ぬ》って地上へ降り注ぎ、幻想的《げんそうてき》な陽柱《ひばしら》を幾本《いくほん》も立ち上げていた。

　こんな天気は自然と、帰路を急ぐ足取りを、幾分《いくぶん》か軽いものに変えてくれる。

　そんな道中、アルスの背中から、ロキがふと疑問を発してきた。

　まるで耳元に囁《ささや》くようにして、彼女《かのじょ》はその疑問――レティの誘《さそ》いをアルスが断った理由を、そっと問うてきたのだ。

　それはバナリス奪還の直後……いや、今からしても、ほんの数時間前の話だ。

　レティはアルスに手を差《さ》し伸《の》べて、自分とともに歩んで欲《ほ》しい、と言った。

　これまで胸の内に溜《た》めてきたのであろう想《おも》いのたけを全て乗せて……そう、誘ってくれたのだ。

一人ではなく、真に信頼《しんらい》できる仲間と、もう一度外界を駆《か》けよう、と。

彼女はアルスにいわば、救いの手を差し伸べた。

アルスとしても、どこか胸のつかえが取れたような気がしたのは事実。

ロキたちとは別の意味で、ようやく己《おのれ》を肯定《こうてい》してくれる存在に巡《めぐ》り合《あ》えた、そんな気がした。

だからこそ、彼女の手を取る選択《せんたく》も、十分に考えた。

が、結局アルスはそうしなかった。

その理由について、ロキはアルスの過去と関係があるのかと、暗に問うた。

そして、アルスは苦々しくも記憶《きおく》の扉《とびら》に手を掛《か》けた。

昔、ずっと昔の、まだ記憶も曖昧《あいまい》な年頃《としごろ》のことを……。


学院生活の合間、こうして任務に駆り出《だ》される日々の中、アルスの当時の記憶はずいぶんとすり減り、不確かになっている。しかし、それでもいくつか忘れられない記憶はある。

そんな記憶に触《ふ》れることは、往々にして苦みを伴《ともな》う。痛みを伴う。

つまりは、それらは思い出というより〝傷〟なのだ。

だから自然と、それを語ろうとする唇《くちびる》は、まるで鉄の南京錠《なんきんじょう》で固く閉ざされたように、重くならざるを得ない。普通《ふつう》ならば、そんな過去の傷口など、誰《だれ》も再び開きたいとは思わないだろう。

ただ、今ならば、とアルスは思う。

外界とはいえこんな陽気で、澄《す》んだ空気と晴れ上がった空の下でなら、つまらない話の一つくらいは、許されるのかもしれない。

本当に下らない話だが……それは別に、ロキに聞かせるためではなくて。

そう、改めて己を戒《いまし》め、心を再び縛《しば》る鎖《くさり》とするためならば、傷口をあえて開いても良いのかもしれなかった。

ただ、そうだとしても、やはりこの一度きりにしておくべきだろう。

それは本来、治してはいけない傷であり、決して忘れてはいけない傷なのだから。

そんなアルスの逡巡《しゅんじゅん》を感じ取っているのか、彼《かれ》の記憶を掘《ほ》り起《お》こすきっかけを作ったロキは、ひたすら無言で、彼の心の準備が整うのを、じっと待っている様子だ。

いっそ、ロキが背中で眠《ねむ》ってくれていたならば、きっとこの口も、もう少し軽くなるのだろうか。

いや、そんな考えすら、今はただの逃避《とうひ》めいた感傷に過ぎないのだろう。

アルスは一度だけ目を細める——まるで外界の景色の明るさに、目が眩《くら》んだかのように。

そう、自分では気付けなかった何かを、誰かに話すことで、見出《みいだ》せることがあるかもしれない。薄《うす》い可能性だが……それでも今は、学院に通い、パートナーもいる。何もかもがあの頃《ころ》とは違《ちが》うのだ。

昔を思い出しながら、今も鮮明《せんめい》に残る傷口を広げ、アルスはそっとその中に触れていく。

しかし、それでも未《いま》だ、かすかな逡巡と戸惑《とまど》いがあったのも事実。

だから、アルスが覚悟《かくご》し決断するためには、まだ、ほんの少しばかり時間が必要であった。

◇◇◇

長々と語られるには短く、広く語《かた》り継《つ》がれるには、あまりに知る者が限られる。これは、そういう種類の物語で過去の話——かつて、アルファ軍部で異彩《いさい》を放った部隊があった。

特殊魔攻部隊、通称《つうしょう》【特隊】。

それは先ごろ、新設されたばかりの部隊であった。もっとも似たような組織はいくつかあり、特別部隊という名を持つものも他に存在したが、軍の誰もに通じる名称《めいしょう》、いわば「正式な部隊名」とも言えるほどの呼称《こしょう》として、浸透《しんとう》していたのはその一つしかなかった。

部隊を新設する場合、個人で可能なのは、一隊を率いるに足ると認められた魔法師《まほうし》、または高官に限られる。その基準は、単純な順位だけではなく、国内での功績や軍役《ぐんえき》年数などといった部分も考慮《こうりょ》されることになる。

個人で部隊を率いることは、例外中の例外であり、新設部隊は大抵《たいてい》、軍の上層部の決定により生まれるのが普通である。

そして大概《たいがい》は、軍上層部から部隊新設の通達が下り、隊長と隊員名が指令書に明記されるような形になる。もちろん任意参加などではなく、強制力を持つ指名なのだ。

こういったケースで組まれる部隊には、外界での戦線防衛隊や支援隊《しえんたい》、調査隊等々が該当《がいとう》する。

また、部隊の新設には、例外なく将官クラスの承認《しょうにん》が必要である。そのため、防衛目的ではない、いわば積極的な攻勢《こうせい》に出る目的で部隊が新設される事例は、さほど多くはなかった。

その理由としては、積極的に外界に打って出て、人類の脅威《きょうい》――魔物《まもの》を狩《か》り出そうとする風潮が、当時はまだ弱かったこともある。軍部の傾向《けいこう》として、作戦方針はまず何よりも防衛に徹《てっ》することが選択されがちであり、人々の安全を第一義として、とにかく内地の守りを最優先するという考えを持つ者が、上層部の中でも大多数を占《し》めていたのだ。

ただ、この特殊魔攻部隊、【特隊】に限って言えば少々事情は変わってくる。この部隊は当時としても珍《めずら》しい「対魔物殲滅部隊《まものせんめつぶたい》」として、個人の申請《しんせい》により設立されたものだったからだ。

申請者《しんせいしゃ》はヴィザイスト・ソカレントであり、その裏には、他《ほか》ならぬベリックの意向があった。ベリックと旧知の仲であるヴィザイストが隊長に据《す》えられていることでも分かるが、実は、何よりもアルスという少年の存在が大きかった。

なにしろ彼は、普通なら数年はゆうにかかるだろう特殊《とくしゅ》な訓練プログラムを、たったの半年で終えてしまっていたのだから。

ベリックとしては、アルスの魔法師としての実力と将来性を、アルファ上層部――周囲の高官たち――に認めさせるべく、とにかく実績を積み上げさせる必要があった。それには急を要したのである。

肝心《かんじん》の特殊訓練プログラムは、孤児《こじ》となった子供を対象にしており批判の声が多かったからだ。

さらにアルスが、出自が不確かな兵士であり、まだ若年《じゃくねん》に過ぎることもあった。そんな彼を実戦に投入するとなれば、軍規違反《いはん》だけでなく国際社会からも批判の的になる。軍部からも更《さら》なる反感が予測されるのは当然のことだ。

少々強引《ごういん》な手段ではあったが、アルスにはそこまでする価値がある、と、当時すでにベリックは判断していた。無論、ベリック自身、前総督《そうとく》の命で始まった魔法師育成プログラムには懐疑的《かいぎてき》だった。だが、それでも渦巻《うずま》く批判の声を押《お》し退《の》け、倫理的禁忌《りんりてききんき》に目を瞑《つぶ》らせるだけの可能性がそこにはあった。そう、何事も、ときにはリスクを冒《おか》さなければならないことがある。魔物との戦いは、現在でこそ均衡《きんこう》を保っているが、敵は存在自体が脅威であり、予想外の進化の可能性すら秘《ひ》めている。このまま守勢に徹していれば、いずれ未来は閉ざされ、人間は種の存続すらも危《あや》うくなる日がやってくるだろう。

ならば、保護の名目でアルファ始まって以来の才能を潰《つぶ》させるわけにはいかない、彼の力は常識の遥《はる》か先を行っていたのだから。

だからこそベリックは、臨時的な処置として、特隊を新設した。なお、当時ベリックはまだ総督になったばかりであり、政敵も多く、軍のトップとはいえ、その地位ははなはだ安定しないものであった。だからこそ万が一のリスクを考え、書類上は、発案・申請者をヴィザイストとして処理したのだ。

さらにヴィザイストを隊長としたことには、有能な彼ならばアルスの手綱《たづな》を巧《うま》く握《にぎ》れるだろうという期待だけでなく、いずれは彼を、軍の上層部に食い込ませたいという狙《ねら》いもあった。ベリックにはまだ信頼の置ける仲間が少なく、総督の地位の地盤《じばん》がゆるかったためだ。

そういった目的もあり、特隊の隊員には、どちらかといえばベリック側の人間が多く集められていた。さらに、露骨《ろこつ》に人材を粒《つぶ》ぞろいにすることで目を付けられないよう、あえて変わり種を揃《そろ》えるという念の入れようだったのだ。

だが、実際の結果は、どちらかというと逆効果であったようだった。ことさらに奇《き》を衒《てら》ったようなその部隊編成は、一躍《いちやく》、軍部で注目の的となってしまったのだから。

新設されたばかりの部隊は、実績を積むため、多少の無理を重ねようとも、とにかく任務をこなしていった。個人の申請の結果生まれた部隊だけに、実績がなければ解体の憂《う》き目《め》にあわないとも限らなかった。

そんな経緯《けいい》ではあったが、ひとまずアルスを組み込んだ新部隊の出だしは上々といえた。いや、いっそ華々《はなばな》しいとさえいえたかもしれない。新設部隊としては異例の任務達成率を誇《ほこ》り、目覚ましい活躍《かつやく》ぶりが、軍内部で噂《うわさ》の種になるほどだった。

そんな風に、外界での実績を積み重ねること数ヶ月。部隊の日常を、ひたすら任務に忙《ぼう》殺《さつ》される慌《あわ》ただしいものへと変えてしまってから、しばらくしたある日。

「は〜もうダメだ……腰《こし》が痛すぎる」

部隊の待機室によろよろと入ってきた男は、そのまま倒《たお》れ込むように、四つほど並んだ椅《い》子《す》の上に寝《ね》転《ころ》がった。まだ二十代だというのに、相当参っているらしい。

とはいえ、文字通り豪《ごう》快《かい》に倒れるのではなく、身《から》体《だ》を痛めないようちゃんと一度膝《ひざ》を突《つ》いてから横たわるあたり、彼の小心さが窺《うかが》える。かつ、口でいうほどには、精も根も尽《つ》き果《は》ててはいないことが見て取れた。

突っ伏《ぷ》した男、リンデルフ・メーガーは、そのまま顔を横に向け——ちょうどテーブルの下を覗く形になった。

途《と》端《たん》、疲《ひ》労《ろう》困《こん》憊《ぱい》して今にも眠ってしまいそうだった目が、クワッと見開かれた。

「残念なことに俺《おれ》は『黒より白』派だが、労兵を元気づけるその心《こころ》遣《づか》いはあっぱれだ、エリーナ!!」

その一言で、対面に座《すわ》っていた女性隊員が、さっとテーブルの下の両《りよう》脚《あし》を閉じたかと思うと、顔を一気に紅潮させた。もちろんこの部隊にいるのはそれなりの猛《も》者《さ》ばかり、だとすれば、それは女性らしい羞恥心《しゅうちしん》からなどではなく、怒《いか》りからだろう。

咄嗟《とっさ》のその動きの反動で、後ろで結《ゆ》った彼女の褪せた金色の髪が跳《は》ね上《あ》がった。

エリーナと呼ばれた女性隊員の前髪《まえがみ》は片目を隠《かく》すほど長く、反対側の髪《かみ》は、そっと耳に掛けられている。

歳《とし》でいえば、リンデルフが二十六歳であるのに対してエリーナは二十二歳。さらに階級はリンデルフの方が上位であるため、二人は先輩後輩《せんぱいこうはい》の関係にあった。だが、魔法師としての順位では彼女のほうが遥かに上である。

エリーナはすかさず太腿《ふともも》を動かし、巧《たく》みにスカートの隙間を押さえつつ。

「リンデルフさん、これで今週に入ってから五回目ですよ。そろそろ死にましょうか」

言い終わるが早いか、エリーナは冷たい笑《え》みとともに、さっきまでテーブル上で目を通していた資料を、隣《となり》の椅子の上にバサッと投げた——。

次の瞬間《しゅんかん》、テーブルがぐい、と浮《う》き上がったかと思うと、驚《おどろ》いたことに中程《なかほど》から真っ二つに折れてしまった。エリーナが、片足を高々と振《ふ》り上げるついでに、下から天板を蹴《け》り割ったのだ。

「——!! ちょっ、待て、俺はか弱いんだぞ……おっ！」

斧《おの》のように振り上げられた、すらりとした足の付け根……まるで吸い寄せられたかのよ

うに、リンデルフは、そこに目を奪《うば》われる。禁断の花園を覆《おお》うしなやかな黒い布片が、太腿に擦《す》れて引《ひ》き絞《しぼ》られる光景に……この男はあろうことか、この状況下《じょうきょうか》で感慨《かんがい》すら覚えたようだ。

「『黒』もありか！」

「ま、また!!」

器用に姿勢を変え、その花園を隠すエリーナ。今度は確かに、羞恥心から頬《ほお》を染めている。しかし、弓の弦《げん》でも引くように振り上げられた片足には、力が込められるばかりで、一向に元の体勢に戻《もど》される気配はない。

「安心してください、脳天をカチ割ったリンデルフさんのご遺体は、名誉《めいよ》の殉職《じゅんしょく》扱《あつか》いで、丁重《ていちょう》に葬《ほうむ》らせていただきますので」

「い、いや！　ま、待ってぇ本当にッ!!」

椅子の上に縮こまるようにして、そんなエリーナを見上げる彼の顔は、恐怖《きょうふ》に慄《おのの》いていた。とはいえその様子さえ妙《みょう》に芝居《しばい》がかって見えるのは、彼の持ち前の性格によるものか。死ぬ間際《まぎわ》でさえ彼は楽観的にしか捉《とら》えられない哀《あわ》れな男なのかもしれなかった。

だがそんなことに頓着《とんちゃく》せず、邪悪《じゃあく》を両断する剣《けん》が如く振り下《お》ろされた美脚《びきゃく》は、綺麗《きれい》な半円を描《えが》いたかと思うと、凄《すさ》まじい速度で彼の鼻先を掠《かす》めた。

「──!! ごふっ!!」

およそ回避《かいひ》できるような体勢ではなかったはずだが、いかなる天運か、その一刀を間一《かんいっ》髪逃《ぱつのが》れた。リンデルフの身体は、一瞬《いっしゅん》空中に浮いたかと思うと、そのままドスンと床《ゆか》に落ち、派手に側頭部を打ち付ける。

ふん、と鼻を鳴らしたエリーナは、哀れなリンデルフを放置し、ちらりと横に視線を走らせる。

「……アルス君、こんな人、わざわざ助ける価値なんてないんですよ」

「いえ、エリーナさん、ここで人死にが出たら、いくらなんでも誤魔化《ごまか》し切れませんよ。やるならせめて、外界でやってください」

仏頂面《ぶっちょうづら》でそう答えたのは、アルスである。

彼はエリーナの踵《かかと》が振り下ろされる寸前で、リンデルフが乗っていた椅子だけを、見事に蹴《け》り飛《と》ばしたのだ。

宙に放《ほう》り出され、リンデルフの身体が一瞬沈《いっしゅんしず》み込んだ結果、顔面に直撃《ちょくげき》するはずだったその一撃《いちげき》は、何とか鼻先を掠めるだけで済んだのだ。まあ彼女のことだから、背後にアルスがいること、彼が咄嗟《とっさ》にフォローすることまで計算に入っていた可能性は高いが。

とはいえ、一歩間違《まちが》えれば大惨事《だいさんじ》になりかねないところだったが、実はこの手のやり取りは、部隊設立時から、ほぼ日常茶飯事《にちじょうさはんじ》である。いわゆる「お約束」であり、寧《むし》ろ部隊内に何もなければ非常事態だというほどのものだ。

その「ドタバタ劇」の中に、アルスが巻き込まれてしまっているのは、ただただ不幸と言う他なかった。

「リンデルフさんも、いい加減にしないと、さすがに僕《ぼく》も付き合いきれませんよ」

「そう言うな、アルス。男として生まれた以上、避《さ》けられない宿命だ。お前もあと数年もすれば分かるさ。いや、気付かざるを得ない。本能から生まれる、抑《おさ》えがたい衝動《リビドー》というものにな」

「アルス君に変なことを吹《ふ》き込まないでください！　リン……デルフ……さんっ！」

「がはっ！」

床に倒れたまま会話していたリンデルフの顔が、不意に歪《ゆが》む。

エリーナがゴミでも見るような眼《め》で見下しながら、一際《ひときわ》強く力を込めて、ぐりぐりと踏《ふ》みつけていた。

「こ、こんな光景を見せるのも、教育上……よろしくない、と思うのだけど。――ふぎゃっ!!」

「うるさいクズッ」

さらに一度、思い切り踵に体重を乗せてから、エリーナがさっと顔を上げた頃には、もう彼女の表情は一変していた。実に朗《ほが》らかな、いっそ清楚《せいそ》ささえ感じられるふわりとした笑みが、アルスに向けられる。今、その上半身だけを視界に収めれば、その足元で何が行われているかなど、誰《だれ》も見当が付かないだろう。

「アルス君、真に受けちゃダメよ。もっと立派な大人が、この隊にだって……」

そこまで言いかけて、ふと一瞬考え込むように視線を逸《そ》らすと。

「軍には、いっぱいいるのよ」と言い直してから、エリーナは改めて取《と》り繕《つくろ》うように、満面の笑みを浮かべる。

「そこには俺も入っているのか、エリーナ少尉《しょうい》？」

野太い声が、不意に室内に響《ひび》く。

「――！　ヴィザイスト隊長……まっ、まぁ～そうですね。娘《むすめ》さん自慢《じまん》の時の、あのニヤけた表情さえなければ、というところかと存じますが」

「ぐっ！　そ、それは父親として仕方のないことだ」

「ところでエリーナ、そろそろ足をどけて……隊長もああ仰《おっしゃ》っているんだ。つまり、女性にニヤけてしまうのは、男の性《さが》というものなんだよ。もっと器の大きな女になれ、エリーナ」

このリンデルフの言葉に、ヴィザイストは床に這《は》いつくばった彼を、冷たく見下ろす。

「一緒《いっしょ》にするな。お前のはただの下心だ」

「え？　た、隊長おぉぉぉ……」

「そんなことよりも、さっさと起きて部屋を片しておけ、リンデルフ」

ガクッと項垂《うなだ》れたリンデルフは「はい」と小さく了承《りょうしょう》した。

直後、待機室に隊員たちが続々と入ってくる。彼らは、今まさに任務から帰ってきたところだ。無論、そういう意味ではリンデルフとアルスも、同様ではあった。

皆《みな》、ここ数日は休む間もなく外界に出ていたため、疲労《ひろう》が相当に蓄積《ちくせき》されている。

そんな隊員たちだが、荒《あ》れた部屋の様相を見ても、「またか」程度の反応しか示さなかった。寧ろ、それこそが彼らにとって日常を感じさせる光景なのか、疲労困憊しているはずなのに、どこか呆《あき》れとともに安堵《あんど》の表情さえ浮かべているほどだ。

特隊は、隊員数十五名からなる部隊である。稀《まれ》に全員が出撃《しゅつげき》した上で隊を分けることもあるが、外界での任務の際は、通常は六～七名で行なわれていた。

隊長は前述の通りヴィザイストであり、リンデルフは次席というところ。ちなみにリンデルフは指揮官としては疑うべくもなく優秀《ゆうしゅう》なのだが、本人がこの性格なので、ここに来るまでは、何かと白い目で見られることも多かった経緯《けいい》がある。

本来なら、彼が就《つ》くべき地位は他にいくらでもあるはずなのだが……。とにかく「問題児」の再教育先として、ベリックがあえてこの隊に組み込んだということなのだろう、と他の隊員らは安易に考えていた。

アルスも当然、同じカテゴリーだ。繰《く》り返《かえ》しになるが、良くも悪くもこの隊には、個性的というか癖《くせ》の強い魔法師が多いのである。

そんな隊員たちだが、皆一様に、アルスを子供ではなく一人の魔法師として扱《あつか》っている。それは彼を、背中を預ける仲間として、きちんと認めているからだ。もちろん、アルス自身の資質によるものだが……彼はとにかく無表情で無感情、口にする言葉もごく淡泊《たんぱく》で平《へい》坦《たん》、まるで機械の音声を聞いているかのように、およそ人間味に乏《とぼ》しい。つまりは子供らしからぬ、ということでもあったのだろう。

余談だが、新設時の顔合わせの際など、はなからアルスの年齢《ねんれい》を疑ってかかる者がいたくらいだ。まるで、戦場に擦れ切った軍人がそのまま子供の皮をかぶっているような、とは、言い得て妙な表現であった。

だからこそ、隊員たちはそんなアルスに対し、遠慮《えんりょ》ない言葉をかけるのが常である。彼の方が資質・実力ともにどの隊員より勝っていようとも、よくも悪くも遠慮のないこの面《めん》子《つ》の中では、そんなことはさほど意味を持たない。

「アルス、もう少し大局を見ろ。全員の役割と行動を把握《はあく》しておかなければ、隊を組む意味がない」

一人が、まるで先程《さきほど》の任務の反省会でもしているかのように、アルスにそんな言葉をかける。

「だな、お前がレートの高い魔物を真っ先に潰《つぶ》したのは悪い選択じゃないが、状況次第《じようきようしだい》では悪手にもなる」

隅《すみ》で壁《かべ》に凭《もた》れかかっていたもう一人の男も、腕《うで》を組んだまま、そう口を開いた。

「今回はまさにそれだ。俺らがお前の行動で、不自由な動きを強制されちまった。背中を預けてくれるのは嬉《うれ》しいが、無駄《むだ》に寄りかかってくれるなよ」

「はい。以後気を付けます」

振り向《む》くでもなく、淡々《たんたん》と了承の意を伝えたアルスだったが、その声色《こわいろ》は、連携《れんけい》になどまったく興味がない、と言わんばかりだ。

だからといって、特に気を悪くする者はいない。というのも態度こそああだが、こういったやりとりの後では、アルスの動きに必ず変化が、進歩が見られるからだ。それに、大局の見方などは本来、経験から学んでいくものだ、と誰もが知っている。

ただそれを差し引いても、アルスの成長ぶりには目を瞠《みは》るものがあった。どこで学んだ、というものでもなく、いわば天稟《てんぴん》なのであろう。

だからこそ隊員たちは、彼がどんな態度を取ろうとも気にした様子もなく、あれこれ助言や厳しい言葉をかけている側面がある。

「や〜ですね〜、あの人たち僻《ひが》んでますよ。アルス君はまだ子供なんですよ」

もとい、例外がここに一人。

アルスのことを妙に依怙贔屓《えこひいき》しているエリーナが、そんな冗談《じょうだん》めかした台詞《せりふ》とともに、アルスの頭に手を置いた。撫《な》でるわけではなく、ただ、置く。

そんな一見温かい態度の陰《かげ》で、彼女がアルスの将来に大きな期待を抱《いだ》いていることを、隊員たちはとっくに理解していた。

それを察せない、気付けない、知らないのは、アルスがまだ子供だからに他ならない。

その一方で、使い物にならないほど破損した椅子と、真っ二つになったテーブルを片していたリンデルフが、ふと顔を向けて口に出す。

「だが、ここにいる誰よりも強い」

「…………」

そんなことは、すでに周知の事実というもの。あえて誰も口には出さなかっただけだ。

リンデルフ当人は、外界での連携などについて、アルスに口出ししたことがない。そこは、彼も彼なりに迷っている、という部分なのだろう。

いうなれば、アルスという「理外過ぎる個」の力を、通常の連携などといった戦法で縛るべきなのか。隊を組む以上、一般的《いっぱんてき》には何より大事な部分のはずだが、こと彼においては、寧ろ枷《かせ》になりはしないか、という懸念《けねん》。

いや、本来なら、基礎的《きそてき》な連携をはじめとするチームワークの確立は、部隊の常勝へとつながる道である。だとすれば、やはり彼が子供であることが問題なのかもしれない。

アルスが、とかく軍部で取沙汰《とりざた》されることが多い「魔法師育成プログラム」の二期生だということは、ここでは暗黙《あんもく》の了解《りょうかい》である。

それを誰も口にしないのは、一期生が早々に外界で全滅《ぜんめつ》したことも要因であった。二期生にしても、今もこうして従軍しているのは、実質的にアルスだけという有様。

そんな隊員の様子に目を向けたヴィザイストは、やれやれと溜《た》め息《いき》を漏《も》らす。

「そうだな、連携は部隊の生命線だ。あまり俺が言えた義理じゃないが、痛い目を見てからじゃ遅《おそ》いからな。とはいえ最終的にはアルス、お前が決めればいい。おそらくお前は、歴代稀《まれ》どころか、そんな次元を遥かに凌駕《りょうが》する才能を持っている。いずれ常人の枠《わく》では収まらなくなるだろう。ただ、だからこそ感覚だけではいかん。まずはセオリーを覚えることだ。頭で考えながらな」

手ごろな書類の束を丸めて、ヴィザイストはアルスの頭をポンッと叩《たた》く。

「理解しました」

相変わらず抑揚《よくよう》のない声音《こわね》に、ヴィザイストは本当に分かっているのか、と鼻で溜め息を吐《は》き出した。

「隊長もあんなこと言ってますけどね、あの人も命令違反の常習犯ですから。痛い目を見てきたくちなんですよ」

「エリーナ、お前はアルスに甘《あま》すぎやしないか」

苦言を呈《てい》するヴィザイストの声に覇気《はき》はなかった。側《はた》から見れば厄介払《やっかいばら》いにあったと見えるのは確かだ。その辺りはベリックの目論見《もくろみ》通りではある。

「それぐらいが丁度いいんですよ。厳しい顔の大人ばかりなんですから。それはそうと隊長だってアルス君のことを随分《ずいぶん》と買ってらっしゃいますね。もう、将来は一流の魔法師が確定してるみたいですよ」

含《ふく》みのある笑みで裏の事情を突っつく。誰よりもアルスを買っているのは何《なに》を隠そうエリーナ自身であった。

ヴィザイストは追及から逃《のが》れるために、先程入って来たばかりの部屋の入り口に足を向け、ふと振り返ってから隊員を見回す。

「そうそう、疲《つか》れているところ悪いが、早急《さっきゅう》に見せなきゃいけないもんがある」

強引な話題の切《き》り替《か》えではあるが、ヴィザイストの、厄介事《やっかいごと》の発生を匂《にお》わせる、いかにも渋《しぶ》い顔とともに告げられた。それだけなら、いつものことだが、「何かを見せる」というのはあまりないことだ。

この隊は現在、軍内部で良くも悪くも注目の的だ。数々の困難な任務を、次々と完遂《かんすい》。その躍進《やくしん》ぶりは躓《つまず》くことを知らず、着実に軍部で名声と実績を上げ続けている。なので当然、回ってくる指令や依頼《いらい》は後を絶たない。それらから、次に実行するものを選別するだけで一苦労なほどなのだ。ただ最近、その中にやっかみ半分、経歴にあえて汚《お》点《てん》を付けさせようとするものが紛《まぎ》れ込むようになった。

ヴィザイストと新総督であるベリックの関係は、軍では周知の事実だ。だからこそ、新体制をよく思っていなかったり、自らの思い通りに物事を運ぶのに邪魔《じゃま》だという理由から、一部の貴族軍人や高官たちが、無茶《むちゃ》な任務を押し付《つ》けてくるのだ。要は、政治的な案件ということになる。アルファ上層部と軍部が、未だ一枚岩とは言い難《がた》いこの状況は、ベリックにとっても、大きな悩《なや》みの種となっていた。

アルスら特隊メンバーはヴィザイストに導かれ、軍本部にある研究所エリアを訪《おとず》れることになった。

この一帯では新魔法の開発からＡＷＲの製造、外界で役立つ軍用携行品《けいこうひん》に加え、軍衣までもが日々研究・生産されている。

今彼らがいるのは、エリア内のとある研究所のさらに地下。物資の保管庫としても用いられている場所である。

倉庫のように並んだ小部屋の一つに到着《とうちゃく》すると、ヴィザイストは自分のライセンスを入り口のパネルに翳《かざ》した。

たちまちドアが横にスライドし、天井《てんじょう》の高い部屋にさっと明かりが点《つ》く。そこは、ほとんど空き倉庫のようにがらんとしていた——ただ一つの物を除いて。

「隊長……こりゃあ、なんですか？」

リンデルフがあんぐりと口を開けたまま問う。他の隊員も似たような顔、もしくは、妙な予感めいたものに、少し眉《まゆ》を顰《ひそ》めた不安げな表情を顔に貼《は》りつけていた。

部屋の中央に鎮座《ちんざ》するのは、巨大《きょだい》な檻《おり》であった。人間の腕ほどの太さがある鉄格子《てつごうし》は、いずれも檻のふちに頑丈《がんじょう》に溶接《ようせつ》されているだけでなく、念入りに、縦に加えて横方向にも張《は》り巡らされて、十字が並んだ形になっていた。

そして、その中にいるのは……。

「ま、魔物⁉」

と誰かが呟《つぶや》いたが、状況からして、それも仕方のないことだろう。がっちり囲われた格子《こうし》の向こうで、低く獰猛《どうもう》な唸《うな》り声《ごえ》が、部屋に不気味な反響音《はんきょうおん》を鳴《な》り響かせていたからだ。

ふと、檻の中の存在が僅《わず》かに動いた。同時に、天井から下りていた影がずれたせいで、その姿を、よりはっきりと確認《かくにん》できるようになる。

注視すれば、それは決して、魔物の類《たぐい》でないことが分かっただろう。魔物独特の歪《いびつ》な容姿や、禍々《まがまが》しい体色を持ってはいない。それどころか、雄々《おお》しいと形容できる風貌《ふうぼう》をしていた。

その姿は、現代ではとうに絶滅《ぜつめつ》したとされる「狼《おおかみ》」に似ていた。いや、狼の存在を知らない者にとっては、巨大な犬のようだとも感じられただろう。

全身を覆う白銀の体毛と、鞭《むち》のようにしなる長い尻尾《しっぽ》。獲物《えもの》を睨《にら》みつける獰猛な瞳《ひとみ》、威《い》嚇《かく》するように剥《む》き出しになった歯茎《はぐき》と、そこから生え立つ鋭利《えいり》な牙《きば》。刃《やいば》のような爪《つめ》は伸びきって半月刀のように反《そ》り返り、床を引っ掻《か》くたび、室内にカチカチという音を響かせる。

だが、容姿は狼や犬に例えられようとも、はっきりと異質なのはそのサイズ。ざっと見ただけでも、体長三メートルは超《こ》えていた。

そんな巨体《きょたい》が獰猛そのものの唸り声をあげているのだから、そこだけ取れば、確かに魔物と誤認識されてもおかしくはない。

「こいつは、試験的に生み出されたものだ。なんでも、魔物探知用の魔犬《まけん》、らしい」

「これで……犬、なんですか？」

「まぁ、そこは遺伝子をちょっといじったとかいう話だ。こいつは自身で魔力《まりょく》を生み出し、それを使って、外界で魔物を探知することが可能らしい。知っての通り、探知魔法師は希少すぎるために、特別に生み出されたんだそうだ。苦肉の策だがな」

ヴィザイストは、持っていた資料の束を捲《めく》りながら、呆気《あっけ》にとられる隊員たちに説明していく。

「こいつがもっとたくさんいれば、外界で魔物に後《おく》れを取ることが、ぐっと少なくなるわけだ。で、ようやく本題だが、お前たちには今後しばらく、こいつを連れて外界に出てもらう。そこで、試験的にデータを取るらしい」

「隊長、こ、こいつと、ですか？　めっちゃ敵意剥《む》き出しじゃないですか」

リンデルフの指摘《してき》はもっともだ。檻から響く唸り声はまったく止《や》むことなく、その奥《おく》で憎悪《ぞうお》にぎらつく瞳と剥き出しの牙を見れば、とても肩《かた》を並べてつつがなく任務をこなせそうには思えない。

「確かに、これは無理があるんじゃ……」

眉根《まゆね》を寄せたエリーナの疑問の声に、ヴィザイストも、苦笑《くしょう》半分に応じる。

「まっ、そうなるわな。魔力を生み出す臓器を持たせたり、多少強引な遺伝子組《く》み換《か》えを行なった結果、性格に難アリという状態らしい。だからこそ、まずはお前たちに、来て見てもらったわけだ。ちなみにこの試験運用の依頼自体、少々訳ありでな。簡単に断るのはちょっと難しいんだ」

「この件は、研究班マターで来た依頼ではないということですか。はぁ、そうなると、もっと上から……つまり、いつもの嫌《いや》がらせの類だと？　しかし、いくらなんでも」

ヴィザイストの補佐役《ほさやく》として、エリーナは指令書のチェックや書類作成などの事務作業をすることもあり、特隊の置かれた立場や軍の内情をよく知っている。それ故《ゆえ》に、彼女の声にうんざりした色が混ざってしまうのは、仕方のないことだろう。

「まぁ、待ってくださいよ、隊長」

そこに割り込んできたのは、スキンヘッドのいかつい男性隊員。

「案外、触《さわ》ってみれば何とかなるかもしれませんよ。所詮《しょせん》は動物、こんなところに一人で閉じ込められてたんだ、きっと怯《おび》えているだけでしょう」

そう言うと、彼は恐《おそ》れるに足らずといった具合に、意気軒昂《けんこう》に檻へと歩み寄った。

「………」

皆は一応、成り行きを見守ろうという姿勢だ。

「遺伝子操作だがなんだか知りませんがね。顎《あご》の下でも擦ってやれば、ゴロゴロ鳴き出してイチコロです……ほ～ら」

鉄格子の隙間《すきま》に向け、彼は軽く手を差し出そうとした。

次の瞬間――。

檻が揺《ゆ》れるほどの勢いで、魔犬が隊員の腕目《うでめ》掛《が》けて跳《と》びかかってくる。

「わあああぁぁぁ!!」

間一髪《かんいっぱつ》で腕を引っ込めた男の間近で、凶暴《きょうぼう》な牙が空を噛《か》み、ガチリと派手な音を立てた。

男は尻《しり》もちを付きそうになるのをすんでのところで堪《た》えると、何事もなかったかのように、くるりと振り向いた。

「ま、所詮動物ですからね、意思の疎《そ》通《つう》は難しいようです」

「………」

呆れた様子の隊員たちの中で、エリーナが「アホか」と小さく溢《こぼ》し、額に手を添《そ》える。

「自信ありげだったわりに、あきらめが早いわね」

「いや、我々の常識が通じないということでしょう。まったく、研究班もとんでもないものを作ってくれたもんだ」

ふ～と息を吐き出《だ》した隊員は、やれやれとばかりに肩を竦《すく》める。

「そもそも、顎の下を撫でて喜ぶのは猫《ねこ》だったと思うけど。あれがそう見えるなら、まずあんたの目から、どうにかする必要があるわよ」

冷たい目を向けたエリーナに追い打ちをかけるように、アルスが指を檻に向けて示す。

「というかあの涎《よだれ》、完全に獲物と見做《みな》して、捕食《ほしょく》しようとしたのでは？」

「何が『所詮動物』よ。餌《えさ》と認識《にんしき》されてたくせに」

一方で、リンデルフは賢明《けんめい》に口を噤《つぐ》んでいた。つまりは、自分に白羽の矢が立たないように、という処世術である。この状況に、少し考え込んだヴィザイストは。

「ならアルス、やってみるか？　つまりは実力の問題、こいつに相手を餌だと認識させなきゃいいんだろ？」

「――――!!　何言ってるんですか、隊長。アルス君に何かあったらどうするんですか！」

この隊で唯一《ゆいいつ》、アルスに対して過保護とさえいえるエリーナが、さっそく口を挟《はさ》む。ある意味、母性本能めいたものなのかもしれないが。

「それこそ無用の心配だろう。それにエリーナが言った餌うんぬんじゃないが、要はこいつに自分を格上、いわゆる主人として認識させられるかということだ。ウチではアルス以外に、適任はいないんじゃないか」

「それはそうですけど……」

「僕は構いませんよ」

結論を待たず、アルスは檻に向かって歩き出した。

コツコツと規則正しく響く、軽い足音。

檻の隙間から爪が届くかという距離《きょり》まで近づくと、案の定、魔犬は再び唸り声を上げた。

ただ、己《おのれ》に比べるとずいぶん小柄《こがら》なアルスに対してなので、それは敵対心、殺意からというよりも威嚇に近いものだった。

「アルス君、もういいですから！　それ以上は危ないですよー」

エリーナの制止を無視して、さらに一歩近づく。無視したというよりも、アルスは相手にぴたりと視線を据《す》えて、全意識を集中していたため、その声が耳に入っていなかった。

今、アルスは不思議な感覚に捉われていた。集中していた、というだけではない。外界にも動物は存在するが、これほど雄麗《ゆうれい》な生き物は見たことがなかったからだ。

近くで眺《なが》めてみると、一層目を奪われてしまうようだ。

強い力を持つべく作り出され、檻に閉じ込められた孤独《こどく》な獣《けもの》。猛々《たけだけ》しく雄々しいのに、どこか脆《もろ》さを感じてしまう。その在り方は、どこか自分と重なるような気さえしていた。

その時だった――。

それは動物としての本能からなのかもしれない。先程までの人間たちと違《ちが》い、まったく恐れる気配のないアルスの態度に、焦《あせ》りが生じたか。このままでは自分の領域が侵《おか》される、そんな危機意識もあったのだろう。

咆哮《ほうこう》とともに鋭《するど》く突き出された爪が、鉄格子を裂《さ》いた。

いや、裂くことはできなかったが、爪痕《つめあと》を残しつつ引っ掻いた不快な金属音が、部屋に響き渡《わた》ったのだ。まさに耳をつんざく悲鳴のように。

「…………」

その音は、否応《いやおう》なくアルスの無意識の反応を呼び覚ました。アルスとしては故意ではなかったが、攻撃《こうげき》されたという事実に、外界で培《つちか》われた生存本能が咄嗟に呼応したのだ。即《そく》座《ざ》に戦闘《せんとう》態勢に入ったアルスの全身から、一気に魔力の奔流《ほんりゅう》が迸《ほとばし》る。

慣れているはずの隊員たちですら、外界でもないこの生存圏《けん》では、予想外の事態だった。放出された膨大《ぼうだい》な魔力の余波を浴び、彼《かれ》らは無意識に一歩後ずさっていた。

「うぉっ!?　さ、さすがにえげつねぇな！」

「急だったとはいえ、せめて、自分でコントロールしてくれると助かるんだが」

ヴィザイストが嘆息《たんそく》しながら言うと、隊員たちは強がるかのように、それぞれ追随《ついずい》する。

「そ、その通り。まだまだ未熟って、こ、ことだな」

「震《ふる》えた足で何言っても説得力がないぞ、リンデルフ。それにしても末恐《すえおそ》ろしい子だ」

「あぁ、俺たちゃあ良いけど、あの犬っころはやばいんじゃないか？」

「どっちの心配だ？　あんな態度のままじゃ、使いもんにならないって話か？　それともアルスが手を下しちまうだろう、と？」

「……どっちもだ。ま、あの犬には同情するしかないね」

　小声でそんなことを言い合いつつ、隊員たちはなお、警戒《けいかい》したままだ。

「しっかし、あんな子供がいていいのかね。そう言えばお前んとこのガキは……」

「ああ、同い年だ。あれを子供と呼べればの話だがな」

「仲間としては心強いが、子供としてはちょっとな……可愛《かわい》げうんぬんのレベルじゃねえし」

「いっそ、哀れだよな」

　誰《だれ》かがぽつりと言った言葉に、エリーナがキッとそちらを見て、鋭い視線で不心得者を射抜《いぬ》いた。

「あっ！　わ、わりぃ。そんなつもりは」

「す、すまん」

　彼らもその内容の不謹慎《ふきんしん》さに気づいたのだろう、一斉《いっせい》に顔の前で手を合わせるようにして、謝罪の意を伝える。だが、エリーナはともかく、アルス自身が気にしている様子はまるでない。そもそも、会話が聞こえたのかどうかも怪《あや》しい。

エリーナはそんなアルスに気づかわしげな視線を向け、意識してなるべく柔《やわ》らかくした声をかける。

「アルス君！　ほら、もう結構ですよ。それ以上は、その子が可哀想《かわいそう》ですしね」

声すら耳に入らなかったのか、アルスは無言で再び、檻に向けて足を一歩進めた。アルスに威圧《いあつ》されていた魔犬がさらに緊張《きんちょう》を強め、ぐっと身を硬くする気配が、その場の全員にはっきりと伝わる。

瞬間——パンッと空気が張り裂けたような轟音《ごうおん》が、室内に弾《はじ》けた。

アルスが我に返ったように振り返ると、ヴィザイストが分厚い両手を、今打ち鳴らしたばかり、というように合わせているのが目に入った。

おそらく風系統を得意とする彼が、手を打ち鳴らした上で、己の魔法《まほう》をも併用《へいよう》し、振動《しんどう》と音波を増幅《ぞうふく》させたのだろう。

「よし、もういいぞ。アルス」

「…………」

無言のまま、アルスはもう一度、魔犬を視界に入れる。

「「「―――!!」」」

途端、驚くべきことが起きた。

檻の中で少し後退した魔犬は、クゥーン、とか細く、媚《こ》びるような声で鳴くとゆっくり座り、頭を深々と下げた。床に付けた鼻先と尾《お》、身体から発せられていた先ほどの獰猛さが、嘘《うそ》のように消えている。全身で服従の意を示している様子は、少し愛くるしくもあった。

魔犬はアルスと視線を交わらせず、項垂れたように床を見つめていた。それは、敵対心を失い相手の意思に身を委《ゆだ》ねるというポーズ、弱肉強食の自然界では、死を意味してもおかしくないものだ。

ヴィザイストは少し破顔すると、一際《ひときわ》大きく、声を張り上げた。

「よし、魔犬は一時、特殊魔攻部隊が引き受ける。なお面倒《めんどう》はアルスに一任だ、外界では常に行動を共にすること！　いいな」

威厳《いげん》ある態度とは裏腹に、ヴィザイストの表情は優《やさ》しげであった。

（ま、あんなのでも……そう、生き物を飼うことで、何か変わるかもしれないな）

これで依頼を断らずに済みそうだ、という安堵もあったが、断ったとしても、なんやかやで上手《うま》い申し開きができなくもない。だから結局のところ、ヴィザイストのこの表情は、我知らずアルスに対して抱いている親心的な心情の発露《はつろ》だった。いわば、優秀だが問題児でもある息子《むすこ》に、情操教育的な意味での変化を期待するもの。

魔犬が正式に特隊の部隊室にやってきたのは、それから三日後のことだった。何でも檻から出してここまで連れてくるのが、かなり大変だったらしい。

急遽《きゅうきょ》首輪と特製のリードを発注したが、簡単に噛みちぎられない強度を持つものの製造に、また手間取ったというわけだ。

魔犬の首に付けられた無骨な首輪と、太い鎖《くさり》を束ねたリード。それは大の大人が数人掛《が》かりで引くという、大掛《おおが》かりなやり方を前提としたものだった。

それだけ見ても、この犬が暴走した時には、手が付けられなくなるのは想像に難《かた》くない。ましてやその手綱《たづな》を握《にぎ》るのが、年齢や体格的にはまだ子供といえるアルスだというのだから、隊員たちの不安は隠せない。

魔犬の巨体と存在感ゆえに、部屋がさらに手狭《てぜま》になったようにも感じられるが、当の魔犬は大人しく目を閉じて伏《ふ》せっている。器用に前足を組み、そこに頭を乗っけた体勢である。

しかもこの魔犬はかなり知能が高いらしく、大抵《たいてい》のことはジェスチャーだけで通じるという触《ふ》れ込みだ。

隊員たちは半信半疑だったものの、研究所の職員によれば、その内、簡単な言葉も理解して動くようになってくれるらしい。無論、当面はアルスの命令に限って、ではあるが。

アルスは、手首だけでは巻き取れない長さのリードを、腕全体にぐるぐる巻いている。とはいえ魔犬は、彼を無理に引っ張るような素振《そぶ》りは、ただの一度も見せなかった。

ちなみに当面の間、魔犬をできるだけ隊員らに慣らし、特にコミュニケーション面を強化すべし、という方針にはなっている。試験的運用とはいえ、探知を目的とする以上、部隊の連携に組み込んでみないとその真価は分からないからだ。なお、訓練以外の時間や夜間などは、研究所の倉庫を小屋代わりに使用することで話はまとまっていた。

ひとまずヴィザイストは、アルスに率いられた魔犬と、それを遠巻きに見守っている部隊の面々を、ぐるりと見回し。

「さて、これから任務をともにするんだ、名無しでは味気ないだろう。というわけでまずは皆でこいつの名前を考えようじゃないか」

まるで新人を迎《むか》え入《い》れる上司のような態度でヴィザイストはそう言ったが、その新人が、隊に馴染《なじ》むにはちょっと強面《こわもて》すぎる、という事情もあり……皆の視線が、まず真っ先にアルスへと向かったのは、自然といえば自然なことだろう。

口火を切ったのは、エリーナだ。彼女《かのじょ》は魔犬の図体《ずうたい》の半分もないアルスに向けて、優しく尋《たず》ねる。

「アルス君は、何か案はない？」

「………シロ」

それを聞くや、隊員たちは「たは～」と額に手を添えたり、無言で首を横に振《ふ》るなどの反応を示した。いずれも暗に「それはない」と言わんばかりだ。

「そのまんま過ぎるだろ。そもそも、白よりは銀寄りの毛色だしな」

ヴィザイストも、そう苦言めいたものを呈した。何より捻《ひね》りがないし、犬とはいえ軍の一員になる者に与《あた》えるには、平凡《へいぼん》すぎるという判断だ。

それを肯定《こうてい》するように、魔犬は眠《ねむ》っているのか閉じた目を、開こうともしない。本当に寝《ね》ているのかもしれないが。

「じゃあ、隊長は何かあるんですか？」

仏頂面のままのアルスに代わり、エリーナが問う。

「そうだな、じゃあ……フフン、実は男の子が生まれた時のために考えていた名前があるぞ。ゴルマンス、なんていうのはどうだ？」

一瞬、室内が静まりかえった直後、エリーナが恐る恐る、というように。

「……そう言えば、隊長の娘さんの名前は、何とおっしゃるのですか？」

「あぁ、フェリネラだ。俺《おれ》が娘のために考えておいた名前は、嫁《よめ》に却下《きやっか》されてしまってな」

「い、一応訊《き》いておきますが、どんな名前にしようと？」

「ゴルネアだ！」

開いた口がふさがらない、といった様子の、アルスを除く隊員たち。彼らを代表するかのようにエリーナは、前髪《まえがみ》を指で流して耳に掛けると、頭を一つ振って率直《そっちょく》な感想を述べた。

「なんて惨《むご》い……」

「――!! た、確かに嫁には止められたが、三日三晩かけて考えた名だぞ。俺としては娘を、何よりも強く逞《たくま》しくあらんとする、向上心を持った子にしたいとだな」

「はいはい、隊長のお気持ちは分かりますが、その名前、隆起《りゆうき》した筋肉やらごつい肩幅《かたはば》やらが目に浮《う》かぶような響きですよ。奥様《おくさま》には感謝してもしきれませんね」

「いや、まぁフェリネラという名は確かに素晴《すば》らしいんだが、俺の……」

「いえ、隊長、もういいですから。それ以上は、隊の士気に関《かか》わりますので」

そう言われてしまっては、ヴィザイストはもはや項垂れるしかなかった。肩を落として輪から外れていく。

「では、他に何かあれば……というか何か出して下さい。捻り出して下さい」

すでに場の仕切り役は、エリーナに移ってしまっていた。隊長の面目丸つぶれではあるが、この際やむを得ない。

「というかその前にオスかメスかをはっきりさせましょうよ」

ふと、誰かがそう発言し。

「ふむ、それもそうですね」

同意したエリーナは、アルスに向き直って「どっち？」と首を傾《かし》げつつ尋ねた。

自分で確かめないのは、魔犬がアルスにのみ懐《なつ》いているからだろう。いや、懐くというよりも、正確には主として認めているというのが正しい。ただ、それでも隊員たちからしてみれば、動物として魔犬がアルスに懐いているように見えた。

「オスですよ」

すでに確認済みとばかりに、アルスは即答《そくとう》した。

「というわけです。立派な名前を付けて上げましょう」

「ま、待て、オスだったら尚更《なおさら》ゴルマンスがいいんじゃ……」

「隊長はもう、黙《だま》っていてください！　犬の反応だけ見て、伝えてくれればいいです。気に入った名前なら、犬自身が、何かしら反応してくれるかもしれないので」

「う……」

止《とど》めの一撃《いちげき》を受けて更《さら》に肩を落としたヴィザイストが、トボトボとアルスの隣《となり》に腰《こし》を降ろし、膝《ひざ》を抱《かか》えるように座《すわ》る。

「さて、あまり時間もありませんし、真面目《まじめ》に行きましょう。ゴルマンスなんて恥《は》ずかしい名前を、隊の新メンバーに付けるわけにはいきませんからね」

それを聞いたヴィザイストは、「ちょっ！」と言いかけたが、すぐにエリーナに睨まれ、不承不承といった様子で不満を呑《の》みこんだ。

それから隊員たちにより、思い付く限りの名が列挙されたが、これといって魔犬が反応を示す様子はなかった。そもそもどれも、あまりセンスが良いとは言い難いものばかりだったのだ。いっそ、アルスが発案した「シロ」という名が、有力候補に復活しかけたその時。

「ニケというのはどうですか、以前家で買っていた猫の名なんですが」

一人の隊員がそう発したその時、魔犬の耳がピクリと動いた。エリーナもそれを確認した上で、一応、と続きを促《うなが》す。

「まさかとは思いますが、非業《ひごう》の死を遂《と》げたとか、縁起《えんぎ》の悪いことは言いませんよね」

「一年前に亡《な》くなりましたが、ちゃんと天寿《てんじゅ》を全《まっと》うしました！　あぁ～良い子だったなあ、いつも家で俺の帰りを待っていてくれた、唯一の家族だった」

遠い目をしつつ目元に薄《う》っすら涙《なみだ》さえ浮かべた隊員の姿に、周囲は愛猫家《あいびょうか》の面影《おもかげ》どころか、独身の悲哀《ひあい》を見た。そしてもちろん、隊の独身率の高さから共感するものたちが続出する有様。

う～んと唸ったエリーナがアルスを一瞥《いちべつ》するが、アルスは無言で傍観《ぼうかん》しているのみ。判断は任せるというサインだと解釈《かいしゃく》し、ヴィザイストが締《し》めくくるように言った。

「ニケ、確か勝利の女神《めがみ》だったか。こいつはオスだが、まあ、この際悪くないんじゃないか。勝利にちなんだ名前だと思えば、隊にとっても縁起がいい」

「そうですね。シンプルで、呼びやすいですし」

とエリーナが頷《うなず》いた時、魔犬が大きな耳をピクリと動かし、そっと片目を開けた。同意を示したというより、単にようやく目覚めたようでもあったが、結局それが、不毛な議論に終止符《しゅうしふ》を打った。


それからというもの、実戦投入に向け、ニケには外界や訓練場での連携訓練が幾度《いくど》も繰り返された。やがて隊員らも慣れたのか、ニケをすっかり隊のメンバーとして扱うようになっていった。ただ、アルスが傍《そば》にいないと、直に触れることまではまだ抵抗《ていこう》があるようだったが。

ちなみにニケの戦闘能力は、魔物《まもの》でいうならDレート相当であり、探知に関しては推定で二キロメートル近くをカバーできることが判明した。ニケには、魔物を感知した場合、それを知らせると同時にいったん後方に下がり、その後は適宜《てきぎ》、部隊のサポートをすることが求められた。

探知だけでなくサポートとなると並の動物には荷が重いはずだが、ニケは高い知能により、命令がなくても独自判断で最善の選択《せんたく》ができるようだった。

他にも、空き時間でせっせと訓練に励《はげ》んだ隊員たちの努力の甲斐《かい》あって、ニケは一カ月ほどで完全に隊のフォーメーションや連携行動を理解した。

思わぬ副産物だったのは、それがアルスにとっても有用だったということだ。ニケと同時に、彼と行動を共にしているアルスもまた、連携という概念《がいねん》について改めて考え、学ぶことができたようだった。もっともニケと違い、もちろんアルスは、理論だけなら二日ほどで完全にマスターしてしまっていたが。

ニケの首輪が取れたのは、それからすぐのことだった。無論檻から出す時は必須《ひっす》だが、外界での演習の際は、首輪を外しても、もう心配はいらないようだった。今ではリードも無骨な鎖ではなく、普通《ふつう》の革製《かわせい》に取《と》り換えられている。

アルスに連れられている時、ニケは彼の隣を、一歩離《はな》れてフォローするように歩くのが常になった。

ニケが来たことで、アルスに変化が起きたのは明らかだった。

それを、隊員たちやヴィザイストは薄々《うすうす》感じている。

最初はアルスが研究所の倉庫まで行ってニケの面倒を見ていたのだが、程《ほど》なくして部隊室にニケが寝泊《ねと》まりするようになった。そのためのスペースをわざわざ確保し、隊員全員で、木造の小屋まで建てたほどだ。何しろ大きな身体なので、その小屋は犬用というより、大人が十分出入りできるほどのものになってしまった。


やがてあっという間に、ニケが初めて実戦を迎える日がやってきた。

初めての外界任務で、ニケの活躍《かつやく》ぶりは、まさに期待以上のものだった。

ニケは動揺《どうよう》もせず、確実に、着実に任務をこなしていった。

魔物が近づくと、ニケは誰より早くそれを察知し、まずは方角について、そちらに頭を向けて吠《ほ》えることで知らせた。さらに、連続して吠えることや声量によって、距離の目安までも伝えてきた。基本の動きこそは訓練の賜物《たまもの》ではあるが、それ以外の部分は、確かにニケ自身の、高い知能によって成《な》し遂げられていることだった。

結果、魔物掃討《まものそうとう》任務では、なんと討伐《とうばつ》数が、通常に倍する数に上ったのである。それがニケのおかげであることは、誰の目にも明らかであった。また、彼の訓練に付き合った隊員たちにとっても同様に、それは非常に喜ばしいことだったのだろう。

任務終了《しゅうりょう》後の部隊室では、ニケの手柄《てがら》について皆《みな》が語り合い、外界ではめったに見られない屈託《くったく》のない笑《え》みが、絶えず隊員たちの顔に浮かんでいた。

その後、ニケの活躍と正式な部隊参入を祝い、派手なパーティーまでが開かれた。

ニケには特別に、骨付き肉が贈呈《ぞうてい》された。ヴィザイストの祝辞を待たずして、涎《よだれ》を滝《たき》のように流したニケが、いきなりそれに齧《かじ》り付くというアクシデントが起きたものの、パーティーは終始大きな盛り上がりを見せた。

ただ、ヴィザイストが調子に乗ってニケに酒を呑ませようとし、エリーナが正座をさせて説教をする、という一幕もあるにはあったのだが。その賑《にぎ》わいと盛り上がりぶりは、隊員の誰もにとって、忘れられない記憶《きおく》となったのは言うまでもない。

そう、こんなことでもない限り、外界においては、魔法師は人としての何かを常に磨耗《まもう》させていくのだ。たとえ気休めであろうとも、一時の幸福な時間の記憶が、隊としての結束力と士気を高めてくれる。

何より外界において、一瞬《いっしゅん》かつ仮初《かりそめ》であろうとも「日常」を演じられることは、当人ですら気づかぬうちに、心の安定剤《あんていざい》として働く。

その後、正式な隊員として迎え入れられた証《あかし》として、隊からニケに贈《おく》られたのは、新たな首輪だった。光沢《こうたく》ある革《かわ》の真ん中に、銀のプレートが据《す》え付けられた、豪勢《ごうせい》な首輪だ。それにはニケという名が、誇《ほこ》らしげに刻まれていた。

この文字は、アルスが自分で刻んだものだった。

両手では抱えられないほど太いニケの首に、アルスはそれを悪戦苦闘《あくせんくとう》しながら付けてやった。エリーナに手伝ってもらいながらベルトを締め、ニケが苦しくないように腕《うで》が入るぐらいの隙間を空けてから、留め金をカチリと嵌《は》めたのだ。

その時、ニケが放った遠吠《とおぼ》えの声音は、訓練中は決して見せなかった、誇らしげで嬉《うれ》しそうなものであった。

アルスとニケは、任務以外でも、四六時中一緒《いっしょ》にいることが多くなった。それこそ自室に戻《もど》らず、夜も部隊室で共に過ごしてしまうほどに。

ヴィザイストもまた、ニケの身体に包まれるようにして眠るアルスの顔を見て、彼もまた年相応の子供なのだと、改めて感慨《かんがい》を覚えたほどだ。そんな姿を見て、隊員たちがアルスに抱《いだ》く感情も、随分変化してきたようだった。

月に一度の休日には、アルスとニケは、軍本部の敷地内《しきちない》にある空きスペースへとボール遊びに赴《おもむ》く。ただ投げたボールをニケが取ってくるだけ、というお決まりの遊びだが、アルスは百メートル以上、しかも魔力と魔法を駆使《くし》し、思い切りボールを投げるのだ。

何しろ、ニケの身体能力は人のものを遥《はる》かに超えているので、それくらいでないと遊びにすらならない。以前、隊員の一人が、ごく普通にボールを放ったところ、手から離れた瞬間《しゅんかん》、そのままニケに横から掠《かす》め取られたことがある。ニケの強靭《きょうじん》な四つ足と、魔力によって強化された移動速度は、実に恐るべきものだったのだ。

ちなみに、最初のゴム製のボールはすぐ喰《く》い破られてしまったため、現在は耐衝撃服《たいしょうげき》にも用いられる、特殊《とくしゅ》素材を使っている有様だった。


その後、ニケが隊の一員となって早五ヶ月が経《た》った頃《ころ》。

部隊室には、ほとんどの隊員が顔を揃《そろ》えていた。

任務は以前と変わらず、いやそれどころか以前よりも増えたくらいだが、隊員たちの肉体的疲労《ひろう》はともかく、精神的にはいまだに士気が高い状態を保てている。これにはやはり、ニケの貢献《こうけん》が大きい。

今、机を前にヴィザイストは、そんな面々の顔を見回しつつ、苦々しい顔で言葉を発した。

「今回は、少々厄介な任務だ」

隊員たちは肩を竦めて、「いつものことでしょうよ」とでも言いたげな様子で、それに応じた。もはや「厄介な任務」は口癖《くちぐせ》だ。確かにこれまでの任務で「厄介」でなかったものなど、一つとしてなかったと言える。それでも誰一人《だれひとり》欠けることなく今日までやって来たという自負心が、彼らの顔には少なからず見《み》え隠《かく》れしていた。

「いえ、今回ばかりは事情が異なります」

ヴィザイストの隣に控《ひか》えていたエリーナが、神妙《しんみょう》にそうフォローする。

「今回は、ベリック総督《そうとく》から直々の指令だが……尻拭《しりぬぐ》いに違いはない」

なおも苦虫を噛み潰《つぶ》したような表情で、ヴィザイストが続ける。

今でこそ幾分《いくぶん》冷静に話せているヴィザイストだが、実際、当初この任務をベリックから直々に命じられた時は、憤慨《ふんがい》のあまり青筋を立てつつ、指令書をくしゃくしゃに握り潰してしまったほどだった。

エリーナは、横目で上司の様子を確認すると、再び怒《いか》りがぶり返してきたらしいヴィザイストを冷静にさせるべく、自らがその後を引《ひ》き継《つ》ぐ。

「事態は急を要します。以前から、外界での領土奪還《だっかん》およびアルファの支配領域拡大のため、私たちは引っ切り無しに任務に駆《か》り出されている訳ですが……。

その指令の出どころが、主に外界進攻統合司令部のモルウェールド中将《ちゅうじょう》からだということも、皆さん、薄々は気付かれているかと思います。そしてそれらは全《すべ》て、彼が勢力を持つ参謀《さんぼう》本部の認可《にんか》を通っていることにも」

今更《いまさら》、そんな事実に驚《おどろ》くような隊員はいない。目の敵にしていると言えば大袈裟《おおげさ》かもしれないが、モルウェールドが、まだ大佐《たいさ》に過ぎないとはいえ、庶民《しょみん》出身のヴィザイストの昨今の目覚ましい活躍ぶりを、気に入っていないのは明白だったからだ。

さらに新総督となったベリックが、そんなヴィザイストを起用して隊を新設したとなれば、軍内部で力を持つモルウェールドにとって、面白《おもしろ》いはずはない。

現行体制において、ベリックの政治基盤《きばん》は着実に固まりつつあるが、それでも未《いま》だ、主に貴族出身の高官・高級指揮官たちの勢力は根強く残っている。いわば、ベリックと総督の座を争った敵対勢力、貴族派閥《はばつ》の筆頭格ともいえるのが、モルウェールド中将なのだ。貴族派閥からは、彼らの息がかかった新たなシングル魔法師擁立《ようりつ》の動きがあるとも囁《ささや》かれており、不穏《ふおん》な情勢はベリックが総督になってからも続いていた。

そういった事情で、以前からこの手の「潰し」は珍《めずら》しいことではなかったが、地位に物を言わせた彼の昨今の嫌がらせぶりは、まさに露骨《ろこつ》を極《きわ》めた。

　この特殊魔攻部隊は、組織図的には参謀本部の下にあるが、形式上、実は独立部隊ともいえる形を取っている。ベリックの息が掛かっているとはいえ、表向きはヴィザイスト個人が創設し、指揮官であるという建前になっているのだ。どこの指揮下にも属させないために特隊としているのだ。

　だから、参謀本部の無茶《むちゃ》な指令に対し、無条件の服従が必須というわけではない。それでも、ベリックおよび自分たちの基盤がまだ盤石《ばんじゃく》ではない以上、機会があればすかさず失脚《しっきゃく》の機会をうかがっている政敵に対し、いかなる隙《すき》も見せるべきではなかった。

　だからこそ、特隊ではいかなる指令もあえて避《さ》けず、できるだけ細心の注意を払《はら》って完遂《かんすい》させてきたのだ。まさに綱渡《つなわた》りのような作戦ばかりだったが、アルスという切り札やニケの加入のおかげもあり、一度の失敗もなく今に至れている。

「なお、モルウェールド中将お抱えの部隊もまた、我ら特隊と並んで、先日から外界に出ていたのですが、まぁ、ハァ～……これが本当にくだらないことに、ですね」

　エリーナは一度、鬱屈《うっくつ》まじりの溜《た》め息《いき》をついたかと思うと、気分を切《き》り替《か》え、改めて続きを口にした。

「二日前、彼らは南東七十五キロ地点にて、追っていた目標をロストしたとのことです」

　これだけで今回の任務内容を大凡《おおよそ》察し、隊員たちは揃ってげんなりした表情を浮かべた。

「つまりは、その対象を我々が討伐しろというのですか？」

彼らの気持ちを代弁するように、一人の隊員が、エリーナではなく、ヴィザイストに向かって語気鋭く言い放った。その言葉には、強い不満と憤《いきどお》りが感じられた。

無理もない、これまでもさんざん無理難題を押《お》し付《つ》けられてきたのだ。なのに、その張本人による直轄《ちょっかつ》部隊の失態を、こともあろうに自分たちがカバーさせられる。まさに尻を拭《ぬぐ》わされるに等しい。そんな貧乏《びんぼう》くじを、誰が引きたいというのか。

また、標的が一部隊がかりの追跡《ついせき》を逃《のが》れるほどの油断ならない相手だとすれば、死傷者が出るリスクもそれなりにある。まさに心証的には最悪である。

だが――。

「そうだ。軍人である以上、一度指令が下ったならば仕方がない。それに俺たちは今、本部所属の部隊の中で、一番功績を立てている部隊だ。いくら中将の差し金だろうとはいえ、形式的にはベリックからの指令でもある。つまるところ、断ることが出来る類《たぐい》の任務じゃない」

そこで言葉を切ったヴィザイストが目配せをすると、エリーナが手元の資料に視線を落としつつ、白い指で、デスクの端《はし》にある仮想キーボードを叩《たた》く。

たちまちヴィザイストの背後、隊員たちの正面に、巨大《きょだい》な仮想スクリーンが浮かび上がった。それが外界の地図であるのは、注視するまでもなく、誰もが理解できた。

その南東部分に、赤い光点が浮かび上っている――エリーナはその点を視線で示すと。

「現在判明している情報は、目標はAレート級の魔物、蜘蛛《くも》型【アラクネ】ということと、逃走《とうそう》経路は……」

その声と同時、彼女の指の動きに合わせ、スクリーン上に点線が伸《の》びていく。

「「「――!!」」」

やがて指し示された場所に隊員たちが息を呑む中、一人が忌々《いまいま》しげに口にした。

「よりにもよって……クソッ、ご丁寧《ていねい》に、追跡用の信号だけは標的に取り付けられたってのか！　ふざけんなよ、奴《やつ》らの見え透《す》いた謀略《ぼうりやく》を代わりに言ってやろうか」

隊員の一人が身振《みぶ》り手振りで冗談《じようだん》混じりに唱えるが、怒鳴《どな》り散《ち》らす一歩手前まで沸騰《ふつとう》している。

「そこまでは結構よ。そう、標的の逃走先《とうそうさき》は、最悪なことに隣国《りんごく》クレビディートの、排他《はいた》的《てき》統治領域内になっています」

ある国が外界の一部を奪還した場合、そのエリアの領有権については、そのあとに元首会談や政治的な取り決めを経て確定することになる。それまでは、人類生存圏から外界に向かいおよそ百キロメートル圏内の場所である限り、その最隣接国に仮の統治権が設定されるのだ。それが、排他的統治領域と呼ばれるエリアである——各国同士の境界線がそのまま外界に伸びていると思えばいい。

今回の標的が逃《に》げ込んだ場所は、アルファとは隣国同士だがさほど友好的ではない国家、クレビディートのそれだったのだ。

なお、モルウェールドの直属部隊が遂行《すいこう》しようとしていたのは、国際的に認められた領土の奪還作戦ではない。あくまでアルファの都合で魔物を掃討《そうとう》するというだけの、意義が限定的な作戦である。

だからこそ、自らの失態のせいでAレート級の魔物を取り逃がし、あまつさえ他国の管轄《かっ》エリアに追い込んでしまったとなれば、政治的には明確な失点。加えて万が一、標的がクレビディートの隊に遭遇《そうぐう》し人的被害《ひがい》を出した場合、その責はアルファに帰することになってしまう。

いわば、自分たちが仕留めそこなった手負いの猛獣《もうじゅう》を他人の庭に追い込んだのと同じであるから、それが暴れても関係ない、では済まされない。ひとまずの対応として、おそらくベリックは、直ちにクレビディートの上層部とこの情報を共有したことだろう。そして多分、アルファが責任をもって早期討伐するという流れで事態の収束を図《はか》るはず。

「何故《なぜ》我々が……」

再び誰かの唇《くちびる》から、やるせない怒りが小さな声になり、ぽつりと溢《あふ》れた。

Aレートといえば、最低でも二桁魔法師を主力とした部隊編成で当たるのが基本。ときにはシングル魔法師を動員してもおかしくないほどだ。

だが、現在の特隊の戦力を問えば、二桁魔法師はエリーナとアルスのみ。それなりのキャリアを積んだ者こそ多いが、抜《ぬ》きんでた実力者は少なく、ほとんど三桁程度で構成されているのが現状だ。

連携《れんけい》の質のみならば、二桁魔法師を揃えた精鋭《せいえい》部隊にも劣《おと》らないという自負はあるが、部隊員の平均順位や基本戦力の部分で不安がないと言えば嘘になってしまう。

繰《く》り返《かえ》すが、これまでの任務を達成してこられたのはアルスの存在が大きい――あまりにも大きい。

なお、当のアルスは現在二桁であり、隊内でこそ次代のシングル魔法師候補としての呼び声も高いが、それはあくまで将来的に、ということに過ぎない。何といっても、アルスはまだ、幼さすら残る子供といっていい年頃《としごろ》なのだから。

そんな中、リンデルフは内心で冷《ひ》や汗《あせ》を流しながら、周囲の様子をそっと窺《うかが》っていた。

この隊では現在、彼がヴィザイストに次ぐ地位にある。そして、多忙《たぼう》なヴィザイストが裏方に回りがちな現状、実質的にはリンデルフが指揮官の役割を果たしているようなものだ。

彼は今、隊の士気がいつものように上がっていない様子に、内心「まずいな」と感じていた。

いくら連携に優《すぐ》れた隊とはいえ、恐怖心《きょうふしん》や後ろ向きな姿勢、負の感情に類するものは、外界では確実に動きの足を引っ張る。ちょっとしたバカ騒《さわ》ぎすらも笑って受け流せるような普段《ふだん》の陽気さとは異なる、今の部隊全体に漂《ただよ》う辛気臭《しんきくさ》さ。それは、リンデルフにどうにも嫌《いや》な予感を抱かせた。

そんな中、まるで不穏な空気を鼻息で吹《ふ》き飛《と》ばすように、ヴィザイストが口を開く。

「ハンッ！　お前たち、どうにも辛気臭いぞ……まあ、腹は立つが、見方によっては、そんなに悪い話でもない」

「と、おっしゃいますと？」

先ほど不満を溢《こぼ》した隊員が聞き返すと。

「考えてみろ。馬鹿《ばか》な上官が勝手にヘマをしてくれたんだ。俺らが綺麗《きれい》にケツを拭《ふ》いてやれば大きな貸しを作れる上に、奴を失脚させるための大きなネタを握れるかもしれん。どうだ？　最高のシチュエーションだろ？」

ヴィザイストが浮かべた人の悪い笑《え》みは、それこそ伝播《でんぱ》するように、隊員たちの間に広がっていく。やがて彼らも、それぞれにニヤリとしつつ。

「でかいケツですがね」

すぐにそんな軽口の一つや二つも、飛び出すようになった。言葉一つで嫌な流れを断《た》ち切ったヴィザイストに、リンデルフはさすが、と内心で恐《おそ》れ入った。

エリーナも、曇《くも》りがちだった表情を一変させて笑顔を浮かべ、一層張りのある声を上げる。

「決まりですね！　現在この場にいる総勢十五名で隊を組みます、指揮官はリンデルフ大尉にお願いします」

「えっ!!」

「ん？　なんだリンデルフ、不満か？」

「い、いえ、これほど重要な任務ならば、隊長自ら陣頭《じんとう》指揮を取ったほうが良いか、と……」

「俺は、こっちで別にやることがあってな。なぁに、お前の手腕《しゅわん》には俺も一目置いている。いつも通りやればいい」

ヴィザイストの言った「やること」という言葉が気になりつつも、リンデルフは嬉しさ半分困惑《こんわく》半分の、微妙《びみょう》な表情で曖昧《あいまい》に頷く。

己《おのれ》の魔法師としての技量や順位だけで考えれば、滅相《めっそう》もない、と首を千切れるほどの勢いで横に振るところだが、これまで指揮官代わりを幾度となく務めてきたという自負心もある。

また、ヴィザイストが整えてくれた隊の士気を考えれば、なんとかやれるのではないか、という思いも沸《わ》き上がってくる。そこに、ヴィザイストが最後の一押《ひとお》しとばかり。

「大丈夫《だいじょうぶ》だ、お前ならやれる。いいか！　確実に標的を抹殺《まっさつ》してこい。帰ったら祝杯《しゅくはい》の用意をしておくから、忘れるなよ。では、任務達成後に」

「達成後に！」

恒例《こうれい》の掛け声《ごえ》と同時、隊員たちが敬礼とともに鳴らした足が、一斉に床《ゆか》を揺《ゆ》らす。

「準備を整えたら、即時《そくじ》向かえ！」

ヴィザイストは、いかつい顔で微笑《ほほえ》むと、豪快《ごうかい》な声で号令をかける。

たちまち隊員たちは慌《あわただ》しく更衣室《こういしつ》へと駆け込んでいき、アルスとニケもそれに続いた。

その後ろで……。

「リンデルフ、エリーナ」

ふと呼び止められた二人は、訝《いぶか》しげに振り返った。

先程《さきほど》までの剛毅《ごうき》な様子とは異なり、今のヴィザイストは、いつも以上に真剣《しんけん》な表情を浮かべている。それを感じ取った二人は、足を揃えて「ハッ」と声を揃えた。

「アルスのこと、くれぐれも頼《たの》んだぞ」

この言葉の意味を、二人はすぐさま理解した。というよりも、この部隊新設の時、二人にだけ命じられていたことだ。そもそも任務を共にすれば、嫌でも分かる。他の隊員たちも今では確実にそう思っている。口にはせずとも、感じ取っているはずだ。

アルスの潜在的《せんざいてき》な力、持てる可能性が、どれだけ人類の未来にとって重要であるかを。それは、いずれ魔法師の頂点、シングルの座を担《にな》えるのは確実だと、現時点ですでに断言できるほど。

戦闘《せんとう》におけるセンスもさることながら、扱《あつか》える魔法のレパートリー数、威力《いりょく》についても並々ならぬものがある。加えて、長期間の任務を経てなお底なしと思わせるくらいの魔力《まりょく》量。三桁程度の魔法師が多いこの部隊において、アルスとの力量差は他と懸絶《けんぜつ》したものがあった。

他にも、アルスの驚異的《きょういてき》な成長速度には目を瞠《みは》るものがある。日に日に積み上げた経験が、最適な形で吸収され、反映されていく。場数には多少自信があった隊員たちだが、今では教えられることも少なく、アルスにかける助言の言葉をひねり出すのも、かなり難しくなっていた。

だからこそ、そんなアルスに期待するなというのは無理な話だ。シングル魔法師の働きぶりは、国の未来を左右するほどのもの。以前までは、アルファのシングルの座には、第9位としてシスティ・ネクソフィアがいた。そんな彼女の活躍に、アルファが助けられた場面は数知れない。

特に彼女が得意とする防衛戦では、並の魔法師百人以上に匹敵《ひってき》するものであった。そんな彼女ですら9位なのである。アルスがシングル魔法師となれば、どれほどの高みに上り、いかなる英雄的活躍《えいゆうてきかつやく》を見せてくれることか。

その輝《かがや》かしい未来は、何物にも決して代えられないものだ。

そこまで思い至ったリンデルフは、ごくりと喉《のど》を鳴らすと、瞳《ひとみ》に決意の色を宿して、そっと頷く。

だが、エリーナはその程度の覚悟《かくご》では不十分だと言わんばかりに語気を強くする。

「任せてください、リンデルフさんでは不安でしょうが、私が付いているんですよ、隊長」

誇らしげに張った胸に手を当て、エリーナが意気軒昂《けんこう》に言い放った。

思えばかつて、実力者と呼び声高い彼女を部隊に引き入れるために、ベリックもヴィザイストも、裏で相当に手を尽《つ》くしたものだった。

もっとも当初、本人はあまり乗り気ではなかったのだが、一度アルスと会わせてみるやその態度が一変し、参加を快諾《かいだく》してくれたのだ。

元々エリーナはシスティの傘下《さんか》で、防衛任務を主とする、とある隊の指揮を若くして任せられていた。同時に彼女はシスティの教え子であり、死線を潜《くぐ》ってきた猛者《もさ》でもあったのだ。

貴族や当時の軍上層部の色に染まっておらず、実力も兼《か》ね備《そな》えた彼女は、アルスの護衛およびお目付け役としては、まさにうってつけだったのである。

こう見えて、それはリンデルフにも言えることだ。彼《かれ》は魔法《まほう》師としての腕というよりも、その機転と智力《ちりょく》を買われて入隊している。二人はヴィザイストが前々から目を付けており、ベリックから打診《だしん》があった時点で、彼が真っ先に指名した人材であった。

二人はヴィザイストの言葉を心に刻んだといわんばかりに、表情を引き締めて更衣室に入って行った。

余談だが、外界では、魔法師の活動拠点《きょてん》において、男女別に更衣室が設けられているケースは少ない。出動命令は急であることがほとんどのため、基本的に彼らは任務までの間、部隊室で過ごすことになる。いざとなれば、別に設けられた更衣室で、支度《したく》を整えてから出撃《しゅつげき》するのだ。

この更衣室もたいてい簡易的であることが多いのだが、一応仕切りが存在し、個室めいた作りになってはいる。そのため女性隊員が、男性陣《だんせいじん》の前であられもない姿を晒《さら》すということはない――故意に覗《のぞ》かない限りだが。

そして例にもれず、特隊の更衣室にも、簡易的な仕切りと、隊員それぞれに固有のロッカーが設けられている。だが、さすがにニケが入れるようなスペースは、物理的になかった。

そのため、ニケは出撃時、アルスが着替《きが》え終わるまでは通路で待機するのが常だ。そんな時、彼は狭《せま》い通路奥《おく》で器用に反転して座り易《やす》い位置を探し、いつもぐるぐると数回転した後、隅《すみ》っこにお尻《しり》を付けて座るのだ。

そして今日も、アルスはいつものように、自分の個室で着替え始めた。

彼らが外界に出る時の服装については、やはり軍支給の制服を着る者が多いが、ある程度のアレンジは許されている。さらに、外界で各人がより動き易いよう、または装備し易いように武装や着衣を改造することも認められている。

その範囲《はんい》については、「アルファの魔法師たる品格を損《そこ》なわないこと」のみが不文律となっており、お国柄《くにがら》が出る特色の一つとなっていた。

ちなみに、更衣室でアルスが使用しているロッカーは二つ。一つには軍衣が、もう一つはＡＷＲなどの武装一式が収められている。すでに何十回と任務を重ねてきたアルスは、手慣れた仕草で素早《すばや》く脱《ぬ》いだ衣類をロッカーに投げ込み、下着のみとなった。

続いてロッカーからズボンを引き抜き、滑《すべ》るように足をくぐらせて穿《は》く。ベルトを固定してインナーに手を付けた瞬間——背後で、薄《うす》い仕切りの開く音が鳴った。

「お邪魔《じゃま》しますよ、アルス君」

今にも小躍《おど》りしそうな調子で、女性特有の柔《やわ》らかい声がアルスの耳に届く。

「なんですかエリーナさん。最近はやっと解放されたと思ったのに」

インナーを腕に引っ掛けたアルスが振り返ると、ちょうど下着姿のエリーナが、ちょっと後ろめたそうに、後ろ手で素早くカーテンを閉めたところだった——とはいえ、それはあくまで表向きの態度だけのこと。彼女《かのじょ》の表情からは、実は後ろ暗さなど微塵《みじん》も感じていない様子が窺《うかが》える。

エリーナは何故か、事あるごとにこうしてアルスの世話を焼き、一緒に着替えたがるのだ。一人用のスペースしかない更衣室では、当然狭苦《せまくる》しくてかなわないのだが、窮屈《きゅうくつ》そうなアルスの様子も、ほとんど抑止《よくし》効果がなかった。もっともそれも、ニケが部隊にやってきてからは、ほとんどなくなっていたのだが。

今、エリーナは上下にレースをあしらった下着姿である。胸元《むなもと》には、はっきりと女性特有の谷間を覗かせていた。忙《いそが》しい任務の間にも、程良《ほどよ》く引き締まった身体は、たいていの女性が理想とする引き締まったプロポーションを保っている。

ただ、やはり外界で活動する魔法師故か、彼女の身体には生傷が絶えない。最初エリーナを見た時、アルスは不躾《ぶしつけ》にも「せっかく、そんなに綺麗なのに……」と溢してしまったほどだ。

さすがのアルスもその後、礼を失したことに気づきフォローしたが、当のエリーナは「これはいわば、歴戦の証ですからね」と澄《す》ました顔をした。

だから、アルスも今では、彼女の傷痕《きずあと》を「勿体《もったい》ない」とは思わない。あくまで本心から「綺麗ですね」と口にするばかりだが、その度にエリーナが、まるで心に湧き起《お》こる、押しとどめがたい何かの感情を隠そうとするかのように、奇妙《きみょう》な表情や態度を見せるのが、ちょっと不思議にも思っていた。

そんな彼女だったが、今日もまた、ややもすれば逃げ出《だ》したそうなアルスの態度を、さほど気にした様子もなく。

「解放なんてしませんよ。この間なんて、ボタンを掛《か》け間違《まちが》えてたじゃない。それにアルス君は、いつも閃光球《せんこう》とか信号煙を持っていかないじゃないの」

「いえ、僕《ぼく》でなくても他の隊員が山のように持っていくんですから、必要なくないですか？」

「なくないわよ、ダ～メ！　装備を怠《おこた》る者、すなわち外界の屍《しかばね》となる、ですよ」

指を一本立てつつ、下着姿のエリーナがお説教っぽく言《い》い募《つの》る。なお、この言葉は彼女の上司であったシスティからの受け売りらしい。

「……分かりました。それはそうと、やっぱり狭いので、出て行ってもらっていいですか？」

アルスのその物言いには、腹立たしげというほどではないにせよ、どうにも迷惑《めいわく》そうな響《ひび》きが混じっていた。

エリーナの抜群《ばつぐん》のプロポーションも、やはり十一歳《さい》の子供には、さほど魅力《みりょく》には映らないようだ。いや、アルスだから、という部分もあろうか。

実際彼女の容姿は、軍部でもひときわ人目を惹《ひ》くものであった。そういえば、当初アルスの更衣室に逃げ込んできた言い訳というのが、「男どもに覗かれるから」というものだったはず……ふとアルスは、そんなことを思い出す。

実際、アルスのいないところでエリーナがたびたび、男性隊員どもの覗きにあったのも事実だ。そんな不埒《ふらち》者の筆頭がリンデルフだったわけだが――当人はほんの出来心的なことを口走っていたが、その結果、あやうく命を落としかけたのだから、アルスには到底《とうてい》理解しかねる行動である。

エリーナの戦闘力《せんとうりょく》はアルスを除《のぞ》けば、隊の中でも屈指《くっし》のものであり、リンデルフならずとも、覗きを働いた隊員はもれなく治癒魔法師《ちゆまほうし》の世話になっている。そういう経緯《けいい》もあり、冷静に考えれば、エリーナ相手にそんな不埒を働く者は、もはやリンデルフ以外はいないはずなのだ。

例えば、アルスの個室ならば、すぐにリンデルフの気配を察知できるということか――いや、エリーナならば、その気になればその程度のことは、いともたやすいはず。

にもかかわらず、事あるごとにエリーナはそんな穴だらけの口実を盾《たて》に、忍《しの》び込むようにしてアルスの更衣室へやってくるのだから、彼としてはますます訳が分からない。

「ふふ～ん」

と満面の笑みを浮《う》かべるエリーナは、今回もやはり、アルスの苦情を受け入れる気はさらさらないようだった。

「じゃあもういいですから、早く着替えましょう」

仕方ない、とアルスはいつものごとく彼女を無視して、さっさと着替えの続きを始める。

「物分かりがよくて何より」

こうなることが分かっていたように、エリーナはポンッとアルスの頭に手を置く――いつも、事あるごとにそうしているように。

アルスはこそばゆそうに、その手を払《はら》い退ける。

ただ、今日はいつもと違《ちが》う感触《かんしょく》があり、アルスはチラリと、彼女の顔を窺った。

そう、頭に手を置かれることはしょっちゅうあっても、撫《な》でられるのは初めてのことだったのだ。しかしそんなアルスの訝《いぶか》し気《げ》な態度も、今日は喜色を満面に浮かべたエリーナの笑みで、いともたやすく受け流されてしまった。

違和感《いわかん》を覚えつつも、差《さ》し迫《せま》った時間に急《せ》かされるように、アルスは黙々《もくもく》と着替えを続ける。狭いスペースで、手にしたシャツに頭を突っ込み袖《そで》に手を通す。そんな際にふと腕が、妙《みょう》にやわらかい感触を伝えてくる――これもいつものことで、邪魔なのだが。

「こら、くすぐったいわよ」

今回はお腹《なか》の辺りにでも触《ふ》れたのだろうか、エリーナは、悪戯《いたずら》っぽい笑みを浮かべてそう言った。

「文句を言うなら自分のところで着替えてください」

他の隊員の更衣室から扉が開く音が聞こえ、焦燥《しょうそう》感に駆られたアルスは、次の衣類を掴《つか》んだ手をふと止めて、眉《まゆ》を若干《じゃっかん》寄せた。

目の前にあるのは、軍支給の分厚い靴下《くつした》である。

耐久力《たいきゅうりょく》にこそ優れているが、どうにもこの穿き辛《づら》さは厄介《やっかい》だった。いつもは床に座《すわ》って穿いているのだが、今はエリーナが一部、場所を占有《せんゆう》してしまっていた。

かといって、いつものようにエリーナの肩《かた》に掴まるのも、そろそろ癪《しゃく》だった。

意固地になったアルスは素早く片足立ちになると、まず一気に右の爪先《つまさき》を、靴下に差し込んだ。しかし意図とは違って一気には通らず、さっそく指先が引っ掛かる。

勢いあまったアルスは、そのままよろけてしまった。

「――――!!」

丁度シャツを着ようと腕を通したエリーナの双丘《そうきゅう》に、アルスの顔がスッポリと埋《う》まる。

未だボタンを閉めていなかったため、下着一枚のみに覆《おお》われた弾力《だんりょく》ある胸は、優《やさ》しく弾《はず》んで黒髪《くろかみ》の小さな頭を受け止め、ふわりと包み込んだ。

「まだまだ子供ですね、アルス君は」

冗談めかしてはいるが、エリーナの表情はその言葉通り、危なっかしい子供でも見るように優しげであった。

アルスとて口が塞《ふさ》がっていなければ、その物言いにむっとして反論の一つもしただろう。

しかし、この状況《じょうきょう》ではどうしようもなかった。

「靴下は、穿く前にある程度巻かないとダメですよ」

肩を竦《すく》めたエリーナを、無言で押し退《の》け、アルスが距離《きょり》を取ろうとした直後――。

エリーナは不意に、アルスの頭を両腕《りょううで》で抱《かか》え込んだ。

ぎゅっと強く、さらに力を加えると同時、「大丈夫ですから」とその唇が小声で言葉を紡《つむ》いだ気がしたが……アルスの心に、その意味が深く届くことはなかった。

アルスはただエリーナの胸の中で、まるで大きな花弁に包まれているような、優しい感覚を抱く。仄《ほの》かに香《かお》る嗅《か》ぎ慣れた匂《にお》い。どこか安心するようなその香りは、ただ嗅覚《きゅうかく》に訴《うった》えてくるのみならず、全身が包容されているような、夢現《ゆめうつつ》の境地を思わせる。

親を知らないアルスにとって、それは初めて受けた、女性からの愛情の発露《はつろ》だったのかもしれなかった。

抱擁《ほうよう》から逃れようともがくアルスの腕は、早々に諦《あきら》め、不思議とゆっくり降ろされていく。

初めて知る神秘的な肌《はだ》の温《ぬく》もりに、アルスはそっと瞳を閉じた。


本部を出立した【特隊】の隊員らが、クレビディートの排他的領地内に踏《ふ》み入ったのは、それから約四時間後、およそ昼過ぎの出来事だった。

もちろん、彼らがこれほど早く到着《とうちゃく》できたのは、他の隊がすでに最短ルートを切り開いていてくれたからだということは、想像に難《かた》くない。裏でベリックが各隊を動かし、周辺の魔物討伐任務《まものとうばつ》を発してくれていたのだろう。

実際、道中でニケが魔物《まもの》の存在を察知して吠えたのは一度きり。しかも距離的《きょりてき》には十分遭遇を回避《かいひ》できたため、ごくスムーズに目的地に到着《とうちゃく》できた。

クレビディートは領土の拡大および整地についてはアルファほど積極的ではない。そのせいで、この一帯の雰囲気《ふんいき》は、手つかずの自然が残る外界の中でも、ほとんど原生林といって遜色《そんしょく》ないものだった。もしアルファ近辺であれば、外界百キロ圏内《けんない》では戦闘の痕跡《こんせき》をすぐに見つけられるくらいなのだが。

そして彼らが、標的となる魔物アラクネを発見したのは、それからほどなくしてのことだった。

アラクネの外観は、巨大な蜘蛛の胴体《どうたい》に、人間の形をした本体と思《おぼ》しき部位が乗っている、といったところ。これは捕食《ほしょく》した魔法師の姿形を模倣《もほう》したのだと言われているが、本体部は全て、人間の女性を思わせるフォルムであった。とはいえ、それはあくまで体形だけのことであって、外見はのっぺりとした人形のような雰囲気であり、不気味であることに変わりはない。

体長はゆうに十メートル近い。全身が罅割《ひびわ》れたような黒い外殻《がいかく》で覆われており、通常の蜘蛛なら大きく膨《ふく》らんでいるはずの腹部は、異常なくらいに萎《しぼ》んでいた。

何より奇妙なことに、この魔物は一見したところ、かなりの深手を負っており、ほとんど瀕死《ひんし》のように思われた。無数の脚は回復もおぼつかないのか傷だらけで、途中《とちゅう》から断たれているものも少なくない。上体部に当たる本体は、ぐったりしたように俯《うつむ》いている。本物の人間のように頭からの生え際《はえぎわ》がはっきりとしておらず、単に女性の髪型《かみがた》だけを似せたようにも見える長髪《ちょうはつ》が、顔とおぼしき場所の前面に垂れ下がっていた。

アルスたちが姿を現しても、アラクネはぴくりとも動かない。

木陰《こかげ》から様子を窺っていたアルスは、隊員らと合図を交《か》わし、事前に決めていた通り、エリーナとともに、ツーマンセルで討伐《とうばつ》にかかった。残りの隊員は四方に潜《ひそ》み中距離《ちゅうきょり》から二人を補佐《ほさ》する役目だ。

戦力というには少々頼《たよ》りないリンデルフは、ニケと一緒に背後で待機し、全員が付けているコンセンサー越《ご》しに、逐次《ちくじ》必要な指示を出す形になっていた。

アルスは、軍から支給された剣《けん》型AWRを携《たずさ》え、音もなく標的にじり寄る。このAWRは無論、二桁魔法師以上に支給される品の中では最上級のものだ。ただそれでも、彼が使うには少々物足りないであろうことは、誰《だれ》もが知っていた。

そもそも入隊以降、アルスがAWRを新調した回数は五十を超《こ》える。そして彼が使い潰したAWR以上に、討伐した魔物は、それこそ数知れないほどなのだ。

それはさておき、それなりの苦戦を覚悟していたはずのアラクネとの交戦は、終わってみればごく他愛《たわい》もないものだった。まずは先制したエリーナの一撃《いちげき》に続き、アルスがすかさず放った最上位級魔法で、標的はあっけなく屠《ほふ》られた。

圧倒的《あっとうてき》と言ってよい結果であり、首尾《しゅび》よく魔核《まかく》を破壊《はかい》された魔物は、脚の先から灰となって崩《くず》れていく。

アラクネの武器の中で、最も警戒《けいかい》すべき鋼《はがね》の強度を持つ糸の攻撃《こうげき》には、結局一度もお目にかかる機会すらない有様だった。

「どういうことでしょうか、リンデルフさん」

エリーナは、あまりの手応《てごた》えのなさにどこか納得《なっとく》がいかないとばかり、そう問いかけた。

彼女の服には、戦闘の跡《あと》どころかちょっとした汚《よご》れすら付いていない。いくら瀕死であろうとも、このレートの魔物が反撃《はんげき》らしい反撃も見せずじまい、というのは明らかに妙だ。

「う～ん。確かに、Aレートにしては不自然なくらい呆気《あっけ》ない。それに、身体にあった無数の傷……どうも気になるな」

「リンデルフ、もしかするとクレビディートの隊が交戦したのかもしれないぞ」

勝敗は決したとみて戦闘態勢を解いた隊員らの一人が、そう言葉を返した。

「あるいはモルウェールド中将の隊が、すでにだいぶ追《お》い詰《つ》めていたのかもな」

もう一人の隊員が、そんな推測を述べる。

だが、リンデルフは顎《あご》を擦《さす》りながら「それはない」と即座《そくざ》に否定した。単純な部隊内順位を見てもAレートの魔物相手に完勝できることは稀《まれ》だ。アルスがいなければ、正面からの戦闘を全面回避することすら視野に入れた立ち回りが求められる相手だった。

「何故です？」

訝しげにエリーナが尋《たず》ね、リンデルフはごく簡潔に答えた。

「Aレート級の魔物を相手に、モルウェールド中将の部隊では力不足だ」

エリーナはその言葉に、少し記憶《きおく》を遡《さかのぼ》るような仕草を見せてから、「あっ」と声を上げた。おそらく、頭に叩き込んであった、先のアラクネとの交戦部隊についてのデータを思い出したのだろう。

「そうだ、俺《おれ》も確認《かくにん》したが、まともに交戦していたら全滅《ぜんめつ》してもおかしくないレベルのメンバーしかいなかったはずだ。それを逃がしたと言ったのは、多分に奴らの見栄《みえ》からだろう。もちろん部隊の実力は単に面子の総合力だけじゃ測れないところはあるし、本当に交戦した挙句、逃げられたのかもしれないが」

「善戦していた、ということですか？」

「……うーむ、可能性は低いが、万が一あり得たかもしれない、といった程度だろう」

リンデルフはそう言って曖昧に言葉を濁《にご》し、少し間を作った。

更《さら》に踏み込んで考えるならば……。リンデルフは、難しい顔をして再び顎を撫でる。

「アラクネが逃走中に、別の魔物に襲《おそ》われた、ということも……いや、それも考えづらいか」

ニケの様子といい、近くにアラクネに匹敵するほどの脅威《きょうい》となる魔物がいたとは考えにくい。高レートの魔物同士の共食い自体が、特定状況下でない限り滅多《めった》にないことではあるし、万が一そうだとしても、もう片方の魔物はどこへ行ったのか。もちろん、近くに魔物同士が争った形跡《けいせき》もない上、アラクネが相手の魔物を食った様子もまったく見られなかった。

「だとすると、残るはやはり、クレビディートの隊と遭遇したという線だが、これも考えづらいだろうな。クレビディートは外界での活動にあまり積極的じゃない。こんな遠くまで人員を送り込む、というのは従来ではあり得ないだろう。もし、そんな本気の領土奪還《だっかん》作戦なら、隣国であるアルファ側に察知されず動くのも難しいはずだ」

隊員たちは、拍子抜《ひょうしぬ》けしたような表情でありながらも、その実、どうも薄ら寒《さむ》い、妙な予感めいたものを抱《いだ》いていた。だからこそ、あえてそれを払拭《ふっしょく》するかのように、口々にいくつもの推論を述べ合っているのだ。

リンデルフはふと、こういう時に意見を聞くべき人物が、話に参加していないことに気づいた。元々積極的に与太話《よた》に参加するような性格ではないが、それでもいわば、野生動物が異常を警戒するのに似た意味で、周囲をそれとなく観察しているのが、アルスという少年なのだ。

そして子供ながらも、特定の分野については、アルスは大人顔負けに造詣《ぞうけい》が深い。

一方、その当人であるアルスは、ただ灰の山として散りゆくアラクネだけを見ていた。

学術的には、魔物は生物として定義されていない。というのも、その生態めいたものが、既存《きそん》の生命体とは、あまりにかけ離《はな》れているだからだ。捕食はするが、対象はほぼ人間だけに限られており、それが生命維持《いじ》のためではないことは、すでにはっきりしている。つまり、別に人を食《く》らわずとも、魔物は単体で活動可能な存在なのである。詳細《しょうさい》は不明だが、彼らが人間、特に魔法師を食らうのは、ただ魔力遺伝子を取り込み、後天的な進化を遂《と》げるためだ、という説も有力である。

だが、そんな魔物でも、やはり動物における生存本能とでもいうべきものはあり、存亡の危機となれば、死《し》に物狂《ものぐる》いの抵抗《ていこう》を見せるのが普通《ふつう》なのだが……。

身じろぎすらしないアルスに、リンデルフはそっと歩み寄り、声を掛ける。

「どうした、アルス」

「何か変なものでも見つけましたか、アルス君？」

エリーナもまた、彼に小走りで駆《か》け寄《よ》った——リンデルフより早く。

「いえ、この標的に付いていた傷……あれは魔法師による攻撃の痕ではないですよ」

「「——!!」」

「喰《く》いちぎられたような痕《あと》が、至るところにありました。ただどれも浅い傷で小さいですが。一方、さっき僕が止めに使った魔法ですが、魔物の外殻の強度を計算に入れて、かなりの威力で放たなければなりませんでした。そもそも、外殻が硬《かた》ければ、魔物同士でも低レートにあれほど食いちぎられるということはないと思います。しかも、回復できないとなると……」

「じゃあ、やっぱり……？」

エリーナの言葉に、アルスは軽く頷《うなず》く。

「そうなります。やったのは魔物ですね、しかも複数……クレビディート隊の仕掛《しか》けではあり得ず、モルウェールド隊に至っては、多分善戦したとすら言えないです。せいぜい、離れたところから遠距離《えんきょり》攻撃《こうげき》でもするのが関の山だったでしょう。当然その程度では、あの外殻にたいした傷すら付けられなかったはずです。で、そのまま逃がしてしまった、というのが真相でしょう」

エリーナは不審《ふしん》げに眉を寄せた。アルスの言うように、アラクネに傷をつけたのが魔物だとしても、傷のことについてはどうにも不可解なのだ。外殻の強度的に低レートの魔物だとは考えにくいというならば、高レートの仕業《しわざ》のはず。だが、周囲に争った形跡がないため、実質的にそれも考えにくいという矛盾《むじゅん》した状況。

その直後だった。

アルスたちから少し離れた巨木《きょぼく》の下、盛り上がった太い根の上で、ニケが頭を上空に向け、高々と吠《ほ》えた。

それは、訓練では教えていないはずの特殊《とくしゅ》な遠吠《とおぼ》えであった。

「なんだ⁉」

リンデルフの声と同時、全員の視線がアルスに集まる。ニケのことなら、最も長く一緒《いっしょ》にいるアルスが、一番理解しているはずだからだ。

しかし。

「聞いたことのない吠え方《かた》です。でも、恐らく警戒レベルでいうと……」

「最大かっ！　方角は」

「アルファの方向です‼」

リンデルフの問いにいち早くエリーナが応じ、アルスも首肯《しゅこう》する。

「一応標的は仕留めた、すぐに戻《もど》ろう」

リンデルフの指揮のもと、隊はすぐに移動を再開した。直後、リンデルフはアルスへと近づき、周囲を憚《はばか》りつつそっと訊《たず》ねる。

「アルス、以前に俺が見た過去の魔物に関する資料で、興味深いものがあったんだが……魔物が『繁殖《はんしょく》する』というのは本当か？」

アルスは顔を動かさず、視線だけをちらりとリンデルフによこした。声を少し落として答えたのは、彼なりにリンデルフの懸念《けねん》の意味を察したからだろう。

「たぶん事実です。厳密には、生物学的な意味での『繁殖』ではないですけど。実例が少ないので詳細は不明ですが、魔物の中でも特定のタイプにのみ、見られるようです。特に、昆虫類《こんちゅうるい》のような姿形に、同様の生態を持つ魔物……リンデルフさんもそれを見たのではないですか？」

「あ、あぁ……」

「アラクネは確かに、蜘蛛《くも》型ですからね。状況を見る限りでは、その可能性はあります。便宜《べんぎ》上『子供』と表現しますが、それを産んだためにエネルギー、いえ、この場合は魔力を使い果たしたということは、考えられます。外殻も魔力の良導体である以上、いわば莫《ばく》大《だい》な魔力による複製物を外に放出しなければならない『出産』時に、多少柔らかくなるというのは理に適《かな》ってます」

「だとすると、あの傷は子蜘蛛に、ということか？」

「子蜘蛛、ですか……」

「なんだ」

「いえ、魔物は子孫を残せませんから、厳密には、魔力を分《わ》け与《あた》えた半身と言うべきでしょうね」

　そこで、二人の様子に気づいた隊員らが訝しげな視線を向けてきたので、リンデルフはひとまず続きは後だ、と言い残して、部隊の最後尾《さいこうび》に付いた。

　その際、アルスはエリーナの表情に、ふと不安の影《かげ》が差すのを見た気がした。ただ、アルスは結局、何も言わなかった。

　先頭を行くエリーナのすぐ後ろには、ニケが控《ひか》えている。これは移動時における彼の定位置だ。

　もはやあれこれと話すものはおらず、各面々は沈黙《ちんもく》を保ったまま、移動速度を上げた。そのまま特隊は、風を切るようにしてアルファへと向かっていく。

　道中、リンデルフに並んだアルスが付け加える補足を聞きつつ、リンデルフは黙々と思考を続けているようだった。

やがて、一時間程度が過ぎた頃《ころ》。

ようやく部隊はアルファの十キロメートル圏内に到達することができたが、そこに広がっていた光景に、誰もが目を疑った。

空が、真っ赤に染まっていた。一体何が起きたのか、まさに眩《まばゆ》いほどの魔力残滓《まりょくざんし》が大気を歪《ゆが》めて、陽炎《かげろう》めいた現象まで作り出していた。

ここはアルファの防衛ラインから五キロは隔《へだ》たっているはずだが、まさに戦場といった様相である。いかにも不穏《ふおん》な光景の中、終始ニケは唸《うな》り続けていた。

ひとまず防衛の要所である詰《つ》め所《しょ》に向かおうとした特隊だったが、風を巻いて走る途中、最初の遭遇《そうぐう》が起きた。

巨大《きょだい》な木々の合間に、チラチラと何かの気配が見《み》え隠《かく》れしたかと思うと、節足類独特のカサカサとした移動音が周囲に響いたのだ。しかも、ただの大きさではないものが、複数いると思われた。

直後、リンデルフの無言の指示により、アルスとエリーナが、正体不明の魔物たちに先制攻撃を仕掛け、それらを即時《そくじ》殲滅《せんめつ》する。

だが、その魔物の残骸《ざんがい》を視界に収めた時、リンデルフは、思わず顔を引《ひ》き攣《つ》らせた。

「これは……」

「間違いなさそうですね」

　半ば灰化しようとしているが、それはアラクネに似た外骨格を持っていた。サイズはかなり小さめで人間の子供程度。それは別個に蜘蛛型の【アラニア】として知られているものだが、どうやらその正体はアラクネの半身体らしい、とアルスたちは目星を付けた。

　つまるところ、アラクネとはアラニアの成熟体だったのだろう。ちなみにサイズと戦闘の手応えからして、アラニアのレートは〝C〟と言ったところ――正式な脅威度《きょういど》通りだった。

　転がっている合計四体の残骸を確認した直後、リンデルフは全体の状況を把握《はあく》するべく、指でコンセンサーを耳に強く押《お》し当《あ》てたが。

「ダメだ。かなり情報が錯綜《さくそう》している。おまけにノイズもひどい、さらに近づいてもまともに連絡《れんらく》は取れなそうだ」

「どうしますか、リンデルフさん。この隊の指揮はあなたに一任されています」

　エリーナの言葉に隊員らも頷く。確かに魔法師としてのリンデルフの力は頼りないが、指揮官としての力量ならば、隊の誰よりも傑出《けっしゅつ》している。それにこういった危機的状況であればあるほど、彼の判断力がかえって研《と》ぎ澄まされることも、そこそこの付き合いの中で誰もが感じ取っていた。

リンデルフは後頭部を掻《か》きながら「参ったな」と溢《こぼ》すが、声とは裏腹に、その表情には沈《しず》んだ様子は微塵《みじん》もない。

今、彼は必死に思考をめぐらせていた。特隊は外界時における行動の制限がほとんどなく、現場の裁量によるある程度の自由行動を許されている。そもそも防衛戦は、本来なら特隊の本領ではないし、今回与えられた任務ですらない。しかし、仮に防衛ラインのこんな近くまで魔物が侵攻《しんこう》してきているのなら、自分たちも戦闘に加わらないわけにはいかないだろう。

とはいえ、未《いま》だ敵の脅威レベルすら把握できないため、さすがのリンデルフも判断しかねている。防衛マニュアルは頭に叩《たた》き込んでいるが、魔物の侵攻規模によって変化するため安易に動けないのだ。

彼は口を引き結んで黙考《もっこう》していたが、ふいにエリーナの鋭《するど》い視線を受け、軽く目を伏《ふ》せると、分かっていると言外に伝えた。

(あえて火中の栗《くり》を拾うこともできるが……)

ふと彼の脳裏《のうり》に、ヴィザイストの言葉がよぎる。出立直前、上司から受けた言葉の真意——遵守すべき指令の中身。

(俺らが今、もっとも優先すべきはアルスの無事だ……だがそれでいいのか。そもそもあ

いつは、俺たちに守られなきゃいかんようなタマじゃない。何よりも、万が一防衛ライン
が突破《とっぱ》された上、新手の魔物どもが現れでもしたら）
アルファに魔物が雪崩《なだ》れ込むようなことになれば、そもそも任務どころではない。
ならば、まずは軽く敵に当たって、その脅威度や力のほどを探《さぐ》るか……いや、それも論
外だと、リンデルフは自らその案を却下《きゃっか》する。敵は全《すべ》てが未知数なのだ、ましてやここは
まだ外界。そんな甘《あま》い考えでは容易に足元を掬《すく》われる。
（きっとエリーナなら、ここは迂回《うかい》し、まずは帰還《きかん》を最優先に……なんて考えるんだろう
な）
もともと標的だったアラクネの討伐任務は、すでに上々の結果を出しているのだ。それ
に、とリンデルフはさらに考える。
こちらにはアルスがいる。彼はまさに切り札と呼べる存在だ。アルスを頼《たの》む、と先に言
われた経緯もある。結局のところ、彼さえ無事なら、この異常事態にあっても多少の初動
の遅《おく》れは、いずれ取り返せるのではないか。
「よし、俺らはここを迂回し……」と、リンデルフが口を開きかけた直後。
「リンデルフさん。早く行かないとかなりの死傷者が出ますよ」
当たり前のように、ぽつりとアルスが発した。その表情はいつもの如く静かで、瞳は何

も映してはいない。本心から他部隊のことを心配しているのかさえ、定かではなかった。

しかしリンデルフは、急に重く胸の内に響いたその言葉を、己《おのれ》でも半ば呆然《ぼうぜん》としつつ噛《か》み締《し》めた。アルスはただ、あくまで月並みのことを定型通りに発しただけかもしれない。心の底ではどう思っているのかすら不明だ。

ただ、どんな時にあっても仲間を見捨てないこと、それこそが魔法師の本分ではないか。この非常事態に、自分がそんな当たり前のことすら見失っていたと、リンデルフはまるで負うた子に諭《さと》されたような思いだった。

「ははは っ！　だな、急ごう！」

魔法師たるもの、仲間の苦境を助けることになんの躊躇《ちゅうちょ》がいるだろうか。リンデルフはそう、先程《さきほど》とは真逆の解答を導いた。そもそも、アルスはいずれ国を背負って立つだろう逸材《いつざい》にして未来のシングル魔法師候補だ。その将来や資質に与える影響《えいきょう》を考えるならば、死地で仲間を見捨てるなどという選択《せんたく》を今すべきではない。そう、ここで引くなどという選択はなかった。

「リンデルフさんっ!!」

同時に飛んだエリーナの叱責《しっせき》まがいの怒声《どせい》を、リンデルフはあえて飄々《ひょうひょう》とした態度で受け止める。

「まぁそういきり立つな、エリーナ。どっちの選択をしたって先は分からない。だったら魔法師らしく行こうじゃないか。俺らは魔物をぶっ倒《たお》してなんぼだろ？　今魔物と戦っている仲間がいるなら、それに加勢しないでどうする」

「でも、それじゃ隊長の」

「指揮を一任されているのは俺だ。もちろん、お前の言いたいことも分かるが」

エリーナは嘆息《たんそく》しつつ、ちらりとアルスを見た。およそ無表情で、まったく子供らしからぬ感情の希薄《きはく》さ。まるで生命の危機や死の恐怖《きょうふ》に対する感覚が、どこか壊《こわ》れているような雰囲気さえ感じさせる。

エリーナから見れば、いかにも危《あや》ういが……ただ、彼女にも結局は分かっているのだ。

自分の役割はアルスを束縛《そくばく》することではない。言ってみれば、過保護な親のように彼《かれ》を庇護《ひご》することですらないのだ。だから彼の行動の指針を狭《せば》めるような行為《こうい》は、つまるところ、彼女の身勝手なエゴにすぎない。

どこまで本心かは不明でも、彼が自ら発した言葉によって導かれた状況において……結果としてアルスが脅威に晒されたのならば、守ればいい。その未熟さに寄り添《そ》い、支えてやればいい。それだけがエリーナに課せられた役目。

「分かりました。でも、アルス君はそれでいいんですか？」

「ヴィザイスト隊長も仰《おつしや》っていましたが、分からないことはやってみれば良いと。ですのでひとまず、後方から敵の掃討《そうとう》にかかってみるのが良いかと思ったのですが」

「そ、そうですか……そうですね。まあ、正しい選択なんて誰にも分からないですからね。それに、最初は間違いであっても、それを結果的に正しい選択に変えるのは己自身であると私も思いますよ、アルス君」

多少ぎこちない無理に作った笑《え》みとともに、エリーナは精一杯《せいいつぱい》の言葉を紡ぎ出す。そこまでしなければならないのは、結局のところ詭弁《きべん》だと自分でも分かっているからだ。

だが、あえてそう言ったのは、それでもアルスの判断を尊重すべきだと判断したから。何よりも、彼ならば本当に、どんなリスクすらも圧倒的な力で正しい結果へと変えてしまえるのでは、という思いもあってのことだ。

「よし！　決まったところでさっさと行きますか」

なおも複雑なエリーナの胸中を知ってか知らずか、リンデルフは、僅《わず》かに残った逡巡《しゆんじゆん》を己の言葉で振《ふ》り払《はら》うかのように、そう言った。

それからしばらく後。アルスたちは今、アルファ――正確にはその絶対防衛ライン――に向かって猛進《もうしん》している。

だが近づくにつれ、なおも広がる不吉《ふきつ》な光景は、状況が悪い方向に傾《かたむ》いていることだけを物語っていた。

先ほどから戦闘《せんとう》の痕跡があちこちに見受けられ、いずれも、何人かの魔法《まほう》師の死体だけが無残に放置されていた。全てにおいて、生存者がいるとは思えない惨状《さんじょう》だった。

ここに至るまでに、隊員たちはすでに数えきれないほどの魔物を倒して来ている。だが、アルファ軍が持ちこたえているであろう最前線は、未だに見えない。とある小高い丘《おか》のような地点で、一瞬《いっしゅん》だけ足を止めたリンデルフは、その一帯を見渡《みわた》しつつ、苦々しく口にした。

「この辺りが最初の前線だな。だが、近くで戦闘が行われている気配はどこにもない。……となると、今は戦線がかなり後退していることになる。急ごう」

一体防衛線はどこまで下がってしまったのか、そのことに対する焦燥感が、全員の項《うなじ》の辺りをチリチリと焦《こ》がしつつあった。隊員らはいずれも無言で、ただひたすらに足を進めていく。

すでに何体もの魔物を屠ってきたが、もはや敵は小蜘蛛型のアラニアだけではなくなっている。それが何を意味するのか、当然ながら、猛者《もさ》揃《ぞろ》いの特隊の中で分からぬ者はいない。

おそらくアラニア——アラクネの半身——が大量に生まれ出たことが、引き金になったのだろう。母体たるアラクネがわずかなりともアルファ軍の攻撃を受け、それに反応したアラニアたちは、生まれながらに興奮状態であったと推測される。

そして、誕生と同時に母体たるアラクネの身体を貪《むさぼ》り食い、魔力《まりょく》を蓄《たくわ》えたアラニアたちは、たちまち戦闘態勢となって、まずアルファに向かって動き始めたのだ。魔物の雄叫《おたけ》びは、その血と同様に仲間を呼び寄せる作用があるため、それに触発《しょくはつ》された他の魔物もまた、一斉《いっせい》に侵攻を開始したのだろう。ただ、これほどの大規模の侵攻となれば、それを牽引《けんいん》する高レートの存在があって然《しか》るべき。

隊の誰かがふと寒気を感じた直後、呼応するようにニケが素早《すばや》く、脅威を知らせる吠え声《ごえ》を響かせた。何らかの危険が近いのだ。はっとしたその動きは自然に周囲へと伝播《でんぱ》し、隊員らは各々《おのおの》、全神経を集中させて周囲を警戒しつつ、移動を続けた。

やがて、とある場所に行きついた直後……そこで誰もが、ゾワリとした感覚に身体を強《こわ》張《ば》らせた。赤く燃える木々に、大量の血が降りかかっている。ぬらぬらしたその表面には、炎《ほのお》のオレンジ色が、不気味に照《て》り映《は》えていた。

隊員たちの目に飛び込んできたのは、無数の魔物がそこら中で魔法師の死体を貪り喰う地《じ》獄《ごく》絵図だった。

もはや一帯に生存者がいないのは明白だった。そして魔物から見れば、アルスたちは、餌《えさ》を貪り尽《つ》くしかけたところにやってきた、新たな生贄《いけにえ》ということになる。

状況は最悪だった。いや、それでもまだ、そこにいた四十体近くの魔物が全て低レートだけだったならば、切《き》り抜《ぬ》けることもできただろう。

しかし、群れの中心で野太い咆哮《ほうこう》を上げた巨大な魔物を見て、隊員らはAWRを引き抜くと同時に、自らの不運に思わず唇《くちびる》を噛みしめた。

それを代表するかのように、エリーナが愕然《がくぜん》としつつ呟《つぶや》く。

「オーガ種【ロゾカルグ】、なんでこんなところに!」

眼窩《がんか》に灯《とも》った紅点は、炎の揺《ゆ》らめきを映して、赤々と輝《かがや》いている。鬣《たてがみ》のようなくすんだ色の毛のうねりが背中まで走っている。岩山のように膨《あ》れ上がった肢体《したい》には、強大な力を思わせる筋肉の筋が浮き上がっていた。巨木のような腕《うで》、さらに指先からは、黒い尖爪《せんそう》が突《つ》き出《だ》している。

Aレートのロゾカルグは、同レートの中では、比較的遭遇頻度《ひかくてきそうぐうひんど》の高い魔物だ。それでも、アルファの防衛ライン近くに現れた、という記録はあまりない。

元は小鬼程度だったものが吸収の果てに進化したのか、それともアラニアや他の魔物の侵攻に呼応して、外界の奥地《おくち》からわざわざ攻《せ》め込んできたのか。

いずれにせよ、恐《おそ》らくこの魔物が、大規模侵攻を牽引していることは確かだろうと推測できた。

衝撃《しょうげき》で時が止まったかのように、隊員たちが立ちすくんだその刹那《せつな》――。

「標的、ロゾカルグ！　これより討《う》って出る!!」

「「――――!!」」

声を張り上げたのは、リンデルフだった。同時に我に返った隊員たちが、緊迫《きんぱく》した表情で、視線を敵の巨体《きょたい》にぴたりと据《す》えて、一斉に頷く。ここで高レートを討伐すれば、魔物の群れは少なからず混乱するはずだ。少なくとも統率者《とうそつしゃ》が消えれば、魔物たちは組織だった行動の指針や目標を失い、バベルの防護壁《ぼうごへき》から離れる個体も少なからず出るかもしれない。

しかし、そんな思惑《おもわく》は、すぐに驚愕《きょうがく》をもって塗《ぬ》り替《か》えられた。

全隊員の視界に、いち早く突出《とっしゅつ》した小柄《こがら》な影――アルスの姿が飛び込んできたからだ。

彼は一直線に、何の躊躇《ためら》いもなくロゾカルグへと剣を引きながら駆ける。

「アルス！　待て、連携《れんけい》を……」と発しかけた隊員の一人を手で制し、リンデルフはエリーナに目配せする。

続いてすかさず「ロゾカルグは二人に任せ、他は周囲の掃討だ」と命令を発した。

そして、すぐさま激戦が始まった。

炎が大気を焦がす中で隊員たちは、それぞれに奮戦した。確実に魔物の数を減らしてきている……だが、どこにこれほどの数が潜んでいたのか、地中から、樹上から、それこそ溢《あふ》れるようにして新手の魔物が湧《わ》き出《で》てくる。

さすがの隊員たちも時とともに疲弊《ひへい》し、青褪《あおざ》めた顔はいずれも、魔力の枯渇《こかつ》が近いことを訴えるようになっていた。

そんな中、ニケはリンデルフの指示で、変異直前の魔物を確実に狙《ねら》って噛み殺《ころ》している。吸収した魔力を置換《ちかん》する速度は個体によって違《ちが》いはあるが、最初の犠牲者《ぎせいしゃ》を食らって時が経《た》った魔物の中には、すでにその兆候を示しているものがいくつか存在したのだ。変異が成ってしまえば、魔物の脅威度はぐんと跳《は》ね上がる。

その兆候は、具体的には身体が変形し始めたり、表皮の様子に異変が起きたりと様々だ。ニケは、変異直前の無防備な隙《すき》を狙って、危険な兆候を示した魔物を屠っていった。

そしてアルスはというと、エリーナと共に、さきほどからロゾカルグに肉薄《にくはく》し、白兵戦を繰《く》り広《ひろ》げている。魔力を具現化し、燃え盛る炎を腕に纏《まと》ったロゾカルグの攻撃をかわしつつ、アルスの振るう鋭利《えいり》な刃は、硬質《こうしつ》な外殻に次々と傷を付けていく。それは二桁魔法《ふたけたまほう》師のエリーナでもサポートするのがやっと、というほどの苛烈《かれつ》な攻撃だった。

剣戟《けんげき》を交わらせる度に、魔物の身体から散って頬《ほお》を焼く火の粉すら払わず、アルスはただ、瞬《まばた》きすら止めて魔物の一挙手一投足に注力しているようだった。

ふと、魔物の太い足に炎塵が纏《まと》われた。次の刹那、周囲を丸ごと薙《な》ぎ払うかの勢いで、蹴《け》りが飛んでくる。

それを屈《かが》んで回避したアルスだったが、恐るべき威力《いりょく》を秘《ひ》めた魔物の蹴撃《しゅうげき》は、同時に膨大な炎弾《えんだん》を周囲に撒《ま》き散《ち》らし、あわや隊員たちを背後から焼きそうになる。

まさに、一撃で即死《そくし》に繋《つな》がるほどの凶悪《きょうあく》な力。それを分かっていてなお怯《ひる》む気配すらなく、アルスの動きはさらに速度を増し、やがては応戦しようとするロゾカルグを圧倒《あっとう》し始めていた。エリーナも隙を見て攻撃を加えているが、連携の上では、次第《しだい》にアルスの速度に対応できなくなってきていることに、歯噛《はが》みする思いだった。

そんな時——アルスが更なる一撃を加え、それに怯んだロゾカルグに、一瞬の隙が生まれた。

好機を逃《のが》さず、エリーナは足に最大限の魔力を込め、空中へと跳《と》ぶ。それから縦に数回転、遠心力を乗せた踵《かかと》が、魔力ともども、ロゾカルグ向けて振り落《お》とされようとする。

だが、彼女《かのじょ》の狙いを察した瞬間《しゅんかん》、アルスは。

「えっ!!」

エリーナは思わず驚《おどろ》いた声を上げた。まさに踵落としが決まりかけた瞬間、アルスが横から腕を伸《の》ばし、彼女を突き飛《と》ばしたからだ。

弾《はじ》かれたように空中から地面に転がり、すぐに手を付いて視線を上げたエリーナは、はっとして唇を噛んだ。

いつの間にか、ロゾカルグの口中に魔力の光が集まっている。それは炎を束ねて放つ、熱光線のような攻撃——もしさっき照射されていたら、空中で身動きが取れないエリーナは、ひとたまりもなかっただろう。魔物は本来、その全てを人間には測れぬ不気味な存在だ。ときに生存本能を無視し、己を捨て石とした挙句、平然と相討《あいう》ちに持ち込むような戦法を取ることすらある。

だが、それは彼女をかばい、敵の射線から押し出したアルスとて、同様に思われた。

が、エリーナを突き飛ばしながらも、アルスは次なる手をすでに打っていた。

アルスのAWRが真下から切り上げるように振るわれ、ロゾカルグが大きくのけぞる。

だがその一撃は、顎に強烈《きょうれつ》な衝撃を与えたものの、さすがに魔物の首を断《た》つには至らない。

ただ、魔物の頭が衝撃で跳ね上げられたことで、口から吐《は》き出された炎はあらぬ方向へと伸びて、そのまま消えていった。

だが、致命的《ちめいてき》な一撃を辛《から》くも逸らしただけにしては、代償《だいしょう》はあまりにも大きい。鈍《にぶ》い破《は》砕音《さい》とともに、アルスの剣型AWRが、半ばから砕《くだ》け散ってしまったのである。

刃で切りつけても効果が薄《うす》いと見たアルスが、AWRを持《も》ち替え、その峰《みね》で魔物の顎に強引《ごういん》な一撃を加えたせいであった。ただ、AWRが破壊されたのは材質の脆《もろ》さ故《ゆえ》ではない。最大限の衝撃を与えるべく剣身に凝縮《ぎょうしゅく》させた魔力のエネルギー、その出力にAWR自体が耐《た》えられなかったのだ。

やがて向き直ったロゾカルグが、怒《いか》りに燃える目でアルスを睨《にら》みつけた。ちょうど顎の部分が鏵割れたように砕け、ドス黒い体液を滴《したた》らせている。

折れたAWRを放《ほう》り捨てたアルスを見て、エリーナは己の軽率《けいそつ》さを悔《く》いた。あの状況《じょうきょう》下、アルスの援護《えんご》に動いたのは、他人から見れば別に責められるような行動ではない。だが、エリーナの厳格さをもってみれば、明らかに失態である。その結果、アルスが武器を失ってしまったのだから。そして外界で、特にこの状況下で武器を失うことは、即座に死を意味しかねない。だが、そこに。

「アルス！」

そんな声とともに宙を飛んできた新たな剣、それをアルスはしっかりと掴《つか》み取《と》った。

状況を見て取ったリンデルフが投《な》げ渡《わた》した、彼自身のAWRである。

あくまで涼《すず》しげで表情を変えないアルスだが、エリーナから見れば、いくら新たな武器が手に入ったとしても、状況はいかにもまずいように思えた。アルスは最初、おそらく最上位級魔法で一掃《いっそう》することを考えたのだろう。だが、周囲に仲間がいる状況では、巻き込んでしまうリスクがある。そこを彼なりに考え、必然的に接近戦へ持ち込んだのだと、エリーナは遅《おそ》まきながら理解した。

だとすれば、状況は彼に不利なのではないか。

だが次の瞬間、リンデルフから受け取った水系統のAWRをしっかり握《にぎ》り直したアルスは、いとも軽々とそれに魔力を通していった。

エリーナはほっと胸を撫《な》で下《お》ろす一方、ふと。

（でも、アルス君は火系統だったはず）

違和感《いわかん》と同時に、彼女は真実に気づく。そう、普段《ふだん》からアルスは比較的《ひかくてき》得意な火系統の魔法しか使っていなかったのだから、無理もないが……。アルスが「火以外の系統も扱《あつか》える可能性」にようやく気づいて、エリーナは改めて、その底知れぬ才能に愕然とした。

その一方、リンデルフは薄々《うすうす》感付いていた節がある。そうでなければ、役立たずになりかねない他系統のAWRを投げ渡したりはしないだろう。

そんなエリーナを他所《よそ》に、リンデルフに対して一礼や会釈《えしゃく》するでもなく、アルスは再び、ロゾカルグに向かって身を躍《おど》らせた。そして、再び剣戟が始まった。

一撃でも受ければ絶命してもおかしくないというのに、ロゾカルグの猛攻《もうこう》を、アルスは全て凌《しの》いで見せる。

だが、やはり形勢逆転というわけにはいかない。元々リンデルフは、魔法師としては三流であり、現在の地位は、卓越《たくえつ》した作戦指揮能力によるもの。だからこそ彼は、身に帯びるAWRも、ちょっとした護身用程度と割り切っている。そのため、リンデルフのAWRは、さほど上質なものではなかったのだ。

その証拠《しょうこ》に、ロゾカルグの外皮にはせいぜい薄い傷程度しか付けられていないというのに、アルスのAWRの刀身が、悲鳴を上げるように軋《きし》み始めている。いくら魔力で覆《おお》っているとはいえ、材質的な差は大きい。

それを見ているエリーナは、如何《いかん》ともし難《がた》いもどかしさに駆られた。何か、できることはないのか……自分とて、二桁魔法師のはずなのに。

だが、ふとある事実に気づいた時、エリーナは思わず戦慄《せんりつ》した。彼女の視線は今やロゾカルグではなく、全てアルスに向けられていたが、同時にその視線は、ぴたりと一点に注がれてそのまま静止した——彼の口元に。

（笑ってる……!?）

年齢的《ねんれいてき》にも状況的《じょうきょうてき》にも不相応な、どこか嗜虐《しぎゃく》的でさえある笑みだった。まるで彼我《ひが》の実力差、周りが見えていないような、そんな危機感すらも抱かせる。決して危機的状況を前に精神が錯乱《さくらん》しているわけではない。寧《むし》ろ、血中に放出された多量のアドレナリンにより、万能《ばんのう》感とともに気分が著《いちじる》しく高揚《こうよう》しているのだ。いわゆる、激情型興奮により「ハイになっている」状況。

「リンデルフッ!!」

そんな一瞬の間を破るかのように、悲鳴に似た叫《さけ》びが上がった。それは周囲で低レートと対峙《たいじ》していた隊員のもの。続くのは、断末魔《だんまつま》の声だった。

リンデルフが弾かれたようにそちらを見た時は、すでに遅きに失していた。その隊員の身体に深い裂《さ》き傷《きず》が走り、口から吐き出された大量の血が、軍服を真っ赤に染めていく。助からないと一目で分かる深手。

続いて、また一人。ついに起きてしまった悲劇に、一瞬沈痛《いっしゅんちんつう》な表情を浮《う》かべたリンデルフは、すぐに指揮官としての顔を取り戻し、青白い顔で直ちに決断を下した。

犠牲者が出た上、アルスですら武器を失い、苦戦するほどの高レートが出現したとあれば、一度攻勢《こうせい》を緩め、速《すみ》やかに態勢を整えるのが上策。

「エリーナ!!」と声を上げ、すぐにでも撤退《てったい》する旨《むね》を伝える。

だがエリーナがそれに反応したのは、二度目の呼びかけでようやくだった。熱気が立ち込める中だというのに、彼女は薄ら寒さすら感じて、冷《ひ》や汗《あせ》をかきつつ立ちすくんでいたのだ。

「ア、アルス君、撤退です………アルス君？」

ようやく我に返った彼女は、そうアルスに呼びかける。自分でも分かるいかにも張りのない声だったが、聞こえないほどの小声ではなかったはず。

だが、アルスからの反応はない。やはり、という嫌《いや》な予感とともに、焦燥《しょうそう》感が込み上げてくる。

珍《めずら》しく戸惑《とまど》った表情を見せ、エリーナは咄嗟《とっさ》に指示を仰《あお》ぐために、リンデルフへと視線を向けた。

「仕方ない。強引に引き剥《は》がす。俺《おれ》が割って入るから、その隙にお前はアルスを抱《かか》えて離《り》脱《だつ》しろ。あいつが言うことを聞かんなら、それこそ気絶させても構わない」

「――!! それじゃリンデルフさんが……」

言葉が途中《とちゅう》で途切《とぎ》れたのは、この状況下、己が遂行《すいこう》すべき役目の重要性を理解したからだ。次の瞬間、エリーナはいつもの冷静さを取り戻し、僅かに苦笑《くしょう》して言った。

「リンデルフさんじゃ、隙は作れないですよ。そこらのロゾカルグより強いんですから」

そう言ってアルスとロゾカルグの方へ向き直って身構えたエリーナだったが、機先を制するように、リンデルフが強く肩《かた》を掴む。

「隊長命令だ、絶対に一瞬くらいは隙を作って見せる。ずっと魔法師として役に立てなかった俺だ、最後ぐらい隊長らしいことをさせてくれ」

力が入った手は小刻みに震《ふる》えていたが、真剣《しんけん》な目の光は、エリーナに首を横に振ることを許さないものだった。

「……！」

周りを見れば、もはや特隊の隊員で立っている者は、誰一人《だれひとり》としていなかった。救援《きゅうえん》を呼ぶ声、絶望の悲鳴すらも絶えて、もはや虚無《きょむ》のみが周囲を支配している。おそらく皆、半ば魔物の群れと刺し違えるような形で、命尽きてしまったのだろう。この場に残っている特隊のメンバーはもはや三人だけのようだった。

最後にリンデルフの名を呼びかけて絶命したあの隊員……彼の真意を、リンデルフは確かに汲《く》み取っていた。……せめてアルスだけでも、と。

思えば、ヴィザイストから直接指示を下されたのは二人だけのはずだったが、結局のところ、それは部隊全員の願いだったのだろう。希望だったのだろう。

だとすればなおさら、目の前で起きてしまった仲間たちの死に、痛恨《つうこん》と贖罪《しょくざい》の念が沸《わ》き起《お》こる。自分だけが、おめおめと生き延びるわけにはいかない。

リンデルフは炎の燃え盛るその場所で、今や揺るぎない決意を胸に宿していた。意に反して起きる身体の震えを、今度こそ、精神の力だけでねじ伏せる。

不意に、ぽつりと。

「……リンデルフさんも男だったんですね」

そう、エリーナが溢した。当然のことを噛み締めるように言葉にして紡《つむ》いだあと、エリーナは僅かに頬を綻《ほころ》ばせて、ちらりとリンデルフを見やる。

炎の色に照らされて、その頬がかすかに染まっているように見えた。

「当然だ、俺も男なんだよ。格好ぐらいつけさせろ！　で……もしもだ、もしも、生きて帰れたら……」

え、と少し驚いたような表情を見せたエリーナを、リンデルフはまっすぐに見つめる。

けれどもエリーナはリンデルフの言いかけた言葉を遮《さえぎ》り、見透《みす》かしたように鼻で笑った。

「死でも覚悟《かくご》しましたか？　そんなんじゃ犬も口説《くど》けませんよ」

リンデルフはうっと言葉に詰《つ》まり、「いや、今のは違ッ」と慌《あわ》てて訂正《ていせい》しようとしたところを、再びエリーナに切り込まれてしまう。

「二言のある人は嫌です」と鋭く先手を打ち、彼女は微笑《びしょう》を浮かべつつ続けた。

「ちなみに私は、女なら誰《だれ》にでも尻尾《しっぽ》を振る人には、興味はありませんから。お話の続きは、アルファに戻ってから……ゆっくりと」と小さく付け加える。

その態度をどう取ったのか、さっと表情を明るくしたリンデルフは、愚直《ぐちょく》な少年のように、勢いよく駆《か》けだした。

「うおおおおぉぉぉ!!」

熱さなど少しも感じないかのように、炎の中を猛進していくその姿を、エリーナは黙《だま》って追いかけた。

◇◇◇

今、死闘《しとう》に酔《よ》っている状態のアルスに撤退の合図を届けるには、興奮に占領《せんりょう》されてしまった彼の意識を切り離《はな》さなければならない。だが、きっとそれは大きな隙に繋《つな》がるだろう。何より、本来のアルスのスタイルは、ただの戦闘狂《せんとうきょう》からは程遠《ほどとお》いはずであることをリンデルフは理解していた。冷静ないつものアルスならば、たとえロゾカルグが相手でも、様々な駆け引きや魔法を駆使《くし》して、もっと優位に戦況《せんきょう》を運べるはずだ。

(命の綱渡《つなわた》りに陶酔《とうすい》しているな)

未熟ともいえるが、同時にこの状況下でそんな余裕《よゆう》があること自体、アルスの底知れない才能も垣間見《かいまみ》える。あんな顔をするアルスを見たのは初めてだった。これまでの戦いでは、きっと物足りなかったのだろう、きっと飽《あ》きてすらいたのだろう。強《し》いられるというほどでないにしろ、連携を前提にし、仲間を守りつつの不慣れな戦いに。

だが、特隊は、彼の家となるべき場所だ。アルスの常人離《ばな》れした魔法の才能などに関係なく、ただ、「人の中に在《あ》る魔法師として」生きていくには必要不可欠な居場所だ。それは絶対に否定できない、してはいけない。

今の彼はどこか、ようやく手に入れた頑丈《がんじょう》な玩具《おもちゃ》を弄《もてあそ》ぶ幼児にも似ていた。自分の力を測る物差しとするのはおろか、どこまでなら魔物《それ》が壊れないか、そんな実験めいたものも兼《か》ねているように思えた。

だがアルスより、指揮官として冷静に全体を見渡す経験に長《た》けたリンデルフは、その余裕こそ危ぶんでいた。危ういというよりも、この均衡《きんこう》は絶対にその内崩《くず》れる。外界において、敵を弄ぶような戦い方は往々にしてしっぺ返しを喰《く》らうものなのだから。

確かに、目の前で繰り広げられる戦いはそんな不安も払拭《ふっしょく》するかのように、アルスが押している。いや、いかにもアルスが押しているかのように見える。しかしアルスが優勢となってから、すでに戦闘が続くこと数分……なのに、未だに敵を倒しきれていない。

それは、アルスに問題があるからだ。もはやＡＷＲの優劣《ゆうれつ》など問題ではない。他の隊員ならいざ知らず、リンデルフはアルスが意図的に力を抑《おさ》えていることを読み取っていた。

いかに強者とて、アルスはまだ若い。敵を侮《あなど》ることはときとして破滅《はめつ》につながる遊戯《ゆうぎ》だ。外界で長く生き延びた魔法師なら、それこそ三桁《けた》程度の者でも知るそんな理を、彼は未だ心に刻み切っていない。たぶん、その圧倒的《あっとうてき》なまでの強さゆえに。

だからこそ今、リンデルフは死《し》に物狂《ものぐる》いで走る。きっとこの戦いは直に終わる――アルスの致命傷《ちめいしょう》という形で。

リンデルフとアルスとの距離《きょり》が縮まるにつれ、その不安は現実のものとして浮《う》き彫《ぼ》りになる――身体と意識の乖離《かいり》。今のアルスは一種の躁状態《そうじょうたい》だ。そして、彼が感じている万能感は、ほぼ絶頂感にも近いものだろう。

脳内ではほんの僅かな刹那が無限に近い時間にまで引き延ばされ、勝利につながる無数の布石と分析《ぶんせき》が、数限りなく同時に交錯《こうさく》しているはず。

だからこそ生じた隙――戦いの最中に、敵を圧倒していたはずのアルスの動きが、ふと、ぎこちなくなった。

たった一撃《いちげき》、ロゾカルグの無造作な薙ぎ払いに対し、アルスの身体が硬直《こうちょく》したのだ。

その身に何が起きたのか。

一言で言えば、容量超過《オーバーフロー》である。

そのとき、彼の膨大《ぼうだい》な思考はすでに目前の瞬《とき》を超《こ》えて、一手二手、いや十数手先の未来に至る駆け引きまでを計算に含《ふく》み始めていた。相手の動きや筋肉の収縮、はたまた爪先《つまさき》の向きに至るまで、全ての状態・状況から読み取れる情報を同時に解析《かいせき》。それは、乗数に乗数を重ね、数多《あまた》に広がる無限の可能性から、唯一《ゆいいつ》の最適解を弾き出そうとする試みだ。

当然、その凄《すさ》まじい負荷《ふか》は常人ならば脳の回路が擦《す》り切れるほど。ただ、アルスなればこそ頭脳はそれに耐えることもできたが、まだ幼い身体はやはり違う。

子供が難解すぎるパズルに挑《いど》んで知恵熱《ちえねつ》に侵《おか》され動けなくなるように、脳の反応速度に、身体が、動きが、追いつけなくなってしまったのだ。

一瞬の間に、形勢は逆転した。ロゾカルグが思い切り胸を反らすと同時に腕を引き、狂《きょう》爪《そう》がまさに放たれんとする弓と矢のように、盛り上がる筋肉に蓄えられた巨大な力とともに引き絞《しぼ》られる。常ならば緩慢《かんまん》すぎるとさえ取れるそんな動作を前に、アルスは動けない。刹那の後に訪《おとず》れる確実な死を視《み》たであろうその身体は、しかし、突然《とつぜん》意識を失ったように脱力《だつりょく》していくばかり。

「くそっ！」

リンデルフが間に合わないと感じた直後、横から白く巨大な物体が飛び込んできた。

白銀色の体毛を持つ存在――ニケが唸りながら飛び込んで、巨大な魔物に対して爪を振り下ろし、的確にその矛先《ほこさき》を逸らしたのだ。

アルスの身体が自由を取り戻《もど》したのは、その直後のことだった。

視界を覆う雄大《ゆうだい》な体躯《たいく》が、キラキラと輝く毛を靡《なび》かせながら、地上に着地する……が。

四足が地面に着く直前、白銀色の身体が重い衝撃に揺れ、数カ所の体毛が肉ごと不自然に盛り上がったかと思うと、何かがそこから突き出した。

同時に噴《ふ》き出す鮮血《せんけつ》が、アルスの眼前を真っ赤に染めていく。

腕ほどもあるロゾカルグの爪、それが複数本、ニケの身体を突き破《やぶ》って顔を覗《のぞ》かせたのだとアルスが理解したのは、その直後のことだった。アルスは顔面へ向かって伸びてくる爪に目を瞑《つぶ》ることなく、それどころか唖然《あぜん》と見開いたまま頭を傾ける。爪の先を見て、その奥《おく》のニケの身体を見る。同時……返す片腕《かたうで》でロゾカルグが逆から放った爪の一撃が、アルスに迫《せま》る。

呆然としていたアルスだったが、偶然《ぐうぜん》が彼を助けた。ニケに手を伸ばすため、身体をよじった結果、恐るべき爪撃はアルスの顔を掠《かす》めて通り過ぎたのだ。いや、正確には通り過ぎるように見えた。

ほんの僅か、爪の先だけが触《ふ》れてしまったのだろう。アルスの顔は目に見えない銃弾《じゅうだん》に弾かれたかのように強く揺れる。片方の眼球が血肉とともに弾け、空中に血飛沫《ちしぶき》が舞《ま》った。

「アルスッ!!」

リンデルフの声も耳に入らなかったのか。膝《ひざ》を折ったアルスは片目を閉じた、顔中に血が流れ出るのを気にも留《と》めず……ただ、前だけを見ていた。

ニケは、空中に持ち上げられるような形で、串刺《くしざ》しにされてしまっていた。傷口からはとめどなく血が流れ出て、地面に血溜《だ》まりを作っていく。やがて爪がスルスルと引《ひ》き戻されると同時、ドンッと巨体が地に落ちる重い音が周囲に響《ひび》いた。

「ニケ……」

力無くアルスの口から吐き出された言葉は、いずこにも届かず、宙をさまよう。

アルスは迫るロゾカルグの存在すら目に入っていないかのように、そのままニケの前まで這《は》って行った。

小さな手でニケの体毛を優《やさ》しく撫でる。いつも、何度となくそうしていたように変わらぬ手つきで目から血を落としながら毛を梳《と》かす。ゆっくりとした大きな息遣《いきづか》いが、横たわるニケの背を上下に揺らした。

だが、それも数度のみ。たった数回の呼吸の後に、ピタリとニケの呼吸は途絶《とだ》えた。

それを理解しているのか、していないのか。

アルスは変わらずニケの毛を撫でながら、ガラス玉のようにも見える、光が失われた虚《うつ》ろな瞳《ひとみ》を覗き込む。

「……………」

異様な静けさがアルスの周囲に落ちた。もはや彼の顔は、まったく感情を映していなかった。ツーッと目からは血が流れ落ち、もう片方の目は痛みなど感じていないかのようにいつも通りだった。いつも通りの虚無に満ちた眼。

恐ろしいまでに無表情で無感情。瞬きすら忘れたその眼差《まなざ》しは、周囲の炎の光にすら反応していない。瞑《つむ》った眼からは顎《あご》に沿って血が流れる、が、それは赤黒く、微《かす》かに黒い濁《にご》りを混じらせて、深い淀《よど》みだけを地に落とした。

「初めから一人で殺《や》ればよかった。一人じゃないから死ぬんだ。一人じゃないといけなかったんだ。もうイイ、誰もいらない、イラナイ……お疲《つか》れ様《さま》、ニケ」

憎悪《ぞうお》めいた言葉を吐きつつ、最後に紡ぎ出された労《いたわ》りの言葉。相反する極度の感情の内的爆発《ばくはつ》、渦《うず》巻《ま》き、膨《ふく》れ上がっていく異形の力を感じ取り、リンデリフとエリーナの心が、芯《しん》から冷えていく。そして声にならない叫び、感情の均衡が崩れた音を、二人は聞いた。

「……ッ！」

リンデルフの五臓六腑《ごぞうろっぷ》の奥から、寒気とともに、ひどく苦く身体中《からだじゅう》が痺《しび》れるような感覚がせりあがってくる。

ギリッと歯を鳴らした彼は、まるで何かに突き動《うご》かされるように、足を動かして全速力でアルスのもとへと突っ込んだ。ニケを歯牙《しが》にもかけず、ロゾカルグは跪《ひざまず》いたままのアルスへと、炎に包まれた巨大《きょだい》な腕を振り上げていた。

間に合うかという刹那、リンデルフはほとんど滑《すべ》り込むようにして、アルスの頭を抱え込む。そして彼を致命的な一撃から救うべく、がばりと背中から覆い被《かぶ》さった。

そのまま、ギュッと瞼《まぶた》を力強く閉じて待つ……が、その時は訪れない。瞬間、彼はその声を聞き、耳を疑った……反射的に見開いた目が捉《とら》えた光景に、思わず強く噛《か》みしめた唇から、じわりと血がにじむ。

「やっぱり間に合いませんよ、リンデルフさん……」

ロゾカルグと彼との間には、真っ向から巨腕を掴んだエリーナが直立していた。分かっていたことだ。彼女の魔法では、炎を纏った攻撃《こうげき》を迎撃《げいげき》できないことは……リンデルフの眼前で、腹を爪に串刺しにされつつ、彼女はそっと微笑《ほほえ》んでいた。

強く熱せられた爪により肉が焼け、穿《うが》たれた腹部の傷口からは、煙《けむり》が立ち昇《のぼ》っている。

「な、何をしているエリーナ……」

「適材適所です」

ふぅ〜、ふぅ〜と、血と一緒《いっしょ》に吐き出される数度の荒《あら》い呼吸。直後、エリーナの身体が僅かに浮く。ロゾカルグが爪を引き抜く為《ため》に、腕を勢いよく振り抜こうとしたのだ。

その拍子《ひょうし》に軽々と放り投げられた彼女の身体は、血を撒き散らしながら、燃え上がる一本の木の手前まで転がった。

顔を横に向け、髪留《かみど》めが解けたエリーナの髪《かみ》は、まるで蜘蛛《くも》の巣のように広がって、地面に不思議な文様を形作っている。

その光景に、ガチガチとリンデルフの歯が鳴り、血が噴き出すのも構わず噛みしめられた唇が、次第に土気色になっていく。

「畜生《ちくしょう》がぁぁあ――――!!!」

激情に駆られ、素手《すで》で殴《なぐ》りかからんばかりにして立ち上がったリンデルフは、急に沸き起こった原始的な感情によって、ふと動きを止めた。

魔物とはまったく別の方向、背後から予期せず押《お》し寄《よ》せた恐怖が、彼の心を一気に満たした。敵は、ニケとエリーナの仇《かたき》は目の前にいるのに、それを凌ぐ脅威《きょうい》がすぐ真後ろに在る、本能がそう告げていた。

ロゾカルグもまた、リンデルフなどすでに眼中になく、ただその背後にあるものを見つめ、あろうことか、怯んで後ずさるような動きを見せた。

恐る恐る振り返《かえ》ったリンデルフは、もはやアルスを確保するという目的を忘れ……いや、この場において、彼は言葉そのものを、すでに忘れてしまっていた。

「…………!!」

投げ捨てられたように転がるエリーナの身体、それを呆然《ぼうぜん》と眺《なが》めているアルスの横顔。眦《まなじり》から零《こぼ》れ落ちたいくつかの涙滴《るいてき》が炎の色を映し取ったのか、リンデルフには、まるで彼《かれ》が血の涙《なみだ》を流しているように見えた。

「また……ははは、やっぱりだ、やっぱり一人でやればよかったんだ」

壊《こわ》れたラジオのように繰り返される、小さな呟き、虚ろなその声だけが、やけに大きくリンデルフの耳朶《じだ》を叩《たた》いた。

いや、逆にアルスの声以外、周囲の音が完全に消失しているのだと彼が気付いたのは「アルス!!」と思わず声を上げたときだった。

確かに発したはずのその声が、まるで空気に吸い込まれたように、消えてしまったのだ。

声帯が潰《つぶ》れたかと咄嗟に喉《のど》に手を当ててみたが、見当違《けんとうちが》いだったことはすぐ分かった。

そもそも、炎に包まれた燃え盛る木々が立てる音や、熱された空気が生む気流による風の音、魔物の徘徊《はいかい》音その他、周囲にあったはずの音という音が、一切《いっさい》聞こえなかった。

なのに、アルスの呟きだけは、はっきりと聞こえてくるのだ。

なおもリンデルフが口だけを動かし、声にならぬ声を、アルスになんとか届けようとした時。

不意にロゾカルグが、本能的な危機感でも抱《いだ》いたのか、まるでアルスから遠ざかるように動いた。

（――!!　アルス！）

声にならないリンデルフの驚愕は、振《ふ》り向《む》いたアルスの眼を見たからだった。およそあり得ないことに、裂かれた方の瞼が持ち上がっていく。薄く開いた眼には裂かれた傷が。

次の瞬間大きく開くと、眼球の傷を境に、ガラスのような亀裂《きれつ》が眼球全体に広がった。

裂けたその隙間《すきま》から、何かが溢れ出してくる。それは黒く濁った、液体のようなものだった。それはたちまちアルスの眼球を覆い、恐ろしいほど深い黒で塗り潰した。

続いて背後から、巨大な振動《しんどう》が伝わってきた。見ると、ロゾカルグの巨体が、いつの間にか大地に膝を突いていた。

丸太のように筋肉で膨れ上がっていた片足の肉が、内部から破壊《はかい》されたかのように、無残に弾《はじ》け飛んでいる。その傷口からは、ドス黒い血が噴き出していた。

はっとして再びアルスを見やったリンデルフは、ただただ戦慄した。

あろうことか、アルスの両目にまで亀裂が広がる。まるで髑髏《されこうべ》の眼窩のように結膜《白目》が、真っ黒に染まっている。瞳孔《どうこう》も光彩《こうさい》も人間のそれではなかった。それでもなんとか、一度冷静さを取り戻したリンデルフは、アルスに近づこうと一歩踏《ふ》み出したが――。

ふと、アルスの腕が自分に向けられ足が止まる。ごく無造作な動きだったが、それだけでリンデルフは、次第に視界が歪《ゆが》むような、異様な感覚に捉われた。

いや、感覚だけの話ではない、実際に彼の周囲の空間自体が、捻《ね》じれるように歪んでいくのだ。

驚愕とともに、それでもアルスへと差《さ》し伸ばされるリンデルフの手……だが、それは一切の手応《てごた》えなく宙を泳ぎ、虚《むな》しく空を掴むばかりだった。

◇◇◇

歪んだ景色が回復すると同時、不意に周囲の物音が戻ってきた。

宙に手を伸ばしたまま、蹈鞴《たたら》を踏んだリンデルフは、一瞬《いっしゅん》思考が追い付かず混乱したが、ふと思い出したように、アルスを捜して忙《せわ》しなく周囲を見回した。

ここが、変わらず外界であることは事実。ただ、そこはさっきまでの戦場とは似ても似つかない、木々に囲まれた緑地だった。

業火《ごうか》のただ中にいたはずなのに、何故《なぜ》こんな場所にいるのか。一瞬、頭がおかしくなってしまったのかと自分を疑ってしまったほどだ。

ふと、視線の先に横たわる人影《ひとかげ》を見つけ、リンデルフは震える声で叫んだ。

「エリーナ!!　おい、エリーナッ！」

今度はきちんと声が周囲に響き、それを訝《いぶか》しがる暇《ひま》もなく、駆け寄ったリンデルフは膝を擦りながら、血塗《ちまみ》れのエリーナを抱き起こした。そんな時、不意に後ろから声がした。

「おい、あんた、こんな所で何をしている!?」

はっとしたリンデルフが振り向くと、そこには魔法師《まほうし》らしき男が立っていた。軍装から、アルファの軍人であることが分かる。

「どこの隊か分からんが早く下がれ、最終防衛ラインで、システィ様が準備を整えている」

不審《ふしん》そうな表情の男に向け、リンデルフは飛び掛《か》からんばかりに叫んだ。

「ここはどこだ！　どの辺りなんだ！」

「何を言ってるんだお前、その前に、まずどこの所属かを……」

男は近寄ってきたかと思うと、エリーナを一瞥《いちべつ》し、「残念だが、そっちはもうダメだ」と一言。続いて、リンデルフの腕を掴み立たせようとする。だが、リンデルフはそれを振り払《はら》い、有無《うむ》を言わせぬ勢いで捲《まく》し立《た》てた。

「いいから、答えろ！　ここはアルファから、防護壁からどれくらいの距離なんだ」

思わず気圧《けお》されたように、男は答える。

「三キロ地点だが……そんなことはいい、お前も早く撤退を開始しろ。もう通達は行っているはずだぞ。前線を下げる戦略的判断が出てから、それなりに時間も経ってるんだ、もう誰も残ってやしないだろ」

「い、いや……待て、待ってくれ！　まだエリーナが、それにあそこには負傷者も、医療《いりょう》班《はん》はどこだ。早くここに呼べっ!!」

リンデルフの訴《うった》えを男はあくまで冷静に受け止めると、続いて悲痛な面持《おもも》ちで、宥《なだ》めるように肩に手を回してきた。

「諦《あきら》めろ、もう今からじゃどうすることも出来ない。それに、分かってるだろ？　ここは外界だ」

「クソッ、話にならん！　とにかくさっさと、エリーナを治せる治癒魔法師《ちゆまほうし》を連れてこい！……頼《たの》む、お願いだ」

荒々《あらあら》しい言葉は、最後には弱々しい懇願《こんがん》へと変わった。直後、リンデルフはコンセンサーに入ったノイズ混じりの通信に気づくと、弾かれたように立ち上がる。そして、まるで何かに縋《すが》るように、慌てて耳に手を添《そ》えて応じた。

『き、きこ……聞こえるか……応答しろ……』

「はい、ヴィザイスト隊長！　俺はなんとか、それよりもアルスたちがまだ、エリーナも負傷して、いや、重傷です。命にかかわる！　早く、早く治癒魔法師を寄越《よこ》してください！」

焦《あせ》りを押さえつけ、なんとか手際《てぎわ》よく要点を伝えようとするリンデルフだったが、その横で。

「ひっ、なんだよあれ……冗談《じょうだん》じゃねぇぞ。おい！　ここも不味《まず》いぞ!!」

先程《さきほど》の男が指差した先……少し遠方の空を見たリンデルフは、瞳を限界まで見開く。彼はそのまま、詳細《しょうさい》を問うヴィザイストの言葉を置き去りに、呆然として言葉を失った。

外界の空を、まるでのたくるようにして、漆黒《しっこく》の大蛇《だいじゃ》が無数に飛び回っているのだ。いや、正確にはそれが蛇《へび》であるかすら不明だったが、リンデルフの知識では、そう表現する以外に言葉がない。

『リンデルフ!!』

叱責《しっせき》するようなヴィザイストの声が耳朶を打ち、はっと我に返ったリンデルフは、「は、はい！」と急いで返事を返した。

『お前も、見ているな？』

「はい、おそらくあれは、アルスだと思われます。あちらにも急ぎ救援を、それと医療班も向かわせてください！」

『分かった、詳細は後だ。しかしお前は今、アルスと一緒じゃないのか』

「そ、それが……」

『はいは～い。お取込み中に悪いわね、ヴィザイスト』

この非常事態に、いささか呑気《のんき》すぎるようにも思える女性の声が、不意に通信に割り込んできた。リンデルフは驚きに目を丸くする。

『その声は……システィ・ネクソフィア⁉』

「は～い、ご名答」

その返事は、コンセンサー越《ご》しとは異なり、彼のすぐ後ろから聞こえてきた。振り向くと同時、長いマントを靡かせた一団が、こちらにやってくるのが見えた。

その先頭には、耳に装着したコンセンサーに指を当て、長い杖《つえ》を持つ女性が、颯爽《さっそう》とした様子で歩を進めつつ、先程割り込んだとおぼしき通信を続けている。

「医療班はもういるから大丈夫《だいじょうぶ》よ、ヴィザイスト」

『……すまん、助かった』

「いいえ、前線がなかなか退かないから、ちょっと様子を見に来ただけなの。でも本当に偶然ね。あれについて少し聞きたいところだけど、ちょっと時間がないのよね」

『ああ、承知している。今は、お前が全隊を指揮しているのか』

「残念だけど違《ちが》うわ。総指揮官はフローゼよ」

『そうか。いずれにせよ助かった』

「あなたにしては素直《すなお》ね。さて、悪いけど私の元部下が死にかけてるから、切るわよ」

『頼んだ』

横で二人の会話を聞いていたリンデルフは、通信がプツリと途切れたと同時、脱力したように座《すわ》り込んでしまった。

すぐ、システィが引き連れてきた一団の中から、治癒魔法師らしい三人が滑るように進み出る。彼らは急ぎ足で、リンデルフと、彼に抱きかかえられたままのエリーナの傍《そば》にやってきた。続いてすぐさまエリーナの容態を診《み》ると、彼らは直ちに治療《ちりょう》を開始した。

必死の形相でエリーナの容態を問うリンデルフに、彼らはなんとか助けられるだろう、と、ジェスチャーで暗に示す。男が言ったようにもうダメであったエリーナが命を繋《つな》ぐことができる奇跡《きせき》。

ハァ～、と溜《た》め息《いき》をつくと同時、リンデルフの意識は、改めてシスティへと移った。

彼女《かのじょ》もどうやら、リンデルフと同様、しばらくかつての部下らしいエリーナの容態を見守ることに決めたらしい。ただし、その表情は安堵《あんど》も怒りも映してはいなかった。

修羅場《しゅらば》をくぐり慣れているのだろう、あくまで落ち着いているその横顔を、リンデルフはそっと見つめた。

「魔女《まじょ》」と呼ばれた女魔法師にして、かつてヴィザイストと並び「三巨頭《きょとう》」に数えられた、国内でも屈指《くっし》の実力者。三巨頭と称された三人はかつてアルファの一時代を築き、その後も多くの魔法師を導いてきた。だが三巨頭のうち、「魔女」システィと、稀代《きたい》の名指揮官と謳《うた》われたフローゼ・フェーヴェルは、すでに軍役《ぐんえき》を退いているはず。そして、システィがこうして前線に呼《よ》び戻されたということは……。

ふと、システィの顔に柔《やわ》らかな笑《え》みが浮かぶ。そして、エリーナに語りかけるように。

「エリーナ、随分《ずいぶん》な災難だったわね。でも、あなたが選んだ道だから、悔いはないわよね、きっと。そもそもあなたは頑固《がんこ》すぎるのよ、あれだけ引き留めたのに」

そんな愚痴《ぐち》とも恨《うら》み言《ごと》ともつかぬ言葉を口にしながらも、システィはどこか誇《ほこ》らしげに微笑んでいた。

「だいたい、あなたが言っていた〝彼〟を、まだ紹介《しょうかい》してもらってないわ。だからあなたは生き延びなきゃね……分かるわね、あなたが見つけた希望を、私にも見せてほしいの。できればあなたの口から紹介して欲《ほ》しかったのだけれど、まったく」

その口ぶりは穏《おだ》やかで、柔和《にゅうわ》な表情は、まるで自分の娘《むすめ》か何かに話しかけているかのようだ。

それを聞いたリンデルフは、なぜここにシスティが現れたのか、改めて悟《さと》れたような気がした。単に元部下を救うためというだけではない。それは、エリーナがわざわざシスティの下を離れ、特隊に入った動機を聞いたことにあったのだろう。もちろんエリーナが「彼」のことを、システィにどう告げたのかは定かではない。ただ、いくらヴィザイストやベリックの意向があったとて、実際にエリーナが入隊するまでに、ひと悶着《もんちゃく》あっただろうことも間違《まちが》いないところだった。

だが結局のところ、彼女の眼は正しかったのだ。アルスはまず間違いなく、アルファが興《おこ》って以来の魔法師になる。リンデルフはそう確信する。ならば、やはり自分には果たすべき義務がある。このまま一人だけ、下がるわけにはいかない。

「あ、あの！」

なんとか絞り出《だ》せたのは、その一声だけだった。システィが静かに小首をかしげ、リンデルフに視線を向けた。

そして、リンデルフはかつての三巨頭の一人、唯一シングルの座にまで到達《とうたつ》したことのある「魔女」に改めて向かい合う。

視線の端《はし》、ちらりと見上げた空。未《いま》だ正体不明の黒蛇は、燃え盛る大森林の上、あるいは巨木《きょぼく》の間を泳ぎ、全《すべ》てを黒く染め上げていく。

リンデルフの中で、焦燥感がぐんぐんと膨れ上《あ》がっていた。

もう一秒たりとも待つことが出来ない。アルスを一人残してしまっているのだ。

まずは、手短に経緯《けいい》の報告。そして、エリーナのことを宜《よろ》しくと、心からの言葉を紡ぐ。

続いて感謝の言葉だけを伝え、急いで踵《かかと》を返そうとしたその時。

「やめておきなさい」

踏み出そうとした一歩は、システィの杖で遮られてしまう。だが、今やかつてのシングル魔法師であろうと、リンデルフを止めることはできなかった。

「いいえ、これは私のなすべき事です」

しかしシスティは、にべもなく。

「リンデルフ大尉《たいい》、あなたでは何もできないわ。いい加減、理解なさい。意地や根性《こんじょう》、蛮《ばん》勇《ゆう》だけでは救えないものがあるってこと……あなたが今しがた、証明したようにね」

その冷徹《れいてつ》な声は、まるで魔力《まりょく》でもこもっているかのように、リンデルフの身体を硬直させてしまった。理知的で落ち着いた声音だが、底には有無をいわせぬ力と緊迫《きんぱく》感があった。

いや、それだけではないのだろう。

こんな場でも、どうしても自分は愚直になり切れない。システィの言葉が正しいと理解してしまえる理性と客観性を、中途半端《ちゅうとはんぱ》に切れる己《おのれ》の頭を、リンデルフは胸中で呪《のろ》った。

同時に、そんな己の不甲斐《ふがい》なさをも痛感する。結局は、自分では全てが足りないのだ。

力のなさがエリーナを傷つけ、アルスを死地に置き去りにしてしまった。

「ここは任せて、エリーナとあなたは先に後退なさいな」

だがリンデルフは、もう一度だけごくりと唾《つば》を飲み込み、なんとか抵抗《ていこう》を試みる。

「ま、待ってください！　まだ先にはアルスが、それと他の仲間も、もしかしたら……」

「はぁ～、リンデルフ大尉、あなたはまだ状況《じょうきょう》が呑《の》み込めてないようね。この大侵攻《しんこう》は、すでに軍部だけで対処できるレベルを逸脱《いつだつ》してるわ。私がここにいることが、良い証拠《しょうこ》よ。それに……」

ほら、という風に、システィは視線をちらりと、外界の一点に走らせた。

黒蛇が泳ぐ空を、ではない。

彼女の視線が指し示すところ、巨大な木々の樹冠《じゅかん》をなおも超える高さに、一つの巨大な影《かげ》が立ち現れた。まるで鎌首《かまくび》をもたげたように見える奇怪《きかい》な魔物の姿……およそ三十メートルはあろうか。

「あれは……いったいどこから」

言葉を失くしたリンデルフに、システィは事もなげに。

「あら、愚問《ぐもん》ね。ここは外界よ……おかしなことが当然のように起きる場所で、異常が正常な世界なのよね」

直後、システィは目を細めると、今度は空を舞う黒蛇の動きを注視した。

巨大な魔物の影を見つけ、黒蛇たちは、まるで歓喜《かんき》しているかのようだった。狩《か》りがいのある獲物《えもの》を見つけた狩人《かりゅうど》が如く、身体を蠢《うごめ》かせると、次々と新たな目標に襲《おそ》いかかっていく。

その顎《あぎと》とも表しきれない奇妙《きみょう》な口から生えた牙《きば》を突《つ》き立てようと、瞬《またた》く間《ま》に殺到《さっとう》した黒蛇たちは、巨躯《きょく》を有する魔物を、寄ってたかって黒い靄《もや》の中に包み込んでしまった。

直後、黒雲の中から、噛みちぎられた魔物の首が宙を飛んだ。飢《う》えた黒蛇たちは、それにすらたちまち群がって、地上に落ちる前に、文字通り貪《むさぼ》り食《く》ってしまった。

その行為《こうい》は、自然界における捕食《ほしょく》とは似て非なる光景だ。実体なき靄でできた蛇が、実態ある魔物を喰っているのだから。

「あれは、あなたのお知り合い……『彼』が？」

リンデルフは俯《うつむ》いて、ただ一言だけ。

「正直、自分にも分かりません。ただ、アルスが何らかの形で関与《かんよ》している可能性は高いと思われます。とにかく今、あいつを置いていくのは、軍にとって最大の痛手です。自分は、すぐにでも救出に向かうべきだと考えます」

「そうみたいね。少なくともエリーナは、そのアルスという子のために、私の下を離れたみたいだから。でも急がないとね、リンデルフ大尉。あれがここにいる以上、一刻の猶予《ゆうよ》も許されないわ」

杖を取り回して、カツンと地を打ったシスティは、鋭《するど》い視線を真正面に向ける。

その油断のない目は、なおも空を舞い狂《くる》う黒蛇でも、それに食い尽《つ》くされてしまった巨大な魔物でもなく、もっと間近に出現した新たな脅威を捉えていた。

あちらの木々の隙間から、こちらを窺《うかが》い見る存在――魔物である。細い森の切れ目からではあるが、まず目につくのは、まるで傘《かさ》を被《かぶ》ったような奇怪なシルエット。巨大ではなく、比較的《ひかくてき》人間に近いサイズ感であった。

頭はともかく、身体だけ見れば人間に似ている。それも女性のような細身の足を持っていた。

それは突如《とつじょ》として姿を現した。

「あれは……」

リンデルフの声には答えず、システィは無言で、杖を握《にぎ》った手に力を込める。

彼女が知る魔物のいずれにも似ていない。だとすれば、疑いなくこの地で生まれた新種であろう。

続いてシスティの魔力が、静かに周囲を満たしていく。爆発的《ばくはつてき》な魔力の奔流《ほんりゅう》ではなく、地面に波及《はきゅう》していくような魔力の流れ……さも、穏やかな湖面に広がるさざ波のようだった。いつの間にかそれは、全員の足元を覆《おお》い尽くす。

驚《おどろ》くリンデルフを他所に、システィの部下たちは沈黙《ちんもく》したまま、敬意を込めるようにそっと足を引いた。

「さ、おしゃべりは終わりよ。さっきも言ったけど、ここはもう戦場。さあ、ここを境界と定め、この先全ての標的を討《う》ちましょうか」

システィは厳《おごそ》かに宣言した。ここが最終防衛ラインで、前は殲滅区域《せんめつ》──レッドゾーンだと。

同時、システィの部下の一人が、一発の赤い信号弾《だん》を打ち上げた。

「ここで始末しないと、確実にもっと面倒《めんどう》になるわ。さあ、まずは広域殲滅魔法《せんめつまほう》で戦いの火蓋《ひぶた》を切るわよ」

反撃《はんげき》の狼煙《のろし》が上がるかに見えた。が突如、先程の奇妙な魔物が不気味に全身を震《ふる》わせたかと思うと、周囲に超音波《ちょうおんぱ》のような甲高《かんだか》い絶叫《ぜっきょう》が響き渡《わた》った。

鼓膜《こまく》ごと脳を突《さ》き刺してくるような怪音《かいおん》に、リンデルフはもちろん、システィも思わず耳を押さえる。紙で指を切った時のような鋭い痛みが、強烈《きょうれつ》な波となって、耳奥を刺激《しげき》する。

「ぐっ……頭が……！」

耳を塞《ふさ》いでもまるで効果はなく、リンデルフは頭を抱《かか》えて子供のように蹲《うずくま》った。

一方のシスティは、気力を振り絞ったように、力任せに杖で空間を薙《な》ぐ。

途端《とたん》、前方に風の乱流が嵐《あらし》となって吹き付《ふつ》けた。風を叩きつけただけだというのに辺りには爆風《ばくふう》めいた猛烈《もうれつ》な突風《とっぷう》が吹き荒《あ》れ、塵《ごみ》や砂を巻き上げる。

巨木すら軒並《のきな》み傾《かたむ》く中、奇怪な音が止《や》み、全員がようやく耳から手を離す。

目の奥がチカチカするのを感じつつ、リンデルフは魔法を放ったシスティへと顔をあげた。

今にも舌打ちの一つもしそうなほどの苦々しい表情は、元シングルにしては、いささか余裕がない。

直後、地殻《ちかく》変動の如く、地面が大きく揺《ゆ》れる。樹海そのものが騒《さわ》いでいるかのような、物々しい音が鳴《な》り響く。まるで何かが向かってくるかのように、それは次第《しだい》に大きくなってきた。

リンデルフは、樹海の奥に潜《ひそ》む闇《やみ》を呆然と息を呑んで待つしかなかった。何かがこちらにやってくる、それは確かな予兆であり、先に待ち受けているのは、破滅以外の何物でもないはず。だというのに、彼の足はどうにも動かなかった。

「――――!!」

そして。

木々の間を破り、無数に湧《わ》き出してくる絶望の波を目にした時、リンデルフは、アルス救出という己の願いの無謀《むぼう》さを改めて悟らされた。

樹海から抜《ぬ》け出《で》た魔物の数は百を超《こ》え、二百を超え……怒涛《どとう》の勢いという言葉が、まさにぴったり当てはまる。今まで見たこともないほどの大群は、地獄《じごく》の蓋《ふた》が開き、混沌《こんとん》そのものが形となって溢《あふ》れ出てきたかのようだ。

明らかに異常な数であり、現象である。

(あの音のせいか……!?)

ただ触発《しょくはつ》された、というレベルではない。まさに周囲の魔物全《まものすべ》てが呼び起こされ、破壊衝動《しょうどう》に覚醒《かくせい》させられたか、と感じられた。

そう、かの呼び声《サイレン》こそは、この大侵攻の引き金にして、アルファという国そのもの、いや、人類全《すべ》てに対する脅威。

「あの新種の呼称《こしょう》を【サイレン】とするわ」

システィの呟《つぶや》きに続き、側近の部下が焦りとともに叫《さけ》ぶ。

「防衛ラインを後退させます！」

「な、何を……」

「リンデルフ大尉、もう手遅《ておく》れよ。残念だけど、後手を踏んだわね……」

見ると、この暴走を呼び起こしたあの魔物《まもの》の姿は、すでにどこにもなかった。いや、あの叫びを発した時点で、【サイレン】はすでに役割を終えていたのだろう。

かくして、システィに縋れば、という一縷《いちる》の望みすら絶たれたことをリンデルフは悟った。

システィのハンドサインで、隊は一斉《いっせい》に後退を開始する。リンデルフの腕《うで》を掴《つか》む者もいたが、彼はそれを振り払った。

「せめて……せめて、AWRを貸してください！」

戦略も計算も全てをかなぐり捨て、リンデルフは叫んだ。勝算どころか、対処策すら思いつかない。それでも、アルスの下へ向かわないわけにはいかないのだ。かつての賢明《けんめい》な彼であれば、決して取らない行動だっただろう。

理ではなく、もはや「判断」ですらない。

それは、あの場に残されているだろう者が、アルスでなく、エリーナだとしても、いや、他の隊員だったとしても同じこと。今や特隊は、その形を成していない。自分一人で「隊」

を名乗れるわけもない。そして、一人ということは、判断も責任も、全て己の内だけで完結する。いかなる無謀さのために支払《しはら》う代償《だいしょう》も、自分の生命だけで済むのだ。

　システィの冷ややかな目に晒《さら》されながら、リンデルフはなおも屈《くっ》せず、その視線を受け止め、見返した。

「ふぅ……リンデルフ大尉、私は止めないわよ。けど、『好きなようにしなさい』とすら言いはしない。でもせめてこうして言葉をかけるのは、あなたがヴィザイストの部下だから。奴《やつ》らにあそこまで痛めつけられたエリーナが、私の元部下だから。それにしても……あなたはもう少し賢《かしこ》いと思っていたけれど。現場に出るには、向いてないわね」

「ええ、今回で自分の器《うつわ》が測れましたよ。これっきりにしたいですね」

　不敵な台詞《せりふ》は、せめてもの虚勢《きょせい》だ。

「ふぅん、でも、まだ腹の底の底を見せてないわね」

　そう、あくまで静かにシスティは返した。

「本気で馬鹿《ばか》をやろうとしているように見えて、まだそうじゃない……あ、そう！　生命を賭《か》けた、っていう言い訳がほしいだけね」

「――ッ!?」

　図星、な気がした。

生命を賭《と》して、できること全てを尽くしても、叶《かな》わなかった。せめて、そんな言い訳が欲しい。心の底になおも根差す弱さ。それを直截《ちょくせつ》に指摘《してき》され、リンデルフは思わず言葉に詰《つ》まった。

違うと言い切れないやましさに、浅ましさに己の身体が縮んでいくような気すらした。

思えば、これまでの己の在り方にはすべて、根っこにそんな気持ちが潜んでいたのではないか。馬鹿を演じるのは、その方が気が楽で、周囲が必要以上に期待しないからだ。結果、責任も軽減され、さして頭を使う必要すらない。ほどほどに昇進《しょうしん》し、ほどほどに暮らしていければ、それでいい。

けれど、ヴィザイストのような炯眼《けいがん》を持った人物に、自分は認められてしまった。それは自分にとって、やはり喜びであり、大きな幸いだったのだ。

魔法師としての力を買われたわけではない。ましてや、全てを読み切った上であえて道《どう》化《け》を演じるためでもない。そう、自分は……ただの知識や洞察力《どうさつりょく》ではなく、その先にある智慧《ちえ》を買われたのだ。

リンデルフは土壇場《どたんば》でようやく自分の底にある力を認め、それを遠慮《えんりょ》なく振るう、その覚悟《かくご》を決めた。

そう、言葉で――。

「システィ様、アルスの力はあなたをも凌駕《りょうが》するものです。アルファだけでなく、今後人類の未来全体のことを考えるならば、たとえ敵が何千、何万であろうとも、魔物の群れに突っ込むだけの価値があります。仮に軍が半壊《はんかい》しようとも」

「あら、随分な大言壮語《たいげんそうご》ねぇ。でも、信じるに足るのかしら？」

「エリーナは！　命さえも懸《か》けた！」

システィはそれには答えず、いきなり杖を地面へと叩きつけた。同時、その身体から魔力が一気に杖に流れ込む。

リンデルフは、驚愕《きょうがく》に目を丸くした。

次の瞬間《しゅんかん》、狂ったように走っていた魔物の群れの中心で、何かが爆発したように膨れ上がり、魔物たちが一斉に空へと舞《ま》い上げられたからだ。まるで地面が跳《は》ね動き、不可視の巨大な竜巻《たつまき》が吹きあがったかのような光景。高々と宙を舞った魔物の大群は、一瞬、空をその影で黒く埋《う》め尽くした。

そんな凄《すさ》まじい光景を他所に、システィはうっすらと口元に笑みを浮《う》かべていた。まるで、ようやくこれまでの疑問が氷解した、とでも言いたげな口調で。

「そう、そういうこと。それが、ヴィザイストがわざわざ部隊を作った理由《わけ》ね。なら、いいわ」

システィの決断は、まさにそれだけで、場の全ての流れを一変させてしまったかのようだった。退避《たいひ》行動を取ろうとしていた部下たちが、皆《みな》一様に振り返る。

「ハァ〜、仕方ないわ。みんな悪いけど、ここで一踏《ひとふ》ん張《ば》りしましょう。確かに防衛ラインを早々に後退させるのは、悪手かもしれないもの。後ろの部隊が混乱するかもしれないし、そうなったら、フローゼにドヤされてしまうものね」

部下たちは、直ちに指揮官の方針転換《てんかん》に従い、それぞれ鮮《あざ》やかに臨戦態勢を取った。

そして、この決断を導いた張本人であるリンデルフへと、システィは静かな視線を向けた。

「保《も》つのは、せいぜい十分ぐらいよ。あなたはここでできることをしなさい。運が良ければここからでも発見できるでしょ。あの黒蛇みたいなのが、あなたの言うアルス君の意志で動いてる何かなら、引っ込めて下がるよう伝えなさい。それができないのなら、彼の意志は、もうそこには存在してないってこと」

それはつまり……全てが手遅れだということだ。

言外の意図を察し、リンデルフは焦りの表情を浮かべた。

「し、しかし……そうか、コンセンサーが！」

すぐさまアルスへの通信を試みるが、砂嵐《すなあらし》のようなノイズが返ってくるだけだった。それでも諦めず、必死に声を飛ばす。

一度、二度、三度。リンデルフの呼びかけには、次第に絶叫じみた色さえ混じり始める。

だが、結局、十分という時間は、あまりにも短すぎたのだろう。

「時間切れよ。これ以上は後ろに響《ひび》くわ」

がっくりと項垂《うなだ》れたリンデルフの背中に、システィはただ、静かにそう告げた。


だが……前線を下げ、再度迎撃《げいげき》準備を整えたシスティたちは、肩透《かたす》かしを食らうことになった。

「それ」を目にした魔法師は、数えきれないほどいた。

具体的には、空を舞っていた黒蛇たちに起きた、さらなる異変である。

魔物を次々と喰《く》らった黒蛇たちは、その後、ぐんぐんと成長していき、互《たが》いに絡《から》み合《あ》いくねり合ったかと思うと、爆発的に増殖《ぞうしょく》。一帯を黒い奔流となって覆い尽くしたのだ。

その勢いの中では魔物の大群も、ものの数ではなくなっていた。ほとんど巨大《きょだい》な海流に対する小さな魚群とでもいった様相であった。

そして、全てが……始まった時と比べると、あっけないほど簡単に終息した。

報告されていただけでも千体を超《こ》えていたであろう魔物たちが急速にその数を減らし、

残ったものも、すでに迎撃体制《げいげき》を取っていたシスティらの敵ではなく、掃討《そうとう》し尽くされるのも時間の問題だろう。

それは誰《だれ》もが拍子抜《ひょうしぬ》けするほどの、あっけない幕切れであった。多くの被害を出しつつも致命的なダメージどころか、想定された被害規模にも遠く及ばなかったのだ。

まさにあの黒蛇は、不吉《ふきつ》な見た目に似合わず、想定外の天恵《てんけい》をもたらしたことになる。

さらに、誰もが予想外だったことが、もう一つ……絶望的と思われていたアルスが、帰還《きかん》したのだ。

彼が帰投したのは、怒涛のように一帯を覆った黒蛇たちがいつの間にか姿を消してから、ちょうど二日後のことだった。

未だ警戒《けいかい》も解かれず、陣地《じんち》の構築や負傷者の治療、さらに新たな装備の搬入《はんにゅう》などで慌《あわ》ただしい中、彼はふらりと一人、そこに戻《もど》ってきたのである。

衣服こそ汚《よご》れ、ぼろぼろに破れていたが、身体には目立った傷はなかった——あの片目すら元どおり回復していたのだ。

誰もが目を疑い、リンデルフでさえも、実際に頬《ほお》を抓《つね》って夢ではないかと確かめてしまったほどだ。

ただ、その場にいたヴィザイストだけは、全てを分かっていたかのように言葉少なく、彼を労《ねぎら》った。無言のアルスを見た時、二人は改めて悟ったのだ。

もう二度と戻ってくることのないであろう、失われたものの大きさを。

少年の乾《かわ》いた瞳《ひとみ》は、何を言われようと、もはや一切感情を映すことはなかったのだから。

◇◇◇

大侵攻をなんとか抑《おさ》え込んだものの、軍は多くの負傷者を抱えていた。本部内に急設された治療室《ちりようしつ》内からは、時折、精神を病《や》んだ者があげる叫《さけ》び声《ごえ》すら聞こえてくるほどだった。

そんな、いかにも落ち着かない様子の本部内を、颯爽《さつそう》と歩く姿が二つ。

一人は白を基調とした軍服を着用しており、長い髪《かみ》を片方に結《ゆ》って前に垂らしている。腰《こし》布がヒラヒラと揺れる様は、その人影がまぎれもない女性であることと、そこはかとない妖艶《ようえん》さをも醸《かも》し出していた。

豊満な胸が強調される特製らしき軍服だが、動きの邪魔《じやま》になるような作りではないらしい。胸を適度に押《お》し上げながらも、布地はその歩調に合わせてゆったりと弾《はず》む程度だ。

そしてもう一名は男性であり、彼女から一歩遅《おく》れて、手にした資料を捲りながら慌ただしくまくし立てていた。

「システィ様、連日の防衛任務、お疲《つか》れ様《さま》です。あの大侵攻、システィ様がいればこそ、この程度の犠牲《ぎせい》で済んだと言えましょう。まったく、流石《さすが》としか言いようのないお手並みで……」

「そんなお世辞はいいから、早く要点を言いなさい」

「は、はい⁉　すみませんっ！」

うんざり気味の声に、男は恐縮《きようしゆく》したように身体をびくつかせると、謝罪してすぐ本題に入った。

「フローゼ指揮官の下、明朝より掃討作戦が敢行《かんこう》されることになりました。外界で再び集まった魔物が、回収の行き届かない死体、いや遺体を……その……捕食して……ですね。変異体になる恐《おそ》れがあり、二次災害を起こさないためにも……」

「当然ね。それよりも、何部隊動員するの？」

「それは、その……未だ分かりかねます」

気の利《き》かない返事に、システィは「はぁ～」と盛大に溜《た》め息《いき》を吐《つ》く。

「あ！　その、システィ様、どちらに」

「今回は少し気掛《きが》かりなことが多いから、それと、彼《かれ》にも一度会っておきたいの」

「彼、とは？」

「もう良い歳《とし》なんだから彼というのも変ね。ヴィザイスト卿《きょう》のことよ」

「――――!!」

稀代の司令官フローゼ・フェーヴェル。

災害級異端児《いたんじ》ヴィザイスト・ソカレント。

魔女の異名を持つシスティ・ネクソフィア。

三巨頭と呼ばれる三人が集結した作戦はもう過去のことだが、間接的にであれ、システィが残る二人と再び顔を合わせるとあっては、男が目を丸くするのも仕方のないことだ。

「話はここまでよ」

訝しげな表情の男をそのままに、システィは無言で歩を進めていく。

エリーナがヴィザイストの部隊、「特隊」に入った動機。システィはそれをエリーナ当人から聞いてはいたが、実はヴィザイスト自身からは、その経緯はおろか、部隊設立の目的すらも、特に知らされていなかった。

とはいえ、ヴィザイストはかつての三巨頭の一人として、それなりに信頼《しんらい》できる相手だ。下手なことはするまい、ということもあるし、エリーナの意志も尊重したいと考えていた。だからこそ、システィも深く追求しようとは思わなかったのだが……。

しかし先日、事情が変わった。

あの日、外界でリンデルフ大尉が言った言葉と、彼が見せたただならぬ覚悟。

特隊のメンバーであるエリーナとリンデルフの二人が、それほどまでに評価する少年。

なのにヴィザイストが、システィにその切り札について、あえて告げなかった理由とは……。

自然、秘匿性《ひとくせい》とともに、何らかの政治的意図が感じられる。そして、特隊が名目上はヴィザイストの個人部隊とはいえ、設立にはベリックの息がかかっていたことは、システィとて周知していたことだ。

そうなると、一つの推測が浮かび上がってくる。かつて聞いた、ベリックの秘蔵っ子とも呼ぶべき存在のこと。同時に、以前軍に存在したとある計画と、その関連施設《しせつ》のこと。

それは殉職《じゅんしょく》した軍人の子弟《してい》や身寄りのない孤児《こじ》を集めたものだったという。

だが、表向きこそ保護施設だが、その内実は資質ある者を見出《みいだ》し、魔法師《まほうし》とするべく特別な訓練を施《ほどこ》すというもの。いわば年端《としは》のいかぬ少年少女を兵士として、戦場へ送るための布石となる計画である。

当然軍内部での批判も強く、実際に前線に出た一期生がほぼ全滅《ぜんめつ》したことから、ベリックとしては、プログラム凍結に動いているはずだった。

（あぁ～ベリック、だんだん読めてきたわ）

ようやく全てが繋がった気がして、システィは我知らず、そっと頬を緩《ゆる》めた。

システィの中で全てが繋がった気がしたのだ。

（そういえば、さっきの通信じゃベリックに巧《うま》くはぐらかされてしまったけど……あの黒蛇も気になるのよね）

リンデルフ大尉は、黒蛇の発生には、アルス隊員が関係しているかも、というようなことを示唆《しさ》した。

未知の魔法だろうか。加えてあの後、高レートの魔物たちの存在が一気に消えてしまったこと。そして何より、リンデルフのあの覚悟に満ちた表情と、印象的な物言い。

（その子なのね。きっと、その子のためだけに部隊が作られた。その子がアルス君なのね）

表向きは、ヴィザイストの部隊という名目で。ただ、一度は裏方に回ったはずの彼が、わざわざ部隊を立ち上げた、というのも妙《みよう》な話だとは思っていたのだ。

そうなれば、一魔法師として好奇心《こうきしん》が込み上げてくる。腹心のエリーナが自分の下を離《はな》れたほどの存在。値踏《ねぶ》みもしたくなる、直に見てみたくもなる。

やがてシスティが辿《たど》りついたのは、一つの部屋。扉《とびら》の上部に掲《かか》げられたプレートが示すのは、ここが軍本部における特殊魔攻《まこう》部隊……通称《つうしょう》【特隊】の部隊室であるという事実だ。

ふと見ると、僅《わず》かに部屋の扉が開いていた。隙間《すきま》から明りが漏《も》れているため、誰もいないということはないだろうと、システィはそっと中を覗《のぞ》き見《み》る。

「あれは……」

特隊の指揮官であり、そこにいれば嫌《いや》でも目立つはずの巨漢《きょかん》・ヴィザイストの姿は、そこにはなかった。代わりに壁《かべ》の隅《すみ》、膝《ひざ》を抱《だ》いて座っている少年の姿がある。

その虚《うつ》ろな眼《め》を、システィは知っていた。戦いの中で精神に深い傷を負った魔法師たちが、往々にして見せるものだ。無理もない……外見から推《お》し量《はか》る限り、彼はまだ子供といっていい年齢《ねんれい》。ましてや、あの魔物の大侵攻があって間もないのだから。

脆《もろ》く、儚《はかな》く、今にも頽《くずお》れそうな……だが、それでもただならぬ雰囲気《ふんいき》を持っている。すぐに折れてしまいそうなほど錆《さ》びついていても、やはり希代の名剣《めいけん》ならば、その輝《かがや》きは確かに感じ取れるもの。そんな印象を、システィは彼に抱いた。

システィは他に誰もいないと知ると、一度扉《とびら》から顔を離し、連れの男へと振《ふ》り返《かえ》った。

「もういいわ。あなたは戻りなさい」

「はい？」

「少し長くなりそうだから。そうね、ヴィザイスト卿は不在のようだから捜してきてくれるかしら」

「は、はい！」

男の背中を見送ると、システィは少し間を開けてから、一つ深呼吸をする。それから、彼女はそっと扉を開く。

「はじめまして……」

◇◇◇

さらに二日後の夕刻。

軍本部の隣《となり》、広大なスペースに立《た》ち尽くす、小柄《こがら》な影があった。

アルスである。すでに衣服は綺麗《きれい》に整えられ、以前よりさらに無機質さを感じさせる表情以外、先の戦いの名残《なご》りはまったく感じさせない。

そしてそこは、戦いの犠牲者《ぎせいしゃ》たちが葬られている、軍の墓所であった。

彼の黒い瞳には、周囲を染める夕暮れと、茜色《あかねいろ》の雲が映り込んでいる。思えばつい数週間前、ここの脇《わき》でニケと遊んだことが、幻視《げんし》されるかのようであった。

アルスはただ、無言で立ち尽くしていた。

数百、数千とある墓標は、これからも年々数を増やしていくだろう。まだまだ墓標が作られるだけのスペースに余裕《よゆう》があるのが、なんとも複雑な気分にさせる。

特隊の面々の墓。その下に埋められた棺《ひつぎ》には、遺体どころか、遺品一つ程度しか入っていないものも少なくない。

それでも、まだ墓があるだけましだったのかもしれない。それすら建てられず、生死不明のまま忘れられ、人々の記憶《きおく》の中から消えていく魔法師たちも、数多《あまた》いるのだから。

アルスは相変わらず黙《だま》りこくったまま、少し膝を折ると、とある墓の前に、白い花束を添《そ》えた。

背後には、喪服姿《もふくすがた》のヴィザイストとリンデルフが、そっと目を伏《ふ》せて立っている。

二階級特進など、魔法師にとって何の慰《なぐさ》めにもならない。

表向きは、今回の大侵攻を防ぎ切った功績は、全隊の指揮を執《と》ったフローゼ・フェーヴェル、そして前線で戦ったシスティ・ネクソフィアの手柄《てがら》に帰せられている。アルス、そしてもちろん、特殊魔攻部隊の関《かか》わりについては、ほとんどが秘匿事項《ひとくじこう》とされたのだ。

だが、彼らは疑いなく陰《かげ》の功労者ではあり、ヴィザイストは少将に、リンデルフは大尉から二階級進んで中佐《ちゅうさ》となることが、内々で確約されていた。

リンデルフからすれば、不本意かつ不名誉《ふめいよ》な昇進ではあろう。

だが彼は、ほとんど歯を食いしばるようにして、それを受けた。

「俺《おれ》が地位を上げることで軍全体の戦略に関われるようになれば、もっと死傷者を減らすことができるかもしれない。そうすればいつか、あいつらにきっと、手向《たむ》け代わりの良い報告ができるはずです」というのが、彼の言い分であった。

やがて、静かに黙祷《もくとう》を終えると、ヴィザイストはおもむろに口を開いた。

「まだ、後片付けが残っているぞ」

「分かっていますよ」

その無粋《ぶすい》な言葉に応じたリンデルフは、ふと視線を横に落とす。

二人の会話になどまったく頓着《とんちゃく》していない様子のアルスは、すでにトボトボと小さな背中を向けて、立ち去ろうとしていた。

「構うなとは言わん。だが、今はまだ触《ふ》れてやるな。こうさせないための部隊だったんだがな」

ヴィザイストの溜め息は、リンデルフの胸に突き刺さるようだった。

彼にも分かる。アルスはあの部隊で、特にニケとの日々を、本当の子供のように全身で受け止め、彼なりのやり方で、皆と共有していたのだ。だからこそ、それを失った時の衝《しょう》撃《げき》はすでに汚れた大人になってしまった自分ごときには、到底推《とうていお》し量れるものではない。

アルスはその年齢にしては、一度に多くを見過ぎたのだろう、知り過ぎたのだろう。世界の残酷《ざんこく》さ全てを小柄な身体《からだ》に詰め込んで、非業《ひごう》の死を遂《と》げた者の血を、呪われた泥《どろ》のように全身に浴びたのだから。

あの日以来、アルスはどこか、魂《たましい》の抜け殻《がら》のようになってしまった。悩《なや》みや後悔《こうかい》といった概念《がいねん》すら、彼の中ではもはやまったく意味をなさなくなってしまったのだろう。

ただ同時に、そんな空虚《くうきょ》さの底の底で、ただ一つ、決して揺らがぬ何かを、固く誓《ちか》ったのだろう。

アルスは確かにあの日、それを決めた。ヴィザイストが言っていたように、自分で答えを導いた——それも最悪な形で。

ヴィザイストは、あの日一人で帰還したアルスに、かつての姿を見出した。特殊魔攻部隊に入る前、魔物を殺戮《さつりく》する機械のように扱《あつか》われ、孤独《こどく》な任務だけを次々と与《あた》えられていた、あの頃《ころ》の姿を。

一方のリンデルフは、また異なる思いを胸に抱いていた。

今の自分が、まさに立っているその場所が、どこか現実感がないのだ。未だショックが癒えていないせいか……いっそ特隊で過ごした日々が、死と隣《とな》り合わせでも、どこか充足《じゅうそく》していたあの日々が、虚構《きょこう》であったのではないかとすら思える。その度に、そんなことは絶対にないと、相反する気持ちが、心の底から「忘れるな」と蹴《け》り飛《と》ばすように、彼を現実に引《ひ》き戻すのだ。

だが、リンデルフにはもう一つ、気になることがあった。

彼《アルス》のことだ。

束《つか》の間の部隊生活……どこか茶番めいたあの時間は、彼の中に何かを残すことができたのだろうか。

今となっては、それを口に出すことすらはばかられる。口にすれば、嫌でも冷徹な事実に気づいてしまうからだ。そう、特殊魔攻部隊は、いずれ彼の帰るべき場所となるべくして、構成された部隊だったゆえに。

所詮虚《しょせんむな》しい家族ごっこは、それが奪《うば》われた時、アルスに結局より深い傷を与え、心をさらに深く閉ざさせただけだったのではないか。

そう思った時、リンデルフは、強く唇《くちびる》を噛《か》んだ。

ふと見ると、すでに先を行くアルスの背中は、ごく小さくなってしまっていた。夕陽《ゆうひ》の中で、孤独な影だけが長く、長く伸びている。

彼が選んだ道は、共に歩む者を一人たりとも求めぬ道。

皮肉にもあの苛烈《かれつ》な戦場を生き抜いたことで、アルスは自ら証明してしまった。誰も死なせないための最善策は、彼が一人で戦うことなのだと。

まるで瞳を湿《しめ》らせる何かを堪《た》えようとするかのように、リンデルフはそっと眼の下を拭《ぬぐ》う。

そんな彼に向け、ヴィザイストは懐《ふところ》から一枚の紙を取り出して見せた。

「何です？」

「読んでみろ」

リンデルフが目を通すと、それは、除隊願いの書類だった。誰の、とは訊《き》くまい。衝撃を受けると同時に、どこかでやはり、という気持ちもあった。そう、どこかでそうなるだろう、という予感はあったのだ。

しかし、ヴィザイストはつまらなさそうに、鼻を鳴らしただけだった。

「フンッ、一丁前に、こんな時の手続きは知ってるらしい」

「どうするおつもりですか」

「どうするもなにも、ここまでだ。残ったのが四人では、もはや部隊の体は成していない。直に解隊命令が下されるだろう。だから、本来ならこんなものを出す必要すらない……もう特隊は、役目を終えたんだ」

「そうですか」

全《すべ》てを飲み込むことはできないが、リンデルフは自分は大人なのだと、割り切った。アルスに掛《か》ける言葉一つ見つけられない大人なのだと。

そしてもう一つ、自分もヴィザイストでさえも、ついに答えを見出せなかった問題がある。

アルスという強大すぎる「個」を活《い》かすには、結局彼自身が選んだ道が正しいのか、それともあくまで、仲間と共に在るべきなのか、ということ。

分かってはいたつもりだった。アルスとの連携《れんけい》が上手《うま》く機能していないのは、隊員たちが彼の力についていけないことのほうが原因だった。

連携を優先するばかりに、アルスが力を抑制《よくせい》していたことは、誰もが薄々《うすうす》知っていたのだから。

リンデルフは、沈痛《ちんつう》な面持《おもも》ちで頭を掻《か》きむしった。

(せめて、ここにエリーナがいれば……)

分かってはいても吐いてしまう弱音。こんなことでは、いつものように喝《かつ》を入れられても、仕方ないのかもしれない。

リンデルフの苦悩《くのう》を察したヴィザイストは、少し窮屈《きゅうくつ》な喪服《もふく》のポケットに手を差し込み、それから、苦い顔でそっと呟いた。

「今は何もすべきじゃない。俺たちは男だ、母親みたいなわけにはいかん。ましてやどっちも、器用なほうじゃないからな。だが、それを言うならアルスも男だ。今は見守ってやろう、大人としてな」

「それぐらいしかできないんですかね」

「あぁ、今は、な。リンデルフ、お前には明日より、一区域の掃討指揮を任せる。近々また魔物の掃討作戦が始まるが、アルスは少し休ませるつもりだ」

「分かっています」

「お前も、休ませてやりたいのは山々なんだがな」

「承知してますよ。今は猫《ねこ》の手も借りたいほど、人手不足ですからね。それに忙《いそが》しい方が、正直助かります」

「そうか、くれぐれも無理はするなよ」

リンデルフの肩を叩《たた》いたヴィザイストは、それから再度念を押すように。

「それとニケの……いや、探知犬の研究計画についてもだ、決して口を滑《すべ》らせるな」

「は、はい」

遺伝子操作によって生み出された実験体であったニケだが、その計画には倫理的《りんりてき》なものとは別に、隠《かく》された問題があったことが、先日明らかにされていた。

それは、実験体としての寿命《じゅみょう》のことである。強制的な成長と薬物その他で強引《ごういん》に発達させられた脳と内臓は、結局のところ、身体に対する負担が大きすぎたのだ。

結果、その寿命はせいぜい数ヶ月……半ば、消耗品《しょうもうひん》も同様の扱いだったということになる。

ヴィザイストが真実を知ったのは、ニケを引き取った後のことだ。無論、ベリックに上申《じょうしん》してプロジェクトは早々に中止されることになり、実験動物たちもほとんどが解放された。ただ、すでに生み出されてしまったものだけは、どうしようもない。

結果、ベリックとヴィザイストの計らいによって、ニケだけはアルスと共に過ごすことを許可された、という経緯《けいい》があったのだ。もちろん、彼とニケを今さら引き離せなかった、という事情もあるのだが。そして最後の戦いの時、ニケは実質、その寿命を終えかけていたようだった。

だが、そんな素振《そぶ》りはほとんど見せなかったのは、ニケなりの責任感と健気《けなげ》さゆえだろうか。それを思った時、ヴィザイストもリンデルフも、この白銀色の毛を持つ部隊員に対する、哀切《あいせつ》の念を禁じえなかったのだった。

しばし無言になった二人は、ちらりと足元に視線を落とした。

その視線の先にある、一際《ひときわ》大きい墓標。その根本には、さっきアルスが供えた白い大輪を咲《さ》かせた花束が、そっと横たえられている。

少し視線を上げれば、その突端《とったん》に掛けられた、巨大な首輪が目に入る。

そして、台座の中央には銀光を放つ磨《みが》かれたプレートが、ひっそりと埋め込まれている。

そこにはナイフで彫《ほ》った【ニケ】という名前が、くっきりと刻まれていた。

◇◇◇

バナリスの木々は青く、空はどこまでも広い。

到底《とうてい》外界とは思えぬ光景の中、ふと頬を打った穏《おだ》やかな風は、再び沈黙《ちんもく》の底に沈《しず》んでいたアルスの意識を、ふと現実に引き戻した。

アルスが重い口を開き、ようやく秘《ひ》められた物語を語り終えたのは、つい先ほどである。

もちろんアルスが語ったのは彼が知りえる範囲《はんい》のことのみであるが、背中に負われたまま一部始終を聞き終えたロキは、しばし押し黙ったままだった。

ロキにとっても、アルスの話は――そのまま受け止めるにはあまりに苦く重く、ときに痛みさえ伴《ともな》うものであった。

「そんなことが……あったのですね」

たっぷりの間の後、銀髪《ぎんぱつ》の少女はぽつりとつぶやく。

「ん？　ま、まぁな」

ロキの反応は、アルスにとって少々拍子抜けのような、不思議な感覚を抱かせた。

だが、いざ話し終えてみれば痛みはさほどでもない。寧《むし》ろ胸のつかえが、いくらか取れたような気すらする。

安堵《あんど》めいた溜め息が、そっとアルスの口から漏れた。

「大侵攻の話は聞《き》き及《およ》んでいます。私も救われましたから」

そう言いながら、アルスの首に回したロキの腕には、まるでそっと抱きしめるかのように、僅かに少し力がこもったようだった。

アルスの孤立《こりつ》は、彼が選んだ道。だが結局は周囲もまた、彼を遠ざけたのだ。

そしてアルスが一人で戦えば戦うほど、天稟《てんぴん》の才と相まって、ますますその力は突出《とっしゅつ》していったのだろう。例えるなら、孤高《ここう》の空を行く鳥。ついには彼と完全に連携することは、並みの人間には不可能なほどの高みにまで、アルスは到達《とうたつ》してしまったのだ。

「精神的なものにせよ技術的なものにせよ、どちらかと距離《きょり》が隔《へだ》たれば、二つの歯車は噛み合わない。極端《きょくたん》な話、外界では、否応《いやおう》なしに実力に差がある者同士が、完全に連携するのは不可能なんだ。仲間は足し算でも掛け算でもない、マイナスになる」

弱い者と肩を並べて立つことの不幸を、アルス自身が一番良く知っていた。部隊の仲間や連携は、通常の人間には必要なものだと理解している一方で、自分だけがそれには該当《がいとう》しないことも、十分に思い知っている。あくまで自分以外にのみ必要な〝相互扶助《そうごふじょ》〟なのだと。

「でしたら尚更《なおさら》、レティ様のお誘《さそ》いを受ければよかったのでは。レティ様なら」

ロキはふと、そんな熱を帯びた言葉の端《はし》に、己《おのれ》の卑《いや》しい感情が顔を覗かせたことに気づく。それはおそらくアルスの気持ちを重んじた言葉ではない、寧ろ自分が、アルスにそうあって欲《ほ》しいのだ。だが、出過ぎた真似《まね》をすべきではない、という理性のブレーキが今は利かなかった。

「……やけに熱心に勧《すす》めるんだな」

いえ！　と我に返ったロキが否定するより早く。

「いいさ。お前は俺をどうにかレティの部隊に入れたいようだが、何度聞かれても答えは同じだ。それがはっきりした」

ふと遠くを見やったアルスの目は、ただ無機質に乾いているように思える。

ロキは、沈痛な面持ちで俯《うつむ》いた。

バナリス奪還《だっかん》の直後、レティはアルスに手を差《さ》し伸《の》べて、共に歩んで欲しい、と言った。

おそらく胸の内に溜め込んできた想《おも》いを全て乗せて、彼女《かのじょ》はそう誘った。

一人ではなく、真に信頼できる仲間ともう一度外界を駆《か》けよう……いわば彼女は、アルスに救いの手を差し伸べたのだ。

彼女こそは、彼を肯定《こうてい》してくれる存在だ。

だからこそ、アルスはその手を取る選択《せんたく》も十分に考えたはず。アルスはきっと、内心のどこかでは、そんな未来を欲《ほっ》していたのだから。

が、結局アルスはレティの手を取らなかった。

ロキは、気付いている。アルスという人間は、もうずっと前に壊《こわ》れてしまっていることを。

過去のことだけではない。彼が行ってきた「裏の仕事」や秘密裏《ひみつり》の任務もそうだろう。

彼がもう、真っ当な人の道から随分《ずいぶん》と逸《そ》れてしまっていることなど、アルスと暮らしてみて、ロキは嫌というほど感じてきた。

それでも良かった。

それで、良かったのだ。

同時にそれは、アルスが、自分を救ってくれたあの頃のままだったということなのだから。

でも、彼が変わろうとしているのならば、己の壊れてしまった一部の修復を望むのならば、その手助けがしたい。それが心の穴を仮に塞《ふさ》ぐだけの、一時しのぎに過ぎなかったとしても。そして、その役割を果たすのは、唯一《ゆいいつ》、自分だけで……。

彼の背中にいることが幸いした、とロキは安堵する。アルスがさっき、きっぱりと否定したことで、きっと自分は今、ほっとしたような表情をしているだろうから。

それはエゴだ、とロキは感じていた。やましさがある、申し訳ないような自責の念もある。

とはいえ、アルスは自分に、秘められた過去の一部を語ってくれた。いわば、彼が壊れた始まりを知ることができたのだ。それは欲深い自分にとって、十分な幸福だったと言い聞かせなければならない。

もしかすると自分は、アルスのためではなく、己のために訊いたのかもしれない。同じ痛みを背負うために、そうしたのかもしれない。

けれど、彼が頑《かたく》なまでに、一人で戦い続ける理由が分かった。本人は自覚していないのかもしれないが、彼は、誰かが目の前で死ぬのが嫌なのだ。心を許した誰かが魔物《まもの》の餌《え》食《じき》となるのが、何より辛《つら》いのだ。

アルスは誰よりも強く、同時に誰よりも臆病《おくびょう》なのかもしれない。

「アルス様、私……いつまでも一緒《いっしょ》にいますよ」

気持ちが先走ったというべきか、そんな結論だけを、ふとロキは口に出してしまった。

脈絡《みゃくらく》のない台詞《せりふ》に、重い沈黙が落ちる。

「……この辺で、振り落《お》としていくぞ」

「——!! ア、アルス様ッ!?」

「冗談《じょうだん》だ」

その言葉に、ロキはほっと安堵した表情を浮かべ。

「本当にやめてください、心臓に悪いですから。それにそういう態度は、テスフィアさんにとっておいてください」

「酷《ひど》い言い様だな。ま、確かに相手は選んだ方が良さそうだ」

まったく同感だと、激しく首肯《しゅこう》するロキ。

だが、どこかで何だか上手くはぐらかされてしまった気もする。とはいえ、これぐらいが丁度良い塩梅《あんばい》なのかもしれなかった。

想いを伝える言葉であろうと、踏《ふ》み込んでいい領域と、そうでない領域。その境界線は、いつだってひどく曖昧《あいまい》なものなのだ。

ふと、アルスが言う。

「さて、あいつらも待っているだろ。早く戻らないとな」

ロキははっとする。それは、学院に、ということだろうか。

そう悟《さと》ると同時、ロキの頬が持ち上がり、自然と笑《え》みが浮かんできた。

今、ロキには、前を向いていて見えないはずの、アルスの表情が手に取るように分かる気がした。きっと、いつもの微妙《びみよう》な笑みを、そっと口元に湛《たた》えているのだろう。

（そうだったのですね、アルス様。悪くないと、いつも、学院生活はさほど悪くないとだけ仰《おつしや》るけれど……本当は、楽しいのですね）

そう理解できただけで、幸せな気分だった。

（そうですね。私も外の世界を忘れてしまうくらいには、楽しいと思いますよ）

顔を上げたロキの頬に、吹《ふ》き渡《わた》る爽《さわ》やかな風が感じられた。

「アルス様、少し飛ばしてください。きっと気持ち良いですよ」

「いかにも功労者らしい態度だな。仰《おお》せのままに」

過酷《かこく》な任務に駆り出《だ》されてばかりいた日々は、アルスの精神と記憶を、まるで石臼《いしうす》のように少しずつすり減らしてきたのだろう。

つまり、彼にとって過去はそれだけで〝傷〟なのだ。

だからこそ、それを語ろうとする口は、鎖《くさり》で縛《しば》られた南京錠《なんきんじょう》のように、固く閉ざされていたはずだ。そんな傷口なら、誰も二度と開きたいとは思わないだろうから。

だが今回は、その錠《じょう》を彼自身が解いたのだ。

何かが、少しずつ変わってきている。


一方、ロキを背負ったアルスは一度だけ目を細める——明るい外界の景色に、目が眩《くら》んだかのように。

いや、光のせいだけではない。確かに今は少しだけ、景色が変わって見える。

戦いを終えた軽い安堵。ロキに他愛《たわい》のない昔話を語ったこと。そして、彼女が複雑な表情ながらも、なんだか嬉《うれ》しげな様子だったこと。そんなことがいくつか絡み合ったせいか。

だが、それは決して不快なものではなかった。

そう、自分では気付けなかった何かを、ロキが代わりに気付き、それとなく態度で示唆してくれた……そんな気がする。

そう思ってみれば、何故《なぜ》か心が羽のように軽い。

今は……仮初《かりそめ》とはいえ、帰るべき場所、待っていてくれる誰かがいる。

本当に……何もかもが、昔とは違《ちが》うのだ。

アルスはそんなことを考えながら、ぐんぐんと帰路を急ぐ速度を上げていった。

第61章「無言の祝報《しゅくほう》」

バナリスの掃討《そうとう》が成った後、アルスとロキは数日かけてアルファへと帰還《きかん》した。すでにレティから急報として、知らせは行っているはずだ。

おそらく、直近でアルファが挙げた戦果としては最大級だろう。バナリス奪還は、レティらだけでなく、軍としても重要な戦略的ステップだったからだ。

帰還直後、アルスとロキは、自分たちと入《い》れ違《ちが》いに魔法師の一大隊が出立していくのとすれ違った。それは無論、魔物の勢力を大きく削《そ》いだバナリスに、人類の確たる支配体制を打ち立てるためだ。レティたちとの補助・交替要員という意味もあるだろう。

ただ、例の如く、アルスに対する、純粋《じゅんすい》な敬意が示されることはほとんどない。実際はほぼ隊列を乱さない程度の、やや慌《あわ》てての敬礼などがあれば、まだ良いほうだ。実際はほぼ無視されているに近い、無反応ぶりである。

いや、実際には無反応とは少し違うのだろう。その少年がアルスであることを知るやいなや、魔法師たちは皆《みな》、そっと視線を逸らすか、どうも居心地《いごこち》が悪そうに、態度を萎縮《いしゅく》させてしまうのだから。

それもそのはず。いくら英雄的活躍《えいゆうてきかつやく》を果たそうと、皆に温かく迎《むか》え入れられるにはアルスの存在、その功績は、あまりに常人離《ばな》れしすぎているのだ。

純粋無垢《じゅんすいむく》な子供ならともかく、寧ろ一般《いっぱん》の常識を知る大人であればあるほど、彼は不気味で近寄りがたい存在に映る。全ては、一人で戦うことの代償《だいしょう》のようなものなのかもしれない。

「まぁ、今更敬意を払《はら》われても、かえって気持ち悪いしな。それに、今回は実質的に、俺を引っ張り込んだレティの手柄……あいつの執念《しゅうねん》こそが、最大の勝因だ。別にどうでもいいさ」

「そうですね」

「ロキ、お前はやけに嬉しそうだな。俺が冷や飯を食わされるのがそんなに楽しいか？　性格が悪いぞ」

「⁉　それをアルス様が言いますか！」

間髪容《かんはつい》れずに突っ込み返すロキ。

だが、その心外そうな台詞とは裏腹に、彼女の機嫌《きげん》は変わらず良さそうである。

それをやや不審《ふしん》に思いながらも、アルスは次に自分がやるべきことに思いを巡《めぐ》らせた。

まず、いくら助《すけ》っ人《と》としての参加であっても、自ら戦果や経緯の報告だけはしなければならない。詳細《しょうさい》な報告書の作成はレティたちに任せるとしても、アルスが彼《か》の地《ち》に赴《おもむ》き、自ら感じたことや観察した事柄《ことがら》を、上に報告する必要があった。

それは務めというほどではないが、彼が得た情報を軍全体に共有し、結果としてアルス個人の経験や知識を、アルファの魔法師たちに還元《かんげん》するためである。もちろん重要な事柄があれば、それは他国にも共有されるはずだ。


ひとまず本部に着いた二人は、手早く個々の更衣室《こういしつ》へと入っていく。

外界から帰還した時にはお決まりの、もう身体に染《し》み付《つ》いた手順である。淡々《たんたん》と、そして当然のように、全ての行動が実行された。

そしてアルスが今、更衣室の中で眉根《まゆね》を寄せて手にしているのは、真新しい軍服だった。バナリスでの任務中に着用していた制服は、さすがにあちこちダメになっており廃棄《はいき》処分だとしても、どうもこの新しい服というものには、いつまで経《た》っても馴染《なじ》めない。

しかも軍の制服は、基本的に個性のないフォーマット化されたもの。一言申し入れれば、すぐにアルス専用の衣類が用意されるかもしれないが、ここはもはや外界ではない。

戦闘《せんとう》に出るわけではないので、好みのアレンジやカスタマイズなど通りはしないし、素材や生地《きじ》にしても、ごく普通《ふつう》のものが出てくるだけだろう。無味乾燥《むみかんそう》な軍服は、いわば、無地のシャツを着るのと同じである。

というわけで、結局更衣室から出た時、アルスは手渡《てわた》された軍服のうち、ジャケットだけをあえて着用せずにいた。

反面、ロキはおそらく、一番小さいサイズの軍服姿ではあるが、上下に至るまでピシリと着こなしている。

「お似合いです、アルス様」

彼女はおそらく、脊髄《せきずい》反射的にお決まりの感想を述べたに過ぎないのだろうが、アルスとしてはそれすら皮肉に思えて、あまり嬉しくはない。

「そりゃどうも」

気のない返事を返すと、せめてもの抵抗《ていこう》として、首元のボタンを一つ外す。こういうお仕着せの場がとにかく苦手なアルスは、堅苦《かたくる》しい雰囲気であればあるほど、ついささやかな反骨精神を発揮してしまう傾向《けいこう》があった。

「はい、少し着崩《きくず》すのもいいですね！」

だが、ロキはアルスのそんな内心にも気づかないようで、ニコニコしている。

しかし、どうしてこれほどロキのテンションが高いのか。いつも一緒にいるので分かるのだが、明らかに今の彼女は上機嫌《じょうきげん》過ぎる。

考えてみれば、そのきっかけは、どうもバナリスの帰途《きと》であの「昔話」をしてからのような気がする。

（だから、過去の話をほじくり返すのは嫌だったんだ）

あの時は自分でもどうかしていた、と後悔したが、後の祭りというもの。

そもそも、あんな話のどこに、ロキのテンションを上げる要素があったのか。

アルスからすれば、本当にちょっとしたネタにもならない、取るに足らない話のはずだった。

だが結局、それを決断し、話し始めたのはアルスだ。

そこで、アルスはこれ以上考えるのをやめた。この問題について、あまりに深く考え過ぎると、かえって泥沼《どろぬま》にはまる予感がする。ロキの……いや、一般に女性というものの心の内は、永遠にブラックボックスにしておいたほうがいいのだ、きっと。

とにかく機嫌のよい彼女の中で、自分がどんなイメージを持たれているのか。きっとそのアルス像には、過度な美化や装飾《そうしょく》がなされているに違いない。稀代の英雄《えいゆう》だなんだと気《き》恥《は》ずかしい言葉でも飛び出せば、いたたまれないのは自分のほうだ。

そもそも、自分のことを他人にあれこれ言われるというのは、アルスにとって気持ちの良いものではない。ましてや学院ではずっと傍《そば》にいた彼女だ。きっとその台詞は、かなりこそばゆいところを突《つ》いてくるに違いなかった。

つまり、この話題を深掘りすることに、メリットなどまったくないのだ。

「ハァ〜……」

「少しお疲《つか》れですね、アルス様」

「そりゃ疲れるわな。先々のことを考えると、それだけで鬱《うつ》になりそうだ」

「どうかされたのですか？」

しれっとした態度で、ロキがこちらを覗き込んでくる。まるでアルスの口からそれを引き出すべく誘導《ゆうどう》するような口ぶり。しかも、振り向《む》きざまに小首をかしげ、少し腰《こし》まで折って見せるという、芝居《しばい》がかった仕草だ。彼女の表情と悪戯《いたずら》っぽい瞳《ひとみ》を見る限り、分かっていてわざと聞いているのは、ほぼ確実。

「分かった分かった、降参だ。だからその顔はやめろ。そんなんで総督《そうとく》に会うと、要《い》らん突っ込みが入る」

「ダメなんですか？」

「食えない相手だからな、なるべく弱みは見せたくない」

「悩《なや》み事《ごと》があるなら、誰《だれ》かに話してみては？」

ロキは、その相手なら目の前にいる、とでも言わんばかりだ。

「……俺だって、恥《はじ》は知ってる。今更しょうもない愚痴《ぐち》はいわないさ」

え～、と子供のように拗《す》ねて見せるロキ。わざわざ軍部で交《か》わすようなやりとりでもないが、ずっと黙っているのも、妙《みょう》に間が持たない。だからこそあえて、いつものノリの会話を続けているのだが。

どこか神経がひりつくのは、やはり軍の中枢《ちゅうすう》にいるからか。その点でいえば、いつかテスフィアとアリスを伴って乗り込んだ時は、随分と気楽だった。

アルスとて、一応はアルファの軍人だというのに、この軍本部では常に気を張っていなければならないというのは、不思議なものだ。

「さて、ふざけるのもこの辺にしておくか」

「……私は、そのつもりはなかったですよ」

「ん？　それはなんだか、穏やかじゃないな……」

アルスは少し驚《おどろ》いた。せいぜいちょっとしたじゃれ合い程度のつもりの会話が、ロキにとっては意外に大真面目《おおまじめ》なものだったらしい。

かと思えば……。

「いえ、やっぱり冗談です。しかし、これくらいで動揺《どうよう》されていては、自然な会話というには程遠《ほどとお》いのでは？」

「ほほぉ、言ってくれるじゃないか」

「三センチ」

ちらりとロキの視線が、アルスの足元を示す。

「三センチほど、歩調が乱れましたよ」

「うっ！」

自分ですら気付かなかった指摘《してき》に、アルスは二の句が継《つ》げなかった。が、よくよく考えてみれば、さすがのロキも、そんな細かい部分まで観察していたということもあるまい。

ちょっとからかってみた、といった様子のロキの微笑《びしょう》に、多少憮然《ぶぜん》としたアルスだったが、まあ、仕方ないのだろう。

どうやらこういった日常のやりとりにおいては、すでにロキに主導権を握《にぎ》られているらしい、と改めて気づいたアルスであった。


「ご苦労だったな。ずいぶん手こずったんじゃないか？」

開口一番、執務室で待っていたベリックは、アルスにそう労《ねぎら》いの言葉をかけた。

いつの間に蓄《たくわ》えたのか、その顎《あご》には以前にはなかった髭《ひげ》が、綺麗に整えられて生えそろっている。

「面白《おもしろ》い冗談ですね。まあ、手柄は全部レティにくれてやりましたけど。その調子ですとちゃんと報告は来ているみたいですね」

これは先程《さきほど》、バナリスの後詰《ごづめ》に向かう魔法師《まほうし》たちとすれ違っているのだから、確認《かくにん》するまでもない。ちなみにシングル魔法師であるベリック一人のみ。ただ彼《かれ》とアルスの関係は、もはや上司と部下というものですらない。いわば、妙な腐《くさ》れ縁《えん》とでもいうべき雰囲気《ふんいき》があるのも事実だった。

相手は、実質的に総督であるアルスにとって、任務の結果を報告するべき

「本来なら祝杯《しゅくはい》でもあげたいところだが、そうもいかん。如何《いかん》せん相手が学生では、酒は出せんからな」

いつものことだが、その労いも上辺だけのもので、本心ではないだろう。そもそもベリックに、祝杯をあげるほど浮《う》かれている様子など、微塵《みじん》も感じ取れなかった。

とはいえ、ベリックの頭の切《き》り替《か》えが早いのは、今に始まったことではないので、アルスとしてもとやかく言うつもりはない。

そもそも彼は立場上、先々のことばかり考えているせいで、あらゆる出来事は一段落した途端《とたん》、一瞬《いっしゅん》でただの通過点となり、一喜《いっき》一憂《いちゆう》する対象ではなくなってしまうのだ。

トップとして有能である証左でもあるのだが、今回のバナリス奪還も、せいぜい彼の中では、戦略ゲームのコマを一つ進めたぐらいの感覚でしかないのだろう。ベリックは常に、ずっと先を見ている。それこそ、魔物が一掃《いっそう》された後の世界秩序《ちつじょ》と、アルファがその時果たすべき役割といったところまで。

ただ、そんな彼のペースに巻き込まれて、何もかもをうやむやにされてはたまらない。

「酒は出せずとも、感謝の伝え方はいろいろありますよ。そうだ、一つ、良いことを思い出した。最新鋭《さいしんえい》の魔力《まりょく》情報体の精密測定機……確か先頃《さきごろ》、軍に納品がありましたよね」

「情報が早いな」

「なんでも魔法構成の基礎《きそ》ワードや【失われた文字《ロストスペル》】について、新たに五十ほども解読に成功したとか。かなり有能な機器らしいですね。なので、今回はそれ一台で」

「おいおい、軍の研究費も馬鹿《ばか》にならんのだぞ。それに、軍にもまだ二台しか」

ベリックが渋《しぶ》い顔をするのも当然だ。魔法研究等で使われる最新の精密機器は、他の分野に比べても、格段に値が張るのだ。

ＡＷＲ開発に関してはルサールカに譲《ゆず》るとしても、魔力や魔法に関する研究ではどこにも引けを取らないのが魔法大国アルファだが、高コストの機器を惜《お》しまず導入する国策上の積極性こそが、その大きな要因なのである。ただしそのコストゆえ、高度な研究が行われるのは、軍の専門機関に限られている。

また皮肉にも、このあたりの事情の発端《ほったん》には、今や軍の暗部ともなっている過去の非合法的な研究や後ろ暗い数々の秘密計画が絡《から》んでいるのも、また事実であった。

「ああ、忘れていました。もう一つ……ついでに軍の最高機密指定、魔法大典の機密レベル7のアクセス権限をください」

この法外な要求に、げっ、とでも言いたげな表情を浮かべるベリック。

魔法大典とは、各国が共有する魔法に関するデータベースだ。あらゆる魔法の詳細な情報に加え、魔法式までも網羅《もうら》されており、当然そこには開発者名も記載《きさい》されている。

ただもちろん、魔法大典には、この世の魔法全《まほうすべ》てが網羅されているわけではないし、全てが公開されているわけでもない。寧ろ一番肝心《かんじん》な部分のいくつかは、各国がそれぞれ厳重に管理・秘匿《ひとく》されている状態だ。

魔法大典の閲覧《えつらん》には、いくつかの段階的なロックがかかっており、軍における順位や階級によって、その権限が付与《ふよ》される仕組みだ。具体的には、各国がそれぞれ設けているアクセスキーが存在するのだが〝レベル7〟はその最高段階に当たる。

そこに触《ふ》れられるのは、ごく一部の選ばれた者だけだ。何せそこには、禁忌《きんき》に指定された魔法も含《ふく》まれているのだから。それらはたいてい、非合法な研究から生まれた殺傷力の特に高い魔法である。中には人間にのみ有効という、対魔物用の戦闘手段である人類の魔法の本質からすれば、本末転倒《ほんまつてんとう》な殺戮《さつりく》用の魔法まで存在する。

アルスの後ろで、表向きは眉《まゆ》一つ動かさず、直立不動の体勢を取っていたロキすら、内心では動揺を隠せなかった。その段階の機密となれば、そもそも二桁魔法師《けたまほうし》レベルにすら、実在の真偽《しんぎ》を疑うくらいだ。そう、一種の都市伝説や陰謀《いんぼう》論のあれこれに近い話なのだから。

ただ、この場に居合わせた以上は、と、彼女は努めて動揺を押《お》し殺《ころ》し、平然とした態度を装って見せるのだった。

「いや……さすがにそれはできない。お前がどれほどの功績を挙げようが、無理なものは無理なのだ」

一方、いったん渋面《じゅうめん》を作ったベリックは、僅《わず》かの間の後、そんなにべもない答えを返した。

「その権限が欲しければ、お前がこの席に就《つ》くことだな」

一応、総督にのみ閲覧が許される、ということだけは暗に示したのが、せめてもの譲歩《じょうほ》なのだろう。

「以前にも、閲覧はさせていただいたと思いますが」

「それは、お前の望む特定の魔法に関する情報を、私の手で開示したに過ぎない。お前が今言っているのは、軍の最高機密に自在にアクセスできるようにしろ、ということだろ？」

このやりとりを聞いていたロキの背中に、思わず冷《ひ》や汗《あせ》が伝う。アルスが言っていることがどれほど無茶《むちゃ》なのか、ベリックの言動から、改めて彼女にも理解できてきたからだ。

「ま、そういうことになるでしょうね。無理は承知の上です」

「踏み込み過ぎだぞ！　流れでどんな要求をしてくるかと思ったら……まったく、油断ならぬ奴《やつ》だ」

「器量が小さいことで。何かといえばいちいち大げさなもったいをつけ、言を左右に逃《に》げを打つ。そんなので総督が務まるなら、単細胞《たんさいぼう》女のレティにだってやれそうですね」

「知らんぞ、あいつが聞いていたら、躊躇《ちゅうちょ》なく爆炎《ばくえん》で吹き飛《と》ばされるとこだ」

「彼女には今回の一件で大きな貸しが出来ましたので、その心配はご無用です」

澄《す》ました顔で返すアルスに、ベリックはついに諦念《ていねん》とともに溜《た》め息《いき》をついた。

「ふぅー、誰の影響《えいきょう》を受けたのか知らんが……仕方ない。さすがに権限そのものはやれんが、特別にもう一度、一時的な許可なら与《あた》えよう」

顎髭《あごひげ》を撫《な》でると、ベリックは続ける。

「……で、何が見たい」

シングル魔法師たるアルスの要求ということで体裁《ていさい》こそ整えたが、これは完全なベリックの一存だ。これが露見《ろけん》すれば、またやいのやいのと叩かれるだろう。まあ彼としても今更《いまさら》、叩かれて埃《ほこり》が出ない身だとも思わないが。

「いくつかあるのですが」

「おいおい、勘弁《かんべん》してくれ。研究のためというにも程《ほど》があるぞ」

「そんなこと言って、良いんですか？」

「何がだ」

「レティの【M2－ポラリス】……多分あれのために、レティに火系統、炎系の禁忌指定魔法の式を提供したでしょう？　気づかないと思いましたか。あれは一応、俺《おれ》も携《たずさ》わった魔法なんでね」

「使ったのか!?　あぁ～、バナリスの惨状《さんじょう》が目に浮かぶようだ」

実際、バナリスの一部は、完全な焼け野原となっている。少なくとも表層土が吹き飛び、地中深くまで焼き尽《つ》くされたあの一帯には、当分草木一本生えないだろう。あの抉《えぐ》られた地表を見れば、確かにベリックならずとも卒倒《そっとう》ものだ。あえてここでは、何も言わないが。

まあ、最低限の要望は通ったのだから、良しとしよう。アルスは姿勢を崩《くず》すと、ひとまず重要なことから、報告を開始した。

「早速《さっそく》ですが……まず、バナリスに妙な魔法師がいました。そいつが俺たちに敵対し、任務の妨害《ぼうがい》を試みてきました。そこその手練《てだ》れです、ロキが襲《おそ》われ、ちょっと危《あや》ういところまで行きましたから」

「あんなところに、か？　何者だ？」

アルスは怪訝《けげん》な顔をしたベリックに、あの〝雪の男〟について、ざっとしたことを話した。環境《かんきょう》変化型の強力な魔法を操《あやつ》り、それなりの高位魔法師だと思われたこと、現地の魔物を利用して任務を妨害され、成り行き上アルスが絶命させたことまで。

「それについては先ほど、レティの隊員から報告があった。確実に絶命したはずの死体が、消えたそうだな」

「……」

「死体が自ら歩いたか？」

「笑えますね」

「ま、さすがにな……他に仲間がいたか、内通者がいるか。ま、どちらにせよ軍の情報が漏《も》れている可能性が高い、と言いたいわけか」

アルスには全く心当たりがないわけでもなかった。先頃、学院で戦うことになったイリイスは身体を水のように変質させ、何事もなかったかのように欠損箇所《かしょ》を修復した。今回も同じだとは思わないが、そうした人外の能力が存在する可能性は、実はゼロではない。もちろんイリイスの情報はベリックには伏《ふ》せているからこその、さっきの黙《だん》りである。なお、「死体が歩く」というベリックの冗談めかした言い方だけは、さすがに否定しておいたが。

「死体については皆目《かいもく》見当がつきませんね。内通者については、グドマの一件もありますからね。例の犯人については、未《いま》だ不明なんでしょ」

「む……」

ベリックが渋い顔になる。

「で、そこについて。俺はあの男が、裏で動いていた可能性があると思います。ちらりとグドマの名を口にしましたから。それと、これはかなりの部分、推測を含みますが……あいつは多分、イノーベという名前だと思いますよ」

「グドマ絡《がら》みで出た名か！」

ガタリとベリックは、椅子《いす》から腰を浮かせた。

「そうです。いうまでもないがグドマ・バーホングは、先に発生した第２魔法学院襲撃《しゅうげき》事件、そしてアリス誘拐《ゆうかい》事件の首謀者《しゅぼうしゃ》です」

「そしてイノーべは、彼を裏でサポートしていたと思われる人物、だったな」

ベリックは眉根を寄せると、改めて椅子に腰を下ろし、顎髭を撫で始めた。

ちなみに捕縛《ほばく》後、軍の上層部しか知り得ないはずの隔離室《かくりしつ》に拘束《こうそく》されていたグドマは、直後に何者かによって殺害されている。

だが、軍の防犯システムの中核《ちゅうかく》である魔力情報認証履歴《にんしょうりれき》によれば、その部屋に立ち入ったとされる一人の魔法師は、当時外界に出ていたことが、本人だけでなく同僚《どうりょう》たちの証言でもはっきり裏付けられていた。つまり、彼には完全なアリバイがあるのだ。

魔力遺伝子による認証《にんしょう》システムは、現在一番強固とされており、結局犯人が、どうやってそれを潜《くぐ》り抜《ぬ》けたのかは、誰にも分からなかった。軍内部にどんな協力者がいたとしても、魔力の痕跡《こんせき》だけは偽《いつわ》れないはずだからだ。

それこそ、彼と完全に同一の魔力遺伝子を持つ者が二人いないと成立しない状況《じょうきょう》なのだ。

魔力情報体は積んだ経験などによっても変化し、たとえ生まれが双子《ふたご》であろうとも互《たが》いに異なってくるが、魔力認証《まりょくにんしょう》に使われる魔力情報体は、階層の最も深い場所にある基礎ワードを用いて判断されている。それは、一生変化することのない個体認識《にんしき》番号のようなものであるゆえに、混迷《こんめい》は深まるばかりだった。結果、グドマの殺害は、専門家たちですら今も頭を悩《なや》ませている怪事件《かいじけん》として扱《あつか》われることになったのだ。

「実際にあの男が、どうやってグドマを消したのかは分かりかねますが。部下に命じたのか、そもそも仲間がいたのか、といったことも含めて」

「となると、その男の死体そのものが消えた、という事実が、重い意味を持ってくるな」

「そうですね、やはり複数人の勢力でしょうか。俺もレティも、死体を持ち帰って調べれば、とは思ったのですが」

アルスも肩《かた》を竦《すく》める。

「ただ、仲間や生き残りがいて軍にちょっかいを出すにしても、今は俺がここにいると分かっているわけですからね。早々無茶はしないはずです」

「ふむ、グドマの時は、お前もレティも軍部にはいなかったからな。いずれにせよ、その謎《なぞ》の魔法師については、急ぎ隣国《りんごく》にも確認するとしよう。ま、あくまでさり気なく、という形になりそうだがな」

「それがいいでしょうね」

アルスはその言葉に同意するように頷《うなず》く。

万が一の配慮《はいりよ》ではあるが、謎の魔法師である〝雪の男〟について公にすることが、かえって各国に混乱を広げる可能性もあった。

なにしろ雪の男は、その名の通り天候を操っただけでなく、何故か魔物に協力するような動きさえしていたのだから。動機は不明にしても、もし人類の生存圏内《けんない》に、あえて魔物を引き入れようとする者たちがいるとなれば、アルファ国内に限らず、生存圏内の市民全《すべ》てが疑心暗鬼《ぎしんあんき》に陥《おちい》り、大パニックが発生しかねない。

しかし、人間と魔物が協調関係をとる、などということが、本当に可能なのか。

人間と魔物は相容《あいい》れない存在であるはずなのだが……そもそも、人間と魔物では、扱う魔法ですら、本質的には似て非なるものだ。本を正せば魔法は本来、魔物が扱っていた異形の力であり、人類は研究の結果、その力の一部をなんとか真似《まね》て、己《おのれ》の刃《は》として研《と》ぎ澄ましてきたにすぎないのだから。

魔法のことと同様に、魔物自体についても、人間が見知っていることはまだ少ない。ただ、もっと魔物について理解を深めることができたのならば、その在り方に干渉《かんしょう》くらいはできるのかもしれない、とアルスは考えた。

（そういえば、あの時〝杭《くい》〟に触れて感じたもの、あれが魔法だけでなく、魔物という存在全体についての情報でもあるのならば、あるいは……）

それは、バナリスでアルスが巨大蛾《きょだいが》の魔物【シェムアザ】と戦った時のことである。広域殲滅魔法《せんめつまほう》【螺旋浄化《らせんじょうか》《ケヘンアージ》】の魔法式が組み込まれた、異形の杭に触れた直後、膨大《ぼうだい》な情報と知識が、アルスの頭に流れ込んできたのだ。

魔法の在り方と魔物の在り方は、どこか根本的なところで密接につながっている……そんな直感めいたもので捉《とら》えたおぼろげな感覚。それは、もしかすると真理なのではないかと思えて仕方なかった。

ただ、さすがに発想が飛躍《ひやく》しすぎている可能性もあると、アルスは頭を一つ振《ふ》って、思考を現実的な方向に切り替えた。その直後に、ふと。

(……!)

魔物との協調めいた動き、その点に関連して、アルスの頭によぎった出来事がある。ちょうどさっき話にも出ていた人物……グドマの存在が、そのきっかけになった。

(グドマの研究テーマは、表向き二極属性《エレメント》についてだったが、最後の切り札として見せたのは『魔物化』だった。もしや、あっちが本命だったとすればどうだ……?)

魔物化、魔物への理解、魔物との共闘《きょうとう》……グドマと雪の男は、単に裏でつながっている、という以上の関係があったような気がする。

はなはだ直感めいたものに頼《たよ》った推測ではあるが、そう考えた時、アルスの心に少なからず高揚《こうよう》感めいたものが沸《わ》き上《あ》がった。

(さすがに俺も、魔物についてはそこまで理解はしていない。だとすると、敵は俺以上に詳《くわ》しい、か)

いくら歪《ゆが》んだ才能と高い魔法の技術があったとはいえ、グドマと雪の男だけでは、とても成《な》し遂《と》げられないだろう成果。どんな面々にしろ、彼らが魔法《まほう》技術や知識について、現在の国家水準すら超《こ》えたところにいるのは、ほぼ間違《まちが》いない。

続いて、雪の男と直接刃を交えたロキが、彼女《かのじょ》なりの所見を伝えるべく口を開く。

「相手は、氷系統をかなりの高水準で扱うことができる、というところまでは確認できました。負傷していたとはいえ、レティ様の部隊における実力者の一人、ムジェルさんでも相手になりませんでしたから」

「それほどの使い手となると、かなり絞《しぼ》られるが……まぁ軍属じゃあるまい」

魔法を扱う者、その全てを軍が管理しているわけではない。軍が把握《はあく》しているのはあくまでも軍属の者だけだ。

もちろん、軍人であればそれこそ大問題だ。7カ国間で交わされた協定に違反《いはん》するだけでなく、生存圏《けん》全体に混乱をもたらしかねない集団に、加担していたというのだから。下手をすると、犯人が所属している国自体までもが、疑いの目に晒《さら》されるわけだ。

「男の背格好は百八十センチほどで痩身長躯《そうしんちょうく》、赤髪《あかがみ》です。歳《とし》はおそらく三十代後半。アルス様によって首を切断され、私も死亡をこの目で確認しています」

唸るベリックの横で、ロキは淡々と事実を報告していく。アルスが続けて。

「そうそう、それからあの男は、【フェゲル四書】についても、何らかを知っているようでした」

　この事実は、ベリックに更《さら》なる衝撃《しょうげき》を与えたようだった。顎髭を撫でながら、彼は眉根を寄せて。

「そうなると、クラマの影《かげ》までもがチラつくか。厄介《やっかい》だな」

「ええ。とはいえ、断言はできませんが。そもそもグドマの一件に、クラマが絡んでいたという明確な証拠《しょうこ》は出なかったはずです」

「うむ。だがいっそ、相手がクラマの一部や、下部組織であってくれたほうがまだ助かるくらいだな。乗《の》り掛《か》かった舟《ふね》で、一網打尽《いちもうだじん》にできる可能性がある」

「手間は省けそうですね。それと……」

　アルスが続ける言葉にベリックはあからさまに嫌《いや》な顔を向ける。

「おいおい、まだあるのか!?」

「残念ながら。実は、今回の敵はこちらの知らない情報を持っているようです。特に魔法に関する分野ではね。で、単刀直入に聞きますが『範囲《はんい》は限られてはいても、それなりの広域の気象や天候そのものを操る』といったものを、ご存知《ぞんじ》ですか？　または『魔物《まもの》を操る』もしくは『人間と共闘できる程度まで、その捕食《ほしょく》本能を抑制《よくせい》する』とか」

「いや、さすがに……天候については、気象操作システムとの関連があるかもしれないが」

「バナリスは、生存圏内ではなく外界……しかもかなりの大領域ですよ。まあ魔物のコントロールについては、見当もつかないので訊いてみただけです。とにかく一応、裏を取っておきたいんです。どっちにせよ、もし俺の知らない魔法があれば、それこそ禁忌指定クラスでしょうからね」

「だからこその、さっきの開示要求なわけか」

ベリックは唸《うな》りつつもしばらく考え込むと、「もしくは」と前置きをして、続ける。

「貴族のどこかの家が生み出した、独自の魔法という線はどうだ？」

「ああ、継承魔法とかいう……一族の門外不出の魔法式ですね」

テスフィアのフェーヴェル家などが典型的だが、アルファに限らず、貴族はその優秀《ゆうしゅう》な子弟《してい》を人材として供給し、各国の軍は学院でそれらを育成して実戦に投入する。程度の差や一部の例外はあれ、こういった流れは、だいたい大国では共通だ。そのため、軍と貴族のつながりは、持ちつ持たれつといったところがある。

さらに、彼らはたいてい軍に影響力《えいきょうりょく》を持つだけでなく、独自に魔法を編み出し、それをを秘匿しておくことすらも許可されている。いわば、一族にのみ伝わる秘伝というわけだ。それ
テスフィアの【アイシクル・ソード】然《しか》り、それはいわば、学院とは別のアプローチで

魔法師の育成を行っているともいえるのだ。

「確かに、魔物を操るまではともかく、氷系統ならば、天候をいじって雪を降らせるくらいはあり得るかもですね。ただ、いくら秘伝であろうと、魔法大全にはちょっとした記載《きさい》程度はあるのが当然と思っていましたが？」

「何事にも例外はある。貴族たち全員が、アルファの国益を最優先してくれるとは限らんのだ。だからこそ国全体が未だ一枚岩にはなれん。ま、それも特権階級故《ゆえ》とも言えるのだがな」

貴族社会の閉鎖性《へいさせい》が裏目に出てしまっているのだろうが、アルスにとってははなはだ不都合な話だった。

ひとまず、舌打ちしそうなアルスの表情を他所に、ベリックは話を戻《もど》す。

「魔物を操る云々《うんぬん》については、さすがに該当《がいとう》情報はないと思うが。そんなものがあったら、逆に利用することで、究極的には魔物との戦いを終わらせることすら可能だからな。とはいえ、ひとまず了解《りょうかい》はした。仕方あるまい」

「はい。ではひとまず、全系統の禁忌《きんき》指定魔《ま》法《ほう》の項目《こうもく》について、一時的なアクセスを許可してください。適当に見ておきます」

「……わ、分かったが、あくまで一時的なもの、だからな？」

分かり易《やす》いほどの渋い顔だが、ベリックを頷かせることができた。

そもそも、雪の男と対峙《たいじ》したアルスは、いくつか彼の手の内を見ている。さらに過去の研究から、【ニブルヘイム】【ヘルヘイム】など、事象改変を拡大し、環境そのものを変化させる魔法をも、アルスはいくつか自分のものとしている。だからこそ、あの魔法の構成要件も、予想程度なら付けられる。

となれば、禁忌指定魔法の項目を閲覧し、何らかの手がかりを見つけられるとすれば、アルス以上の適任者はいないとさえ言えるのだ。

「ハァ～、仕方ないか。その代わりちゃんと報告してもらうぞ」

アルスは黙《だま》って首肯《しゅこう》する。

ただ、彼の中ではすでに、おそらく確認作業は無駄骨《むだぼね》に終わるのではないか、という気がしていた。総督の手前ああは言ったものの、実はアルスは、禁忌魔法についても、独自研究に加え、以前に得た《魔法大全》からの閲覧情報により、それなりの知識を持っているからだ。

そこから予想するに、あれはつまるところ、総督が言った「貴族が秘匿している魔法」もしくは、魔物の魔法をより深く研究し、アルス以上に魔法の本質に近づいた誰かが生み出したもの、という可能性が高い。中でも、後者であるならば……先に思い当たった「魔物化」や「魔物との協調」という概念《がいねん》が、よりきな臭《くさ》いように思えてくる。そして、それに強い関連を思わせる最大の手がかりとは。

「総督……」

改まって敬称《けいしょう》で呼んだアルスの変化に気付き、さらに嫌な予感を受けたのだろう。ベリックは眉根を寄せると、より真剣《しんけん》な面持《おもも》ちになり、再びアルスに向き直る。

「最大の奇書《きしょ》とされる【フェゲル四書】の原本……そいつが欲《ほ》しいところですね」

「写本の在《あ》り処《か》なら探せるんだが、原本となるとさすがに難しいぞ。そいつが噂《うわさ》通りのただの奇書で、内容も荒唐無稽《こうとうむけい》かつ嘘《うそ》八百、というのなら寧《むし》ろ簡単なんだが。お前の言うように、魔法や魔物に関して、真に重要な情報が記されているなら、話は変わってくるからな。それに、見つかったとしても、今の我々では解読できない可能性すらある」

「まあ、そちらはお任せします。ただ、フェゲル四書のことを雪の男が知っていた以上、どんな奴らか知らないが、敵もそれを集めようとしている可能性があることは、念頭に置いておいてください。となると、フェゲル四書はすでに【神の遺書】も同然かと」

「神の遺書とは、また大層な例えだな」

ベリックが苦笑《くしょう》した。

神の遺書とは人間が知ることの、触れることのできない世界記録。つまりは【神の遺書

《アカシック・レコード》を指している。そしてそれこそは、シェムアザの生み出した杭に触れた時、アルスが自らの口でそう発した言葉でもある。

それは魔法どころか、世界の始まりから終わりまでを体現する真理。当然実在はおろか、もとを辿《たど》れば神話レベルの話になってくる。それほどの眉唾物《まゆつばもの》なのだ。いわば、魔物という想像の埒外《らちがい》の化物が出現した際に、一時的に騒《さわ》がれた妄想《もうそう》の類《たぐい》。そうはいっても魔物の信奉者《しんぽうしゃ》や人類滅亡《めつぼう》を唱える終末預言者など、面倒《めんどう》な者たちが根拠《こんきょ》にすることは、よくあった。

ただ、神の遺書とは言わずとも、フェゲル四書に何が記されているにしても、それは人類全体にとって、重要かつ全く新規の知識となることは間違いないだろう。

（それこそ、アカシック・レコードに迫《せま》るほど、か……）

アルスは心中でそう呟《つぶや》いた。

魔物に多くの領土を奪《うば》われ、現在、世界に人が住める場所は限られている。それ以前の時代や文明に関する情報は、かろうじて一部の記録に残されているが、それはごくわずか。世界に魔物が現れた経緯《けいい》などに至ってはまったく不明で、最初に彼らが出現した場所すら定かではないのだ。

「さて、ひとまずお前からの報告はちゃんと受け取った。ここしばらく外に向けていた目を、今一度内側に戻すべき時が来たのかもな」

　ベリックが椅子に座《すわ》り直《なお》し、思考にふけっていたアルスの意識が、現実に引《ひ》き戻される。

「ひとまずバナリスの整地は抜かりないようにお願いします。クーベントみたいになったんじゃ、やり切れませんからね」

　アルスが過去に奪還《だっかん》したクーベントは、現在では魔法地雷《まほうじらい》その他の罠《わな》により、魔物の侵入《しんにゅう》を拒《こば》む形でなんとか維持《いじ》されているだけで、常駐《じょうちゅう》部隊さえ存在していない。いわば、アルスが死命を帯びて奪い返した土地が、そのまま空き地となって放置されているような状態なのだ。アルスでなくても、自分が送り込まれたのは、単に任務に失敗して死ぬことのみを期待されていたのでは、と疑いたくなるというもの。

「あれは俺の指示じゃないぞ。バナリス奪還が成った以上、アルファの支配は、じきクーベントにも行き届くはずだ」

「だといいのですが」

　まあ、今となっては、アルスにとってどうでもいいことではある。

「そういえば、本当にそれだけか？　どうもそちらの様子を見ると……他にも収穫《しゅうかく》はあったようだが」

　どうにも親父《おやじ》臭《くさ》いしたり顔とともに、ベリックは意味深な視線をロキへと移す。

それがきっかけであったように、場の話の流れは、任務とはさほど関係のない雑談めいたものへと、一気に傾《かたむ》いてしまった。

我《わ》が意を得たりとばかり、大きく頷いたロキが口を開く。

「アルス様が……その、過去をお話ししてくださいまして」

一瞬《いっしゅん》驚《おどろ》き、複雑な表情を浮かべた後……しみじみと感慨《かんがい》を込めて、そうか、と破顔一笑《はがんいっしょう》したベリック。そこからはアルスを蚊帳《かや》の外に置いての、ベリックの長い昔語りが始まってしまった。まるで孫の成人をきっかけに、とっておきのエピソードを披露《ひろう》する好々爺《こうこうや》といった印象である。

アルスからするとどうにもこそばゆく、早く切り上げればいいのに、と思うばかりだが、ロキがまた、妙に身を入れて熱心に聞いているものだから、口も挟《はさ》みにくい。

かくして、アルスにとって実に耐《た》えがたい時間が流れ、ベリックがようやく話に一段落つけて「あの頃《ころ》のこいつは本当に憎《にく》たらしい、まったく可愛《かわい》げのない子供だった……」などと、懐古調《かいこちょう》でのたまったところで。

「もういいですか、いい加減、学院に戻らないとまずいので。さすがに単位のことだって、気にしないといけないですから」

アルスはこの機を逃《のが》さず、そう割って入った。

「都合が悪くなると、すぐ心にもないことを言うのは悪い癖《くせ》だぞ、アルス。まぁ、楽しくやれてそうで、安心したが」

人の悪い笑《え》みを向けられて、さすがのアルスも反論をあきらめた。

代わりにふいっと背を向けると、黙ったまま扉《とびら》に向かって歩き出す。慌《あわ》ててロキもそれに続き、最後にペコリと腰を折って、お辞儀《じぎ》をした。

それを見送りつつ、ベリックはぽつりと漏らす。

「早くお前を、頼らないで済む世界になれば良いんだがな」

それを聞いたアルスは、途端に足を止め、一瞬だけ振り向いて。

「そう思うなら……何事にも容赦《ようしゃ》しないことです」

痛いところを突《つ》かれたようで、ベリックは渋面になる。

そもそもクラマについても、以前アルスは、まず彼らこそ、総力を上げて根絶やしにすべきだと考えていた。ただ魔物の脅威《きょうい》に晒《さら》され続けている現状、内側に割《さ》ける戦力が限られていることもあって、ベリックも上層部も、それを後回しにし続けてきたのだ。

「それじゃ、今度こそ失礼しますよ」

アルスは一言そう言い残すと、扉を開けて、部屋を退出した。

軍本部の長い廊下《ろうか》を歩きながら、心中で独りごちる。

（次は学院か、何だか久しぶりな気すらするが……しかしベリックも、こともあろうに「楽しくやれているようだな」とは言ってくれたもんだ。どこをどう見たらそうなる）

ちらりと少し後ろに立つロキを見やると、彼女はまたも、妙に上機嫌《じょうきげん》なようだった。今にも鼻歌の一つも歌い出しそうである。ベリックの昔話とやらを聞いたのがそんなに楽しかったのか、あるいは学院に戻れるのが、彼女なりに嬉《うれ》しいのか。

（妙なやつだ……だがまあ確かにベリックの言う通り、あれでも学院のほうが、気楽は気楽かもな）

アルスは苦笑すると、少し足を速めて、軍本部を後にしたのだった。

◇◇◇

（ふぅ……まだ完全には、こっちを見放していないか）

扉が閉まりアルスとロキの姿が見えなくなると、ベリックはいかつい顔に見合わぬ、ほっとしたような安堵《あんど》の表情を見せた。

正直な話、アルスと自分の関係性は、上司と部下というものではない。どちらかというと、アルスが自分にそれとなく恩義めいたものを感じてくれているからこその、微妙《びみょう》なバランス感覚の上で成り立っているのだ、ということを、ベリックは常に意識していた。

だからこそ、それに全面的に寄りかかるような関係では、いつか破綻《はたん》してしまうのが目に見えている。才能的にも気質的にも、アルスは恩義程度の手綱《たづな》を付けて、いつまでも縛《しば》っておけるような人間ではない。彼に任務めいたものを与えて承諾《しょうだく》させるのは一種の政治的交渉《こうしょう》であり、ベリック側としても、なだめたりすかしたり、少なくとも何らかのメリットを提供する必要があるのだ。

退役《たいえき》を願い出て、好きなことのみを追求する生活に全てを捧《ささ》げたい、というのがかつてのアルスの願いであった。それが早々果たせるものではなさそうだ、という現状を、アルスがどう感じているのか。以前のアルスならば、不満を行動に反映させ、全てを捨ててアルファを出る、などと言い出しても少しもおかしくないところだ。

「ふぅ～、あいつは認めんだろうが、テスフィア君とアリス君には感謝しなければな。そうだった、彼女たちによろしく、というのを伝え忘れていたか」

いったん、それは次回に取っておくことにしたベリックだったが、そこで彼は急に肩をびくりとさせた。机の上の専用回線から、唐突《とうとつ》に着信を示すコール音が鳴《な》り響《ひび》いたからだ。

急ぎ着信相手を確認して、ベリックはさらに驚《おどろ》いた表情を見せた。

率直に言って、それが珍《めずら》しい相手からだったからだ。特に、わざわざ先方から掛けてくるというのは、いつぶりだろうか。

仮想液晶《えきしよう》を立ち上げてのビデオ通話にすべきか、音声だけの通話にすべきか悩みながらボタンを操作する。

結局、ベリックが選んだのは音声通話だった。

「珍しいこともあるな、システィ理事長」

『突然《とつぜん》のお電話ごめんなさいね、総督《そうとく》』

システィがわざわざ連絡《れんらく》してくるような場合、間に事務方を通すような迂遠《うえん》なやり方はしない。形式ばった手続きを省いた、直通回線による手っ取り早いやり取り。

しかし、あいも変わらず艶《つや》のある声音《こわね》だ。

「いや、構わない。こちらもちょうど用が済んだところだったんだ。用件は何となく分かるが」

そう、察せられる分だけ、どうもベリックの言葉は歯切れが悪くなる。システィが予想通りの用件で連絡してきたのだとすれば、今のベリックには、彼女の問いに率直に答えられない理由がある。

直感に従って、音声通話での対応を選んで正解だったとすら思えた。なにしろ相手は〝魔女《まじよ》〟、仮にビデオ通話にしていたら、表情を読まれかねなかっただろう。システィの声音からだけでも、今彼女が浮《う》かべているであろう、不敵な笑みが想像できるようだった。

そんなベリックに対し、システィはいきなり真っすぐ切り込んでくる。

『単刀直入に訊《き》くわ。リリシャ・ロン・ド・リムフジェ・フリュスエヴァンさんについてよ』

「……提供できるだけの情報は、もう渡《わた》しているはずだが」

ベリックは来たな、と苦い表情を浮かべつつ、まずは通《とお》り一遍《いっぺん》の答えだけを返す。

『ハァ〜』とわざとらしい盛大な溜め息が聞こえ、ベリックは彼女が醸《かも》し出《だ》した重圧感を可能な限り受け流すべく、腹にそっと力を込めた。

『ベリック、それはないわ。確かに私の学院は、来《きた》るもの拒まずの姿勢で、彼女を一生徒として受け入れた。アルス君の時も、そうだったと思うけど……ねえ、これでも私、随分《ずいぶん》と譲歩しているのよ？　あなたの胡散臭《うさんくさ》い謀略《ぼうりゃく》の片棒を、あえて担《かつ》ぐことでね』

「謀略とは……せめて、万が一のためのリスクヘッジと言ってもらいたいな」

押されている気配を感じながらも、ベリックは顎《あご》を撫でつつ、せめてもの抵抗《ていこう》を試みた。

軍部においてすら、ベリックが心底から信頼《しんらい》できる人物は、ヴィザイストを除けば数少ない。そんな中で、軍を退いたとはいえ元シングル魔法師《まほうし》、かつ第2魔法学院の現理事長として、未だ国内に影響力を持つシスティは、貴重な存在だ。

だからこそ、先頃《さきごろ》【学園祭】で起きた謎の人物の襲撃に関し、彼《かれ》はさほどの詳細《しょうさい》を追及しなかったのだ。どんな意図があってか、システィとアルスが、事件の全貌《ぜんぼう》ではなくあえて一部しか報告していないことを、ベリックはすでに察知していた。それでも、いわばお互い様《さま》だとして、黙認《もくにん》しているのだから。

もちろんここについては、そもそも以前、アルスに白を切り通されてしまったこともあるのだが……アルスとシスティが示し合わせている以上、システィをいくら問《と》い詰《つ》めても、のらりくらりと躱《かわ》されるのは目に見えていた。

そんなベリックに対し、システィは半ば、諦観《ていかん》したように言葉を続ける。

『あなたにはあなたの都合があるのでしょうけど、私も、いざとなれば生徒を守らなくちゃならないのよ。だからこそ、リリシャさんの裏の情報については、多少なりとも知っておくべきだと思うの。ま、どうせ聞いても、あなたの意向と目的次第《しだい》によっては、私も傍《ぼう》観《かん》するしかないんでしょうけど』

彼女は、軍の関係者ではなくあくまで理事長という立場を弁《わきま》えつつも、最低限の情報の引き渡しを要求しているのだろう。

正論だな、と感じてしまった以上、ベリックの立場は少し苦しい。そんな彼の内心を察したように、すかさずシスティはさらに一歩、踏《ふ》み込んできた。

『ベリック、つまらない腹の探《さぐ》り合《あ》いはやめましょ？　私たちの間柄《あいだがら》ですもの、スマートに損得勘定抜《かんじょうぬ》きで、というわけにはいかないかしら』

ベリックは、彼女がシングル魔法師を退いた経緯を知っている。それは、いわばベリックの秘蔵っ子でもあるアルスのため。加えて彼が総督の座につくために、システィにはいくつか力を貸してもらった。その恩は、決して小さくはない。

ベリックは、ようやく腹を決めた。あえて間をとって、重々しく言葉を紡《つむ》ぐ。

「損得というか……まあ、しっかりリスクはあるのだがな」

『ベリック、いちいちそんなに勿体《もったい》ぶらないことよ』

「悪いが、やはり躊躇せざるを得ないんだ。上の意向でもあることだからな、俺も無下にはできん」

『！　ふぅ〜ん、なるほどね』

わざと匂《にお》わせたその一言が、現状、ベリックのできる最大限の譲歩《じょうほ》だった。今の一言で、おそらく聡《さと》いシスティは確信しただろう。総督であるベリックの「上」……つまり、総督たる彼の地位すら左右できる人物が、動いているというほのめかし。アルファ国内において、直接的な総督の任命および罷免権《ひめんけん》を持っている者といえば、ただ一人……元首しかいない。だからこそ、今の一言は「裏でシセルニア様が動いている」と明瞭《めいりょう》に告げたも同然だった。

『……それこそ、早く知らせておいて欲しかったわね。今のところ問題はないと思うけど』

「そういうことだ。ひとまず理事長は、その職責内で、業務を全《まっと》うしてくれれば問題はないはずだ」

『分かったわ』

「……恩に着る」

姿の見えない通話相手に向け、ベリックは頭を下げた。

国内の不穏《ふおん》分子を好き好んで放置していたわけではないが、アルスの言い残したことは正しい。やはりクラマの動きが怪《あや》しい以上、不安要素は、早々に払拭《ふっしょく》しておかなければならないのだ。そのため、使えるものは何でも使う必要がある。リリシャという訳ありの彼女が抱《かか》えた事情ですら、ベリックは利用できると考えたのだ。だからこそ、シセルニアの意向までも汲《く》んで、彼女を学院に派遣《はけん》した。翻《ひるがえ》れば、それほどの覚悟《かくご》までも持たなければ、一国は守れないということ。

『ところで、いいかげんアルス君とロキさんを帰してくれないかしら。単位や何やかや、そろそろ私が融通《ゆうずう》を利《き》かせるのも限界よ？　そもそも、あそこまで出席日数が足りない生徒に単位を与《あた》えるようなシステムにはなっていないの、私の学院はね』

「う……それはまあ、善処する」

内心で、それは全部がこちらの責任じゃないんだが、と言いたいのを、ベリックはあえて堪《こら》えた。システィが軍の意向だと勘繰《かんぐ》るのも当然ではあるが、例えば今回のバナリス奪還作戦への参加は、アルスが個人的にレティと交《か》わした約束が発端《ほったん》である。しかし結果的に、軍にとっても大きな成果がもたらされている以上、ウチは関係ないなどとはとても言える雰囲気《ふんいき》ではなかった。

何より、システィはやはり第2魔法学院の理事長であって、その責務は生徒の保護と、彼らを無事に卒業させることにあるのだから、彼女の言い分はもっともなのだ。そんなベリックの内心を他所に、システィはいかにもふと気づいた、というように。

『あら、そういえば……もしかしてさっきあなたが言ってた「用事」っていうのも、アルス君がらみだったの？』

「ん、あぁ、その通りだ。ついさっき、どうにも気が重くなる話をいくつか終えたばかりでな。最後に耳に痛い一言を残していってくれたよ」

ベリックは、聞えよがしな深い溜《た》め息《いき》をついて、愚痴《ぐち》めいた言葉を溢《こぼ》す。

あらあら、あなたも大変ね、とシスティが、その実、たいして同情もしていなそうな忍《しの》び笑《わら》いを含《ふく》んで、相槌《あいづち》を返してきた。

どうにも己の小芝居《こしばい》を見透《みす》かされたような気がして、一つ空咳《からせき》を挟むと、ベリックはそれとなく話題を変えた。

「ところで……やはりアルス《あいつ》を、学院に入れたのは正解だったようだ」

『へえ、どういう意味か気になるわね』

「昔話だ、昔話。なんとあいつがロキ君に、自分からあの日の……かつての大侵攻《しんこう》の話をしたというんだからな」

それは、幼少の頃からアルスを知るベリックだからこそ感じられるもの。相手がロキだったとはいえ、やはりかつてからすれば、別人と見違《みちが》えるような変化だと言える。

『そう……』

いかにも親心が出たといった感じのベリックの口調とは対照的に、システィの返事は、少し沈《しず》んだものであった。

『どうにも、思い出すだけで疲《つか》れるわ。彼だけじゃない、私にとっても、あの日はちょっと特別だったもの』

はぁ～、と、これみよがしに聞こえてきた吐息《といき》には、どうにも鬱屈《うっくつ》した気配が混じっていた。システィはあの時、軍を引退していたにも関わらず、やむを得ず再び最前線に立ったのだ。そして皮肉にも、軍時代にもそうそう見たことがないほどの数の死を、一度に見ることになってしまった。あの大侵攻は、そこに居合わせた者なら誰《だれ》にとっても、あまり思い出したくない記憶《きおく》なのだろう。そもそもベリックとて、彼の意向でヴィザイストが組織した「特隊」を、ほぼ壊滅《かいめつ》状態で失っている。

「そうだったな。とにかくアルスのことを、今後ともよろしく頼《たの》む」

システィの心中も分かればこそ、ベリックはその一言で、強引《ごういん》に話題を切り上げた。

『それならアルス君にも、せいぜいしっかり学生の本分に励《はげ》むよう言っておいて。それとベリック、私に断りもなく、勝手にアルス君と、学業面での優遇《ゆうぐう》や単位免除《めんじょ》なんて約束を取り付けるのはやめてね？』

「………………」

もはや、ぐうの音も出ない。確かにベリックは、これまでアルスに何かを了承《りょうしょう》させるため、度々《たびたび》そんな「取引」を行ってきている。

そのツケは結局、理事長であるシスティが払《はら》うことになるという事実は、重々承知していたつもりだったが。やはり便利に使い過ぎたか、と今更《いまさら》冷《ひ》や汗《あせ》をかく思いだ。

「以後、気をつけよう」と応《こた》えるのが、今のベリックには精一杯《せいいっぱい》であった。

アルスの前では気を張っていたものの、やはり自分はバナリス奪還に、心ならずも浮かれていたのかもしれない。

そう考えて、まずは顔つきだけでもと、改めていかめしい中年面を引き締《し》め直すベリックであった。

第62章「曇りのち雨模様」

アルファの外周地域にある、工業都市フォーールン。

アルスは今、学院に帰る前に、少し寄り道してそこを訪《おとず》れていた。

ここは外界と近いだけに、全てが魔物の侵攻を想定した作りになっているのが特徴《とくちょう》だ。

居住区もあるにはあるが、ともすればその住人は「下層民」などと揶揄《やゆ》されることが多い。富裕層《ふゆうそう》や貴族などは、よりバベルに近い内層に住むのが一般的《いっぱんてき》であり、このあたりには自然、貧困層が集まるからだ。

フォールンには、ずいぶん昔に建造された旧軍部の建物も残されていて、予備の司令部として機能している。それが、第二の防衛ラインと呼ばれる所以《ゆえん》だ。

またこの街には、生存圏の中心にそびえるバベルの塔《とう》を模して造られた、都市防衛装置があるのも特徴である。

もっとも、それは本物と比較《ひかく》してしまえば、所詮劣化《しょせんれっか》版に過ぎないのが実情。より外界に近いところに位置する現在の軍本部が抜《ぬ》かれれば、第二防衛ラインにすぎないフォールンには、到底《とうてい》魔物《まもの》の侵攻を撃退《げきたい》するだけの力はない。

ただ、ここについては、決してアルファの技術力が劣《おと》っているわけではない。それほどまでにバベルの塔は偉大《いだい》で、その防護壁《ぼうごへき》の力は、人智《じんち》を超越《ちょうえつ》しているというだけなのだ。

そして、そんなバベルに頼《たよ》り切《き》りなのが人類の現状だ。その力が弱まっているのでは、と噂される昨今では、そんな仮初《かりそめ》の平穏《へいおん》は、いかにも脆《もろ》く危《あや》うげであった。

外周に近いだけに、このフォールンには、いわゆる完全な内地とは異なる独特の緊張感《きんちょう》がある。いわば、ここだけは平和ボケとは無縁《むえん》なのだ。

そしてそれは、この街が魔法師に供給するＡＷＲや魔法具の一大生産地であることと、無関係ではあるまい。

だからアルスは、この街が好きだった。通りに並んだＡＷＲの専門店や、魔法具の露店《ろてん》などを見ているだけで、胸が高鳴るような気がする。

ただ、寄り道とはいっても、以前のようにメインストリートをゆっくり見て回ることはない。ひとまずアルスは、随分久しぶりのような気がするその光景を、ロキと連れ立ってほんの一瞬《いっしゅん》だけ満喫《まんきつ》したかったのだ。

「アルス様、そろそろ……」

「分かっている」

もう一度だけ、街を行く人々を眺《なが》めてから、アルスは歩き出した。

そのまま二人は大通りを外れ、学院への最短ルートとなる転移門《サークルポート》へと足を踏み入《い》れる。

静かな音とともに装置が作動し……いよいよ学院に戻るのだ、と実感するやいなや、学生としての現実的な憂《うれ》いが、アルスの顔を浮かないものにさせた。

ここのところ、授業はずっとサボりっぱなしだ。学園祭の振替《ふりかえ》休日を利用したとはいえ、すでに通常授業は始まっている。軍の仕事ではあるが、ベリックの力もそこまで万能《ばんのう》ではない。一部ならともかく、全部の単位までは免除されないことも、分かっていたことだ。

「それに、今回はあくまでレティの手伝いだったからなぁ……」

厳密にいえば、ベリックの依頼《いらい》ではないし、手柄《てがら》は実質、レティのものだ。いや、手柄などはどうでもいいが、多少はベリックとも交渉するべきだったか。

小さな溜め息をついたアルスの様子に、ロキが素早《すばや》く反応する。

「授業のことが、ご心配ですか？」

「それもあるけど、もう一つ、あいつらの訓練もな」

「それでしたら、自習という形にされていたのでしょう？　お二人もしっかりと修練を積んでいるのでは？」

確かに、丸々一ヶ月《かげつ》などの長期間空けていたわけでもないので、そこまで絶望的な遅《おく》れは出ていないだろう。

それでもアルス個人としては、一度はきっちり立てたスケジュールが順当に進まないのは、あまり良い気持ちがしない。

だが、訓練らしい訓練をつけられなかったことで、二人が想定していた水準に達していないかといえば、多分それはないだろう、と予想がつく。以前にも感じたが、ああ見えてテスフィアとアリスの成長速度は、並外れている。それこそ、指導者冥利《みょうり》に尽《つ》きるというもの。だがしかし、その理由を問われれば……困ったことに、どうもアルスにはよく分からないのだ。

自分の教え方が上手《うま》いからだ、などという自惚《うぬぼ》れはさすがに持っていない。寧ろ、そこについては真逆だろう。では、二人の潜在的《せんざいてき》な能力が高かったのか。

（ま、そう考えるしかないんだよな）

最初の頃は魔力《まりょく》操作すら覚束《おぼつか》なかった二人が、もう次の段階である「持続時間」を意識しはじめ、どんどんその記録を伸《の》ばし続けている。バナリス出立前には、すでにかなりの時間を維持できるようになっていた。

そういう意味で、当初の目標であった〝外界で戦えるレベルの魔法師〟の育成は、とてつもない速度で達成されようとしていたのだ。

「やることがあるだけマシか」

誰にともなく呟いたアルスに、ロキはふぅ～と溜め息を一ついて。

「アルス様、お二人のこともいいのですけど、学院に編入してきた彼女《かのじょ》のことを、お忘れじゃありませんか？」

「ん？　総督の差し金で来たあいつか」

「はい。さっきのあの場では、あえて触《ふ》れないようにされていたようだったので、私も差し出がましいことは言いませんでしたが」

ただリリシャについて、ベリックに問いただしても、あの場ではおそらく無駄《むだ》だっただろう。ベリックは、任務報告の後、アルスがまず「報酬《ほうしゅう》」を要求したのをこれ幸いと、あえて、それに関するやりとりのみに話題を限定していた節《ふし》があった。そして、ああいう時のベリックが手ごわいのは、長い付き合いでアルスにもよく分かっていることだ。

「ま、はぐらかされるのが目に見えてたからな。それに、よくよく考えてみると、ベリックに、改めて俺《おれ》を監視《かんし》しなければいけない強い動機など、さほどないんだ」

「はぁ……？」

ロキは小首を傾《かし》げるようにして、疑問げな眼差《まなざ》しを向けてきた。元は、自身が監視役《かんしやく》を兼《か》ねて学院にやってきたのだ。だからこそ逆に、アルスの言葉を理解しかねているのだろう。

「イリイスとの模擬《もぎ》試合の後、騒ぐ学院の奴《やつ》らの前で、リリシャが俺の抱えた事情のことを、一部だけ切り取って明かしただろ？　優秀な三年生がたまにやるように、俺も軍部の仕事を手伝っている、と」

もちろん、アルスが現役《げんえき》1位の頂点たる魔法師であることは秘匿《ひとく》されたままだったが、ひとまずあの場はそれで収まった。秘密の一部を、あえて生徒たちに受け入れられやすいよう、少し「加工」して小出しにすることで、収拾《しゅうしゅう》がはかられた形だ。

「あれで逆に、全部を何がなんでも隠《かく》し通す、という形をとらなくて済むようになったわけだ」

事実、今回のバナリス奪還任務のため、アルスがしばらく学院に姿を見せなかったことも、まさか全《すべ》ての真相までは明かされないまでも、仮に問題になりそうならば「つまりはそういうこと」だとして通る可能性が高い。アルスが「たまに軍の任務を手伝うことがある、ちょっとだけ特別な生徒」だという認識《にんしき》が広まってきている以上、もはやそこまで神経質になる必要は薄《うす》れている、というのがアルスの見方だ。

「だから多分、ベリックからすれば、煩《うるさ》い貴族の幹部連中から糾弾《きゅうだん》されても、一応やることはやってると返せるよう、形を取ったに過ぎない。どっちかといえば……俺としては、他の理由があるんじゃないかと、な」

「他の、とは？」

なおも、ロキの硬《かた》い表情が解《ほぐ》れることはなかった。彼女はいらぬ企《くわだ》てにアルスが巻き込まれるのを、黙って見ていられないのだ。それが不安でもあり、同時に、そんな状況《じょうきょう》に対する怒《いか》りは、至極《しごく》まっとうなものだと信じているからこその表情なのだろう。

「…………」

不満げな気持ちを抑《おさ》え、あえて神妙《しんみょう》な表情を作るロキ。アルスのことを思いつつも、頑《かたく》なであることを貫《つらぬ》くその様子に、アルスはそっと微笑《ほほえ》みを向ける。

「そうだな、例えば『よろしくご指導ご鞭撻《べんたつ》のほどを』とかな」

冗談《じょうだん》めかして言ってみたのは、つまり三人目の生徒候補ということだが……ちらりとロキを見ながらのその口ぶりは、どこか彼女のご機嫌《きげん》を窺《うかが》っているようでもある。

「その場合、教えるのですか？」

切り返される刃《やいば》は、冷たく鋭《するど》い。いいや、とばかりアルスは両手を広げ、肩《かた》を竦《すく》める。

その仕草は同時に降参だ、という風にも取れた。

「まさか。俺にその意思はないし、あいつのほうだってそんなに暇《ひま》じゃないだろ。利害の一致《いっち》どころか、互《たが》いの不利益にしかならん」

リリシャとの短いやり取りを思い出しつつ、アルスはそう断じた。思えば、以前のテスフィアとアリスの件については、システィに上手く丸め込まれたような気がしている。さすがに二度目はない……はずだ。

「それを聞いて安心しました。結果的に、同じ轍《てつ》を踏むことになるのは目に見えていますから」

さも当たり前のことだとばかり、澄《す》ました顔で断言するロキ。その足取りは一切《いっさい》乱れることなく、実に毅然《きぜん》としたものだった。

確かにロキの言う通りにしておけば、アルスが己《おのれ》のために使える時間は、恐《おそ》らく十分に確保できるだろう。なんとも頼もしいパートナー殿《どの》だ。

だが、アルスはこれまでの流れをあえてひっくり返すように。

「とはいえ、実際はその線もないだろうな。いずれにせよ、ベリックがわざわざ選んで寄《よ》越《こ》したんだ、いくら俺たちと同年代に見えても、何か裏があるのは間違《まちが》いない」

「リムフジェ家というより、その中でもフリュスエヴァンの血筋が気になる、ということでしょうか」

「貴族のあれこれに関《かか》わりたくはないけどな。ま、何事もないことを祈《いの》るばかりだ」

「いざというときは、私が」

鋭い目つきで、ロキはいかにも物騒《ぶっそう》な展開を予想しているかのように、力強く宣言した。

実際に大事が起きたら暴走しかねないな、と彼女の言動に一抹《いちまつ》の不安を抱《いだ》いたアルスは、内心で密《ひそ》かに、この後の予定に、リリシャについての調査を組み込むことを検討し始めた。

飛んでくる火の粉が何なのか、事前に調べておくぐらいは、してもいいのかもしれない。

あくまでも貴族のゴタゴタに首を突っ込むことはしないが、と誰にともなく言い訳めいたことを呟くと同時、澄ました顔の件《くだん》の少女――リリシャ・ロン・ド・リムフジェ・フリュスエヴァンの姿を、脳裏《のうり》に描《えが》いてみる。

アルスとしても、少しやりにくい相手なのは間違いない。貴族といえば単に腹黒い連中ばかりだという認識だったが、実際は貴族と一言に言っても多種多様なのだ、ということを、アルスは理解しつつあった。

実際、学院に入ってから出会った貴族やその子弟《してい》らは、以前の物差しでは測りかねる人物ばかりだ。気さくなフェリネラなどもそうだが、テスフィアも見た目はともかく、その実態はイメージからはかけ離《はな》れている。もっとも、彼女を「貴族」のカテゴリーに入れるのは、アルスとしては、何となく癪《しゃく》だったが。

ただ彼女のように、単純明快で、いい意味でどうとでもでき、掌《てのひら》の上で転がすなど造作もない相手なら、まだ可愛いもの。貴族が全て、テスフィアのように与《くみ》しやすい手合いばかりならどれほど良かったか。

実際はその逆、寧《むし》ろこちらの実力行使を巧《たく》みに封《ふう》じ、裏から小狡《こずる》く手を回すような、搦《から》め手《て》が得意な連中ばかりなのだ。

つまるところ、用心しておくに越《こ》したことはない。特に今回は、ベリックに何かしら裏の意図がありそうな以上、今後、アルスが厄介《やっかい》事に巻き込まれることは、容易に想像できる。

（いざとなったら、ロキだけじゃどうにもならんかもな。ま、それでも仮にベリックが最悪のケースまで想定しているなら、俺が反発して実力行使に出るシナリオまで考えているはず。そうそう無茶《むちゃ》なことはないだろ）

そうこうするうち、アルスとロキは、学院がある中層のベリーツァに向かう転移門《サークルポート》へと到着《とうちゃく》した。

足を踏み入れるとすぐ、個々人の魔力情報体の解析《かいせき》・記録が始まる。それが終わると同時、転移先へと全情報の移行・複写が、凄《すさ》まじい速度で処理されていく。ほとんど全身をスキャンされ、再構成されているようなものだ。

やがて魔力の粒子光《りゅうしこう》がサークルポート内を満たした時、アルスはぽつりと呟いた。

「せっかくバナリスから戻《もど》ってきたんだ。当分の間は、平穏無事《へいおんぶじ》に過ごせればいいが」

これはアルスの本心からの吐露《とろ》だった。

「そうですね、ここ最近はずっと忙《いそが》しかったですから……きっとしばらくは、のんびりしていられますよ。ええ、普段《ふだん》通りです」

ロキが慰《なぐさ》めるように言うが、実際、どこまでが普段と違《ちが》い、どこからが普段通りなのか、アルスにはもはやよく分からなかった。言うなれば、普通《ふつう》の学院生活が送れている間が「普段」ということになるのだろうか。

ただそう考えてみても、心の底では、素直《すなお》に頷《うなず》けない自分がいる。

しかし、それでも、少なくとも学院《ここ》は、ごく普通の日常を求め、軍から己自身を遠ざけようとした結果、落ち着くことになった場所であるのは確かだ。

だからまあ、結局は悪くはない生活なのだろう。多少ストレスを抱え込みがちで、妙《みょう》に忙しくはあったとしても。

アルスは半ば無理やり、そんな風に考えて胸中の疑念を押《お》し殺《ころ》し、自分を納得《なっとく》させた。

それでもこの学院の研究室こそが、きっと自分の戻るべき場所で、帰るべき場所なのだと。

「こういう考え方もありますよ、アルス様」

そんなアルスの様子を見て、ロキが指を一本立てつつ言う。

「もし、それほどのんびりできなかったとしても、ですね……ちょっとした厄介事程度なら、退屈《たいくつ》になりがちな日々の中のちょっとした刺激《しげき》だと、あえて楽観的に構えてみるのもいいかもですよ。まあ、気分転換《てんかん》がてらということで」

ロキの提案は、確かに有用かもしれなかった。そうでなくても、僅《わず》かな己の時間は、ほぼ魔法関連の研究漬《づ》けのアルスである。昼夜を忘れてそれに没頭《ぼっとう》し、いざとなれば徹夜《てつや》も辞さないその生活ぶりが、確実に不健康であるのは間違いない。

そんな中で、舞《ま》い込むトラブルは寧ろアルスが研究を一休みするきっかけとして、気晴らしに変えてしまえば、というのが趣旨《しゅし》なのだろう。

ただ、その向こうにあるロキの意図を察するのは容易だ。要は生活習慣の改善——研究室に籠《こ》もりきりになるのではなく、適度に外出と運動をしろ、と言いたいのだろう。

それは耳にタコができるほど、日頃《ひごろ》から言われていることでもある。

(しかし、さっきまでと微妙に話が違うような気もするな)

ロキはアルスに面倒事《めんどうごと》が降りかかることを、良しとしていなかったはずだ。冗談めかしてリリシャを指導するかも、と言ってみた時の反応からして、それは分かる。

そう、彼女はアルスの自由な時間を奪《うば》うもの全てを嫌悪《けんお》し、憎悪《ぞうお》してきたはず。いわば、自分自身のことに無頓着《むとんちゃく》すぎる部分もあるアルスの代わりに、彼女が憤《いきどお》りを感じてくれていたのだ。

その彼女が、急にそんな物言いをしたのが、妙に腑《ふ》に落ちなかった。

(雨でも降るのか……ま、ロキの場合は雷《かみなり》が落ちるんだろうけど)

雷系統だけに、とアルスはつまらない冗談を脳裏に浮かべてから、すぐにそれを忘れることにし、小さくぼやく。

「いや、余計な面倒事はごめんなんだが」

「問題ありませんよ。降りかかってくるものが気分転換《てんかん》程度にもならず、どうあってもアルス様の害になるならば、やっぱり排除《はいじょ》すればいいだけですから」

そしてロキが浮かべるのは不敵な笑み。それが妙に様になっているのが、ちょっと怖《こわ》かった。

「……うん」

どうやら「邪魔者《じゃまもの》は実力で排除」という方針自体に、変化はないらしい。

バナリス奪還《だっかん》作戦の余韻《よいん》か、今のロキは妙に好戦的である。いや、多分レティの勧誘《かんゆう》時に受けた感銘《かんめい》も、そこに影響《えいきょう》しているのだろう。

アルスを一人の人間として認め、邪魔《じゃま》をするなら軍すらも関係ないと言い切り、アルスに誠意と敬意と、信頼を示したレティ。そんな行動が、ロキを感動させないわけもない。

だからこそ、ここは素直に従っておくべきが吉《きち》だと思い、アルスは一つ頷《うなず》く。もちろん、同意できる部分もあったからではあるが。

「まあ極力、揉《も》め事《ごと》は避《さ》けたい。ベリックが何を考えてるかも分からんし。ただ、一線を越《こ》えたら容赦はしなくていいがな」

「もちろんです!!」

グッと胸の前で握《にぎ》りこぶしを作って見せたロキは、見るからにやる気を漲《みなぎ》らせている様子だった。

「だがな、くれぐれも軽率《けいそつ》な行動は控《ひか》えてくれよ」

「ご安心ください。節度は弁《わきま》えているつもりですから。それに、ちゃんと手加減だってします」

相手が誰を想定しているのか知らないが、すでに制裁を加えることが前提であるかのような受け答えに、アルスはいつものごとく軽い頭痛を覚えた。

満面《え》の笑みを湛《たた》えてのそんな様子に、アルスはこれ以上会話を続けることの無意味さを思い知る。つまりはまあ、ロキに任せておけば良いのだろう、と無理やり己を納得させて、この話題を切り上げた。

転移先で少し歩き、再び乗《の》り継《つ》ぐように転移門《サークルポート》に入る。次の転送先こそはいよいよ最後の目的地〝学院〟である。ちなみに、転移門《サークルポート》から学院の敷地《しきち》に直接入れるのは関係者のみで、特に学生は、ライセンスによって行先を指定できる仕組みとなっている。

もっともここからでは、実は大した距離《きより》でもない。いっそ走って行っても良さそうなものだが、先の戦いでロキが負った怪我《けが》は未《いま》だ完治していない。身体には包帯が巻かれている状態なので、激しい運動は無論厳禁である。治癒魔法師《ちゆまほうし》からも、極力安静に務めること、との診断《しんだん》が下っているくらいなのだから。

やがて最後の転送を終え、学院敷地内《しきちない》へと戻ってきた二人は、周囲に響き渡る喧騒《けんそう》に、安堵感《あんどかん》と鬱陶《うっとう》しさが入り混じったような、複雑な表情を浮かべた。

その聞き慣れた物音は少しばかり懐《なつ》かしいと同時に、少々耳障《みみざわ》りでもある。まさに、学院特有と表現するしかないのだろう。学生たちが上げる、若さ故《ゆえ》の遠慮《えんりょ》も配慮《はいりょ》もない声は様々に入り乱れ、雑音や騒音《そうおん》にも近いざわめきとなって、学院を満たしていた。

時間的にはちょうど昼時を過ぎた辺りだろうか。

少なくともまだ、午後一番の授業は始まっていないらしい。

相も変わらず擬似《ぎじ》生成された天候は、前ほど違和感がない快晴となっていた。

心なしか忍《しの》び足《あし》になってしまうのは、先の【学園祭】で起きた、アルスをめぐる事件が原因だった。模擬試合という名目で発生したイリイスとの戦闘《せんとう》が引き金となり、アルスの実力の一端《いったん》が知《し》れ渡《わた》ってしまった例の一件である。リリシャのタイミングを得たフォローと、レティが現れたことで起きた騒動《そうどう》でうやむやになったが、流石《さすが》に二度目は避けたい、というのが本音である。

一先《ひとま》ず研究棟《とう》のアルスの部屋に戻ったが、本日の授業は両者ともに欠席することになった。一度腰《こし》を落ち着けてしまうと、どうも改めて授業に出る気力が湧《わ》いてこなかったのだ。とはいえ、完全に休息するでもなく、アルスは早速《さっそく》、机に向かって独自の研究を開始する。

ロキも怪我《けが》が治ったわけではないので、アルスに倣《なら》って独学で魔法の勉強に精を出していた。

まだまだ自分程度の技量では、アルスにはついていけないことを、ロキは今回の任務で痛感させられていた。

そして、もう一つ。

魔法師はいざとなれば、その力でたやすく人を害することもできる存在だ。いうなれば、魔法という凶器《きょうき》を、常に所持しているのと同じである。だからこそ、力の使い方、その正しい在り方にはついては常に問題視され、事あるごとに議題に上がることも多い。

クラマのような魔法犯罪者の組織や道を外れた魔法師たちが、ことさらに憎悪され、忌《い》み嫌《きら》われるのは、本来魔物《まもの》に向けられるべき力を同胞《どうほう》に向けているのに等しいからだ。

外界ではそうそう綺麗事《きれいごと》も言っていられないが、少なくとも内地では、魔法は正しく使われなければならないし、適切に管理されるべき力なのだ。

しかしロキは、己の力がまだそんな風に「使用の是非《ぜひ》を問われる段階」にも達していないのだと、改めて悟《さと》らされた気分である。

バナリスで出会った、あの雪の男……ためらいなく人に害をなす存在だと分かっていながら、ロキはそれに対抗《たいこう》する術《すべ》を持たなかった。それどころか、アルスの到着が遅れていれば、命を落とす危険さえあった。

いくら正しい意志を持っていたとしても、力がなければ、悪意ある者に対しては無力なのだとロキは痛感したのである。

「それにしても、雷系統はやっぱり禁忌《きんき》に指定される魔法が多いのですね」

自分の知識をひとまずおさらいし終えたロキは、一休みとばかりアルスにお茶を出すついでに、そんな風に彼に水を向けた。

「まぁな、術者の練度が反映されるとは言っても、系統の特性上、戦闘には向いているからな」

顔を机の上に固定したまま、振《ふ》り向《む》きもせずにアルスは答える。アルスは先ほどから軍のサーバーにアクセスし、例の禁忌《きんき》魔法《まほう》についての情報収集をしているところだ。それには、総督《そうとく》からの直通回線で届いたアクセス権限を使っている。

ただ、アクセスするにも時間制限があり、そもそも禁忌指定書物の閲覧《えつらん》が全て許されているわけではない。中には軍の極秘《ごくひ》情報らしきものもあるが、アルスに付与《ふよ》された権限では、魔法関連以外の要項《ようこう》についてはアクセス不能な仕組みになっている。

不当にアクセスを試みようものならば、即接続が遮断され、総督にアラートとともにアクセスした者の履歴《りれき》が発信されるだろう。

（ま、正直それも防ぐ方法の一つや二つなら、すぐ思いつけるが。ひとまずは、見てのお楽しみというところか）

人の悪い笑みを浮《う》かべつつ、アルスの指は、まるで滑《すべ》るように仮想キーボードを叩《たた》いていく。すぐに彼《かれ》は、いくつかの情報を見つけ出すことができた。

（おっ、これは……）

興味深げに目を見開いたアルスは、そっと傍《かたわ》らのロキを呼んで、一部の情報を見せてやった。本来なら寄り道のようなものだが、優秀《ゆうしゅう》なパートナーにはこれくらいしてやってもバチは当たらないだろう。

「雷霆《らいてい》の八角位に該当《がいとう》する強力な魔法《まほう》ですか⁉　でも、いくつかが禁忌魔法に指定されているようですね。その基準はなんなのでしょうか」

「う～ん、国際法によって指定された禁忌魔法と、アルファが独自に禁忌指定した魔法とでは、少し選定基準が変わってくるからな。そもそも、他国には知られていない魔法もあるくらいだ。今見てるのは、さっき言った国際法指定のものと、アルファ独自指定の二つだな」

多くは過去の後ろ暗い軍事研究による、負の遺産とでもいうべき魔法である。開発用途《ようと》が非人道的かつ人体実験めいた手段まで用いられているため、他国どころか国内に出ただけでも、軍の信用を失墜《しっつい》させかねない代物《しろもの》ばかりだ。

「内地の人間は呑気《のんき》なもんだ。自分たちを守るための刃は、全てが潔白な正義の意志と偉大なる目標の下に生み出された、なんて安易に信じているんだからな」

人間のみに効果が限定されていたり、迂闊《うかつ》に使用されれば大量虐殺《ぎゃくさつ》を引き起こしかねない魔法。そんな研究が何の役に立つのか、という疑念も湧くが、実は話はそう単純ではない。

「新たな魔法の開発は、既存《きそん》の魔法の構成を組み替《くか》える形で行うのが主流だ。つまり、基《き》礎《そ》研究の積み上げがものをいうってことだ。だから出自は真っ黒でほとんど唾棄《だき》すべき研究でも、ベースの研究素材としては有効に使えることも多いんだよな」

「ただ、倫理的《りんりてき》に、ということですね……」

「そういうことだ。レティの【空置型誘爆爆轟《デトネーション》】なんか、下手すれば街一つが消し飛ぶからな。敵国の都市制圧なんかにはもってこいだろう」

「皮肉な話ですね、本来魔法は、魔物と戦うための武器なのに。もしかすると、それが同じ人間に向けられるかもしれないなんて」

ロキがぽつりと呟《つぶや》く。

だが、そういうものだ、という悟ったような台詞《せりふ》を、アルスが口に出すことはなかった。魔法犯罪者たちの例がある。外道《げどう》とされ闇《やみ》に堕《お》ちた魔法師を、裏の仕事でアルスはそれなりの数、見てきている。実際に彼らと刃を交え、その命を奪ったことも少なくないのだ。相手が討《う》たれるべき外道とはいえ、アルスの行動は結果的に、魔物ではなく人に魔法の力を向けたことになる。

ただ、それは別としても、魔法師は何のために戦っているのか、それが分からなくなってしまったら……。

それこそ人類の未来を背負っているはずの魔法師の、巨大《きよだい》な精神的支柱が失われる。魔物に立ち向かえるのが魔法師だけである以上、禁忌魔法の存在などより、その方が世界にとって、よほど恐ろしい危機ではないか。

そこまで考えたところで、アルスはそもそも自分の柄《がら》じゃないなとばかり、そんな愚《ぐ》にもつかない思考を頭から振り払う。魔法師の理想的な在り方について頭を悩《なや》ますなど、それこそ、ああ見えて根は生真面目《きまじめ》なジャンや他のシングル魔法師たちに、任せておけばいいのだから。

「さて、雷霆だったな」

話を戻すべく、アルスは禁忌魔法の一覧に目を向けた。アクセスに制限がかかっている上に、展開された仮想液晶《えきしょう》は、その部分だけ、どこか表示が暗く見づらくなっている。

加えて魔法式を全て見るには、再度、いくつものロックを解除していく必要があった。無論、アルスのライセンスコードによって解除できるものばかりだが、ある程度の時間と手間はかかる。

「雷霆の位にある合計八つの高位魔法のうち、禁忌指定を受けているものは思ったより少ないな。ただ、雷霆クラスになると特に適性が必要だから、現実的な問題として、そもそも使用可能な人間が希少だ。サジークでさえ、一つも修得できてないだろうな」

いくら雷系統を極《きわ》めていようと、雷霆クラスだけは別格なのだ。最上位級魔法の【鳴雷

《ナルイカヅチ》ともなれば、それこそロキにのみ与《あた》えられた切り札と言っていいくらいだ。

「辛《かろ》うじて俺が【黒雷《クロイカヅチ》】を使えるが、あれも燃費はかなり悪いからな」

雷霆のうちでも、【黒雷】は比《ひ》較的《かくてき》適性に左右されないものの一つだが、それでも構成の異常すぎる緻密《ちみつ》さや、要求される魔力量に比しての火力効率の悪さをカバーできるのは、アルスならではだった。

具体的には、ある程度構成を弄《いじ》って、独自のアレンジを加えるような形で再現しているのだ、とアルスはロキに少しだけヒントをやった。

そのため、実はアルスですら、本当の意味で【黒雷】を使いこなせているとは言い難《がた》いのだが。

ただ、ロキは素直に驚《おどろ》き、賞賛の声をあげた。

「凄《すご》いッ！ 【黒雷】は極致級《きょくち》魔法で、魔法式は公開されていないのに！」

極致級魔法はいわば禁忌魔法と同等クラスに、魔法式を知るのが難しいのだ。そもそも個人の努力で修得できるレベルを超《こ》えている、とさえ言える。実際、その使い手の情報は、軍の上層部のみが知り得て、管理しているぐらいだ。

「わ、私も修得できるでしょうか」

興奮気味に、アルスに顔を近づけてそう口にするロキ。その様子は、一気に能力が向上する神々の秘薬でも見つけたようだった。

彼女が強さを求めるのはアルスのためだ。それだけなのだ。

力強い眼差しは、真っすぐな憧《あこが》れと揺《ゆ》るぎない願いで、一色に染《そ》め抜かれている。だが、すげなくアルスは。

「無理だな。適性系統でも魔力消費量を考えれば、現実的じゃない。本来実戦で扱《あつか》うのに適した魔法じゃないからな」

それは極致級魔法が、ほぼシングル魔法師しか扱えない理由の一つだ。修得難度以前に、魔力消費の面で、通常の魔法師の手に余るのだ。

同時にそれは、シングル魔法師が、人でありながらときに化物とも称《しょう》される所以《ゆえん》でもある。まさに、魔法師としての存在の桁《けた》が違うのだ。

「そうですか……」

期待に満ちていたロキの声のトーンが、しゅんとしたように一段下がった。

「そんな風に、悲観することばかりじゃないぞ。ほら、これなら……あ、これはガッツリ禁忌《きんき》扱《あつか》いか」

雷霆の八角位でも、全てが健全な魔法とは限らない。本来の目的が対魔物用でも、人間に対しても、より効率的に応用できてしまう、といったものが存在するからだ。

そして、人殺しのための魔法など誇《ほこ》り高《たか》きアルファには必要ない、というのが、現在の軍の建前なのである。そういう意味では、レティがバナリスで使った【M2－ポラリス】などは世界平和上、存在自体に非常に問題があるとも言えるのだが。

(でも、ロキなら……雷霆の八角位レベルの禁忌でも、確かにいけるかもな。ただ、本当にこのデータを開示させるか？　ベリックにバレる可能性があるが)

悩ましい問題ではある。シングル魔法師でもないロキが、そんな魔法を知っているとなれば、出どころは誰《だれ》でも察せられるはずだ。ベリックがアルスを信用してアクセス権限を与えたというなら、コンプライアンスの完全無視もいいところだ。

ちょっと頭を掻《か》いたアルスだったが。

「ま、今に始まったことじゃないか」

あっさりとデータのコピーを選択《せんたく》する。こっちも未だリリシャの情報を伏《ふ》せられている(おそらく、だが)のだし、目には目を、とまでは言わないが、報酬ついでのボーナスくらいは貰《もら》っておこう、という腹である。

「さて、さすがにもういいか？　あまり時間もないし、残りはざっと漁《あさ》っておくだけにするぞ」

食い入るように顔を近づけ、仮想液晶を覗《のぞ》き込んでいるロキに、アルスはそう促《うなが》した。

ただ、彼女が好奇心《こうきしん》をかき立てられるのは良く分かる。ロキとて魔法師なのだ、たとえ禁忌扱いであろうと、高位魔法と名のつくものに反応を示さずにいられるはずがない。

「す、すみません!!」

慌《あわ》ててアルスに謝《あやま》り、仮想液晶からたっぷり距離をとるロキ。

「いや、そこまでしなくていい。少し後ろに立って、俺と一緒《いっしょ》に眺める程度なら問題ないだろ。その代わり、絶対に黙《だま》っておけよ。ベリックにバレたら、また体《てい》のいい取引材料にされるからな」

「はい、もちろんです！」

清々《すがすが》しいほど真っすぐな返事が返ってくる。

もはや興奮を隠さず、ロキは少しだけ距離をおいて、アルスの真後ろについた。本当に少しだけ、足を数センチずらした程度だったが。

そんなロキの様子を他所《よそ》に、アルスはぐっと意識を作業に集中させた。ここからはさすがに仕事だ。そもそもが遊び半分で、ベリックにアクセス権限を要求したのではない。元はといえば、禁忌魔法の情報を探《さぐ》るとともに、バナリスで殺した雪の男の、正体を探る手がかりを得るためである。

おそらくクラマなど、魔法犯罪結社関係の手合いだと思うが、男が使った魔法に関して、アルスが既知《きち》としていなかった点にどうも違和感があった。バナリスを一面の雪景色に変えた魔法、そして、魔物との協調めいた動き。もしそれが可能ならば、いかなる手段によるものか。

（まあ、これで探れる可能性は正直薄い。そもそも恐らくあの魔法は、俺らが使っているものとは、根本的に別物だろうからな）

アルスが感じているのは、上辺《うわべ》というよりも魔法の構成そのものが、全く別の発想で編まれているのでは、ということだ。

（そして多分現代の魔法よりも、もっと魔法の本質に近い。より完成されている、とも言えるが）

そこが最大の懸念点《けねんてん》だった。推測交じりではあるが、相手が使った魔法が、より魔物の扱う完全な魔法に近いということ。人間が扱う魔法には、思考や感情といったノイズが必ず混入してしまう。アルスはそういった部分こそが、人間の魔法を完成度の点で完全たらしめていない最大の要因だと考えている。

もし、そういった人間ならではのハンディキャップを解消できるならば、魔物と人間の戦いは大きく変わるだろう。そして敵は、何らかの方法で、その術《すべ》を手中にしているのだ。

高速で画面をスクロールさせていきながら、アルス自身の思考もまた、その回転を速めていく。

魔法という分野において、人間と魔物の差は、やはり大きい。バナリスを支配していた魔物シェムアザが使った【螺旋浄化《らせんじょうか》《ケヘンアージ》】などは、まさにその好例。

単純に魔力量だけで比較《ひかく》するならば、アルスにも同じ規模の魔法が扱えるが、構成における精度では確実に劣《おと》る。繰《く》り返《かえ》しになるが、やはり高位の魔法こそは、魔物の本分であり、最もその本領が発揮される分野なのだ。

実際、バナリスでやってみせたように、アルスだけならまだ対抗策《たいこうさく》も取れるかもしれない。だが、それでは困るのだ。アルス一人が7カ国全て、それこそ人類の生存圏内《けんない》全体を守り切るなど、所詮《しょせん》無理な話。まったく同等とは言わないが、最低でもアルスの背中をなんとか追えるほどの叡智《えいち》と技術を、二桁以上全員、いや、せめて全シングル魔法師程度には共有できない限り、アルスに平穏《へいおん》は訪《おとず》れないだろう。

魔物と人間の戦いにおいて、戦況《せんきょう》は少なくとも辛うじて均衡《きんこう》を保てている、というのがこれまでの見方だった。だが、今後予想されるバベルの力の弱体化に加え、想定外の悪食《あくじき》こと【背反の忌み子／デミ・アズール】のような魔物の出現、バナリスで垣間見《かいまみ》えた不安要素など、憂慮《ゆうりょ》すべき事項《じこう》は多い。

アルスには、もはやそう楽観視できる状況ではなくなってきているとすら思えるのだ。

ロキが見守る中、とりあえずは、とアルスは氷系統魔法の資料を漁っていく。気になる魔法はいくつかあったが、やはりというべきか、目当てのものは存在しなかった。

一つだけ、もしやと思われたものの情報を開示させてみたが、魔法式はなく発現結果も記載《きさい》されていなかった。

「【桎梏《しっこく》の凍羊《ガーブ・シープ》】か。禁忌指定はされているらしいが、結局分かるのが魔法名のみとはな」

頭を掻きつつぼやくアルスに、ロキが尋《たず》ねてくる。

「見つかりましたか?」

「いや、これも多分違うな。ま、最初から何か期待してたわけじゃないが」

他にあるとすれば、やはりベリックが示唆《しさ》したような、一部の貴族が秘密裏《ひみつり》に生み出した継承魔法か、他国の禁忌魔法という可能性もある。アルファの貴族が公開せず秘匿している魔法があるのなら、他国の貴族が同様に隠蔽《いんぺい》していたとしてもおかしくはない。

(そうなると、正直お手上げ……いや、一つだけまだ、可能性があるか)

ふと、アルスの脳裏に過《よ》ぎった考え。ただそれも、望みは薄いだろうし、確認《かくにん》するのはあとでいいだろう、とアルスは仮想液晶を閉じるべく、素早《すばや》くキーを打つ指を滑らせる。

「ま、他の禁忌魔法にも目を通せたから、最低限の収穫《しゅうかく》はあったな。ロキにも何かいい魔法があれば、そのうち俺がアレンジした魔法式を教えてやる。さすがにまんま渡《わた》すわけにはいかんからな」

「本当ですかッ⁉　確かに、聞きましたからね！」

「そんなに期待するなよ。ちょっと刺激を受けたから、久しぶりに式を弄《いじ》ってみようと思っただけだ。あくまで研究の片手間に、という程度だぞ」

「それでも十二分に素晴《すば》らしいですよ、アルス様！」

ぱっと花が咲《さ》いたような笑顔《えがお》とともに手を叩いたロキは、ふと表情を変え、些細《ささい》な疑問を口にした。

「……というより、アルス様にこういったご教授をいただくのって、学院の授業よりよほど有用なのでは？」

「分かり切っていたことだが、今さら言いっこなしだ」

だからこその、あの授業態度である。元よりそこまでサボるつもりはないが、必要以上に出る意味もない。意義なんてことを言い出したら、彼が学院に来たこと自体が、おそらく大きな間違いなのだから。

かくしてさっさとその「調査」を済ませ、一息入れて紅茶でも、と思った矢先。

部屋に来訪者を告げるブザーが鳴《な》り響《ひび》いた。

その鳴らし方で、誰が来たのかが分かってしまう。もっともアルスとてすでに予想していたことなので、来たか、とばかり軽く視線で、ロキに開錠《かいじょう》を促した。

「あ、やっぱり帰ってた！」

「おかえり～、どうだったの、任務は？」

小さく溜《た》め息《いき》をついたロキが開くドア越しに、朗《ほが》らかな笑みとともに顔を覗かせたのは、テスフィア、続いてアリスだった。

授業を終えた帰りらしい二人は、いつものようにアルスの研究室へと何食わぬ顔で入ってくる。

もちろん、アルスが用事と言えば〝任務〟だと推測することもできるはずで、あえて二人には何も言わずに出てきたのだったが。

「誰から聞いた。知ってるとすれば理事長ぐらいだが、そんなわけがないよな」

「えっ、不味《まず》かった、かな？」

アリスが口元を押さえて、どうする？　と言わんばかりにテスフィアを肘《ひじ》で小突《こづ》いた。

「えっと……ま、まあ別に良いじゃない？　アリスと私以外は知らないわけだし、私たちだって誰かに言いふらしたりしないわよ」

そそくさと手にした鞄《かばん》を置き、こともなげに訓練に移ろうとするテスフィアだったが。

「いいや、俺《おれ》に訓練を付けてほしいなら、まずは答えろ」

テスフィアとアリスは、互いにそっと顔を見合わせる。

それから、観念したとでもいうように、少し頬《ほお》を膨《ふく》らませ、テスフィアがいう。

「う〜ん、あのドヤ顔を思い出すだけでも腹が立つから、言いたくないんだけどなあ」

「子供の言い訳じゃないぞ」

呆《あき》れてしまったアルスだが、彼らの帰還《きかん》を二人に知らせた者がいる、というのは確からしい。アルスとしては正直、あまり嬉《うれ》しくないところだ。いちいち見張られているとあっては気分が落ち着かないし、それこそ、さっきのような自室での機密の閲覧にまで気を配る必要が出てくる。まあ、機密である以上、配慮するのは当たり前なのだが、それでも自分の様子をいちいち探る、スパイのような存在がいるのといないのとでは、大違《おおちが》いだ。

また、身分の秘匿《ひとく》についても同様である。軍との関わりはバレてしまっているとはいえ、アルスがシングル魔法師であることまでは、まだ白日の下に晒《さら》されてはいないのだから。

続いて、アリスのほうに視線を送る。

アリスは苦笑《にがわら》いし、「ありゃりゃ」とでも言いたげに小さく舌を出したのみ。どうやらアルスが留守にしていた間に、何かがあったのは間違いないらしい。

「どうやら口止めまではされてないようだな？　なら、俺も暇《ひま》じゃないんだ、さっさと……」

アルスがそう、口を開きかけたところで。

「それには、私がお答えした方が良さそうですね」

よく通る澄んだ声が、室内に響いた。

テスフィアとアリスは驚いたように振り返ったが、アルスとロキは、声の主にちらりと目をやっただけ。二人は寸前で、彼女《かのじょ》の気配を察していたからだ。まあ、彼女の態度からすると、最初からあまり隠《かく》れる気もなかったのだろうが。

やがて、分厚い扉《とびら》を押し開《あ》けて顔を覗かせたのは――リリシャであった。

金色の髪《かみ》を垂らしながら、一応目で入室の許可を問うてくる。

（盗《ぬす》み聞《ぎ》きというか、最初からドアの陰《かげ》にいて、出てくるタイミングをうかがってたのか？　にしても、閉まらないようにドアに足を挟んでたくせに堂々と表から入ってこないあたり、律儀《りちぎ》なんだか何なんだか……妙に中途半端《ちゅうとはんぱ》な奴《やつ》だ）

その様子には借りてきた猫《ねこ》、とでもいうような、変に小心な雰囲気《ふんいき》もあり、アルスは内心で苦笑した。

「失礼しますよ、と」

妙な挨拶《あいさつ》と共に、キョロキョロと一通り室内を見回す。異性の部屋に来るのが初めてなのか、「ほ〜、なかなか面白《おもしろ》いですね」と不慣れな感想を口にした。

妙に感心した表情を浮かべているのが何だか癇《かん》に障《さわ》るが、そこに触《ふ》れても良さそうなことはないだろう。室内のことはロキのテリトリーなのだから。

「ちょっと、なんであんたが来るのよ!!」

「あら良いじゃない、私も仲間に入れてよ、フィアちゃん」

噛《か》みつくようなテスフィアの声に、リリシャはあくまで仲良しの女友達が軽口を叩くような調子と、朗らかな笑顔で応《こた》えた。

その態度からして、リリシャは真っ向から険悪な関係になるのを望んでいないようだった。慣れているのか突《つ》っかかってくる者を歯牙《しが》にもかけず、やり過ごす。ただし、その態度や表情は、見方によっては、完全無視とはいかずとも相手にもされていないような印象を与えかねない。それこそリリシャは、必要な時には、悪びれもせず相手をゲームのコマのようにあしらい、周囲を謀《はか》るのだろう。

テスフィアの嫌悪感に満ちた表情さえなければ、二人は仲の良いクラスメイトなのだと、誰もが思っただろう。

「そもそも私は、アルスさんの動向を見守る仕事があるの。監視役《かんしやく》としてね。彼が戻ったことを教えてあげたのも、友情の証《あかし》みたいなものじゃん」

(なるほど、こいつが情報ソースというわけか)

アルスが顔を顰《しか》めた直後。

「何が監視役よ、別に私が頼《たの》んだわけじゃないし。そもそもあんた、自分がやってることを、客観的に見たことあるの？　コソコソ裏から動いて……アルのことだって、やり口がまるでストーカーじゃない！　ふん、それもぜ～んぶ、根暗で陰気《いんき》なリムフジェの作法ってわけなの！」

「――!!」

リリシャは、テスフィアに向けて、キッと目を細めた。意外というか、いかにも相手をいなしたり、冷静さを保つ術や芝居《しばい》に長《た》けていそうなリリシャが、今は本心からカチンと来ているらしい。

(お、そこには反応するのか)

目はあくまで柔和《にゅうわ》な笑みを保とうとしているが、その口元が引《ひ》き攣《つ》っているのを、アルスは鋭《するど》く見て取った。

その理由は、どうもテスフィアという存在にありそうだ。彼女は良くも悪くも、リリシャとは相容《あいい》れないというか、根本的な相性《あいしょう》が悪いのだろう。

「私のは任務！　仕事！　だいたい、あなたのがよっぽどストーカーじみてるっての。訓練だか何だか知らないけど、平気で男の部屋に上がり込んで、しかもしょっちゅう入りびたるって、どうなのよ？　言っておくけど、あなたのはただの無知と無配慮《むはいりょ》なだけだから。そもそもフェーヴェルの令嬢《れいじょう》として、はしたなさ過ぎだっつーの！」

その口ぶりは、年相応というか、普段のリリシャからすると、意外なほど子供っぽい。

「早速、言葉遣《ことばづか》いが崩壊《ほうかい》してるな」

アルスが呆れたように呟いたことで、ハッと気づいたのだろう。リリシャは、スッと居住まいを正し、そそくさと乱れた髪を直したが、もう遅《おそ》い。

一方のテスフィアは化けの皮を剥《は》いだと言わんばかりに、にやにやとした意地の悪い笑みを浮かべている。

どっちもどっちでアルスとしては自分の認識《にんしき》していた貴族像が崩壊しつつあった——こんな奴らを、毛嫌《けぎら》いする自分の器が小さいのではないか、と思えてくるほどに。

ガッツポーズさえ取りたそうな様子のテスフィアだったが、アルスはあえてそれを無視し、話を戻《もど》す。本来なら、あまり戻したくもなかったのだが、この際仕方がないだろう。

「で、お前が二人に教えたのか。つか、俺とロキの動きは、一応軍事上の機密だぞ。そんな情報をどこで掴《つか》んでんだ、お前は」

「あっ、それ、いいですね！　なんか『お前』って呼ばれると、距離が近くなった感じがする。なるほど、生徒ごっこも悪くないかもですね」

「………」

そんな風にうそぶく彼女に、アルスは無言の圧力をかける。誰も好き好んで生徒をやっているわけではないのだ。

肩《かた》を竦《すく》めたリリシャは、もったいぶるような間を開けた後、かしこまった口調に戻して言う。

「情報なんて、伝手《つて》を使えば簡単に入手できますよ、アルス様。あっ、敬称《けいしょう》は不要でしたっけ、アルス君？　じゃあ、改めて……種を明かすと私の兄が軍人で、ちょっと小耳に挟《はさ》んだわけ。もちろん直接聞いたのは、そういう動きが軍部で見られた、という程度だけど。学院にレティ様が来て、アルス君も一緒に軍部に向かったら、そりゃーねー」

誰《だれ》でも分かるでしょ、と言った様子で、得意げに鼻を鳴らすリリシャ。

種を明かされれば確かに、とは思うが、その態度はもしかすると、ロキの逆鱗《げきりん》に触れる気がしなくもない。敬称や敬語はなくていい、と言ったのは、リリシャが言うとおり、そもそもアルス本人なのだが……。

ちらりと隣《となり》を見ると、小柄《こがら》な銀髪《ぎんぱつ》の少女は黙りこくったままだが、それでもギュッと引き結ばれた唇《くちびる》や冷たい視線を見れば、彼女がどう感じているのかは明白だ。ここは何とか自制してもらわなければならないが、それにしても先が思いやられる。

そんなアルスの心情を他所に、リリシャはさらに続けた。

「でも、この二人に私がアルスくんの情報を教えたのは、とにかくしつこかったからよ。そこは言っておかないとね」

これにはムキィッ、とばかりに歯噛《はが》みしつつ、テスフィアが反論した。

「あんたが、ちらちらと意味深にほのめかしたから、問《と》い詰《つ》めただけでしょ！　自分だけが知っている特別情報がある、みたいに、得意げに上から目線だったのよ、アルぅ！」

指差しながら訴《うった》えるテスフィアの顔は、真っ赤だった。

「知るか、こっちを見るな」

一方のアリスは、さすがにテスフィアに比べると苦笑を浮かべている程度で、ずいぶんおしとやかというか、落ち着いている。リリシャは怒《いか》り心頭のテスフィアをさらに揶揄《からか》うかのように、今にも舌を出さんばかりの余裕を見せている。

本当に、この二人とアリスとでは、どちらが貴族だか分からない。この少女たちの中で誰が貴族出身かを当てる、そんなクイズがあったら、アルスは間違《まちが》いなくアリスを選ぶだろう。

ただ、テスフィアとしては同年代の、それも編入してきたばかりのリリシャがそんな態度をとるのが、とにかく気に食わないらしい。

元から隙《すき》あらば相争うのが貴族同士とはいえ、そりが合わないこと甚《はなは》だしい、という様子だった。ただ、ぎゃあぎゃあ言《い》い募《つの》るテスフィアの話を聞く限り、どうもリムフジェ家は、貴族諸家の間でも、異端《いたん》というか腫物扱《はれものあつか》いらしいが。

アルスの内心の疲弊《ひへい》を察したのか、ロキが割って入ってきた。

「フィアさん、話が進まないので一旦《いったん》口を閉じてください。どうもあなたはリリシャさんのやり方が気になるようですが、あまり気にしすぎるのもどうかと思いますよ。彼女は、結局軍が派遣《はけん》したただの監視《かんし》者で、それ以上でも以下でもないんですから」

その言い方はいかにも訳知り顔のものだが、一方でやはり不快でもあったのだろう。リリシャに対して、しっかり強烈《きょうれつ》な皮肉も込められていた。

「あれ、ロキさんまで？　ええ～っ、この場に私のことを分かってくれる人はいないの、ねえ？」

同情を集めるかのように、しゅんとした態度を見せるリリシャだったが、そんな見えすいた芝居に引っかかる者は誰もいない……約一名を除いて。

「そ、そんなことないよ～。これから仲良くしよう。みんな、まだリリシャちゃんのこと、よく知らないだけだからね、少しずつお互《たが》いを知っていけばみんな仲良くできるはずだよ」

妙《みょう》な正義感を発揮してそう言ったのは、アリスであった。彼女はリリシャの手を取り、真正面から純真無垢《じゅんしんむく》な瞳《ひとみ》で見つめる。

「あ、ありがとう、アリスさん」

リリシャはいかにも感極《かんきわ》まったように、乾いた目元を指で拭《ぬぐ》ってみせた。

見た目はいかにも青春めいた少女同士の友情劇、誤解が解けて大団円、という感じの一幕ではあった。

「あ〜あ、まったくアリスは……こういうクサい小芝居《こしばい》に弱いんだから」

がっくりと肩を下げつつ、テスフィアがチクリと棘《とげ》のある台詞を口にする。

アルスも、今回ばかりはテスフィアに同意だ。

「アリス、リリシャは別に本当に友達が欲《ほ》しいわけじゃないぞ。あくまで友達ごっこがしたいだけだから、あまり気にしてやるな」

すると、リリシャは意外なことに、真顔で抗議《こうぎ》の声をあげた。

「あ〜、またそうやって私を一人にするんだ。ちょっと事情と隠し事《ごと》があるくらいで、仲良く出来ないってどうなの！」

無言のアルスらに、リリシャは「ごっことか言ったのは、言葉のあやだし」と小さく付け加えた。

「うん、分かるよ～」

ちなみに、そんな彼女の内心を「分かってあげられた」らしいのは、ニコニコしているアリスだけだった。

「ま、いっか。付き合ってくれてありがとう、アリスさん」

「ほえ？」

目を丸くしたままアリスは小首を傾《かし》げる。

「こういうの好きなの。なんか、楽しいし面白いじゃない？　またやろうねアリスさん」

悪びれないリリシャの言葉は、本心からのものなのだろう。

「お前、友達って知ってるか？」

「それをあんたがいう？」とテスフィアの苦言が飛んでくるが、アルスから見てもリリシャは友達を言葉でしか知らない口だ。〝ごっこ〟と言ったり、ぶったりするのは彼女が良く知らないからだろう。アルスやロキと同じようにリリシャは、こう見えてどこか「ズレ」ている一面がある。貴族として腫物扱いとされているフリュスエヴァン。アルスはそこに、この家がそんな扱いをされる理由の一因を見た気がした。

「田舎者扱《いなかものあつか》いをされるのは心外なんだけど。だいたい私だって友達くらい、いるんだからね。パパとかママとか」

誰もが唖然《あぜん》としたまま、一瞬《いっしゅん》時が止まり……顔を見合わせた後、少なくともリリシャの人格の一部については、「ちょっとヤバイのでは」ということで、全員の意見が一致《いっち》した。

友達というのが、たびたび話に出る「お兄様」だ、というのならまだ「兄にしか心を開けない寂《さび》しい妹」で済むが……それが、こともあろうに「両親」だというに至っては、ほぼ意味が分からない。さすがのアルスもそこまで世間一般《いっぱん》とずれてはいないはずだ。「両親」は「友達」の数に入りません、という野暮《やぼ》な突っ込みをする気まではないが。

「それにしても……ご両親のことをパパ、ママ呼びって。あんた、意外に可愛《かわい》いところあるのね」

何故《なぜ》かテスフィアのほうが照れたように、頬をかきつつそう言った。

「うっ⁉」と痛恨《つうこん》の一撃《いちげき》をまともに喰《く》らったリリシャの顔が、一気に茹《ゆ》でダコのように赤くなる。直後、リリシャは羞恥心《しゅうちしん》を振り払《はら》うように居住《きょ》まいを正した。途端《とたん》、表情までががらりと変化する様子は、まるで人格のオン／オフが切り替わったかのようだ。

そして今度はさっきまでの態度とは打って変わって、リリシャはピシャリと足を揃《そろ》えて直立する。

「バナリスからのご帰還、おめでとうございます！」

さすがに唐突感《とうとつ》は否《いな》めないし、一応その地名については、未《いま》だ機密のはずなのだが……。

ひとまず彼女は金髪《きんぱつ》を振り乱《みだ》しつつ、アルスに敬意を表するかのように、軽く頭を下げた。

やはり貴族という連中は皆《みな》どこかおかしい、アルスはそんな確信を抱《いだ》きつつ。

「……ありがとう、と言いたいところだが、それはレティにでも言ってやれ」

ここまで来ればもう、アルスにも隠す気はない。寧《むし》ろ軍では表向き何の労《ねぎら》いもなかった分、多少嬉しいような気もする。

ただ、リリシャとて別に本心からアルスの実力を称賛《しょうさん》しているわけではないだろう。それは、彼女の視線の動きを追っていけば自《おの》ずと透《す》けてくるというもの。

「へ？　へっ？　な、何、バナリスって⁉」

口をあんぐり開けたテスフィアが、リリシャとアルスを交互《こうご》に見回して、きょとんとした表情を浮かべた。

フッと嘲笑《ちょうしょう》を口元に湛《たた》えつつ。

「しょうがないな～、無知な一学生のフィアちゃんに、私が特別に教えてあげるね？　仲間外れは、なんだかすっごく可哀想《かわいそう》だから」

みるみる怒りで頬を染めるテスフィアを前に、アルスはそれとなくロキに目配せをしつつ、これ以上の事態悪化を防ぎに入った。

「リリシャ、そこの赤毛は確かにおつむはスッカスカだが、ここで揉《も》め事は御免《ごめん》だ」

余裕を見せつけつつ、仕方ないと口を閉じたリリシャの代わりに、アルスの意を汲《く》んだロキが続ける。

「いいですか、フィアさん。それにアリスさんも」

「う、うん」「はーい」

指を一本立てつつ、ロキは二人の「部外者」に説明する。

しかしその表情は、明らかに誇らしげなものだった。

「もう察せられているかもしれませんが、私たちが不在にしていたのは、とある地の奪還《だっかん》作戦に関《かか》わっていたからです。そもそも以前、アルス様が長いご苦労の果てに奪還されたクーベントの地は、あり得ないことに、奪還後も長い間、整備されていませんでした。もう終わったことですが、当時の軍部はアルス様にクーベントを奪還させるだけさせておいて、その後のことはほとんど計画に盛り込んでいなかったのですよ。で、ベリック総督《そうとく》の代になって、アルス様の偉業《いぎょう》と実績を足掛《あしが》かりに、アルファはようやく本格的に外界へと乗り出したわけですが……」

ロキのアルスの持ち上げぶりは、本人が聞いていてこそばゆくなってくるほどだったが、とりあえず口を挟むのも妙なので、アルスは黙っていることにする。

「で、かの地がより重要な拠点《きょてん》だと考えられるようになったわけです。多方面に軍を展開する上での要地であることと、いざとなれば外界での拠点にもできる、という理由があってのことですね。というわけで、半年ほど前からレティ様が奪還の任務に当たっていたんです」

「それが、バナリス？」

テスフィアの問いに、ロキは「そうです」と短く頷《うなず》く。

「経緯《けいい》は省きますが、今回アルス様は、レティ様との個人的な約束によって、それを手伝われた、というわけです」

「それで結果は……成功したの？」

これは、いかにも無駄《むだ》な質問である。これだから、彼女はリリシャに馬鹿にされるのだが、と思いつつアルスがフォローする。

「じゃなかったら、帰ってきてないだろ」

「そっか、アルだもんね」などと相槌《あいづち》を打つテスフィア。

とはいえ、テスフィアを納得《なっとく》させつつも、アルスは曖昧《あいまい》な笑《え》みを浮《う》かべた程度。そもそも、確かにバナリス奪還は成ったのだが、不可解なことも多かったため、手放しでは喜べない。

　無論、そこはロキも弁《わきま》えており、口は滑《すべ》らせなかった。

　直後、シュビッと挙手したのはアリスであった。これに応じたロキはやはり教師を意識しているのか、かけてもいない眼《め》鏡をクイッと上げる小芝居を入れつつ、わざとらしく彼女を指名した。

「はい、アリスさん」

「どんな魔物《まもの》がいたの？　奪還って何をするの、か、な？」

　最後らへんは軍の機密に触れることに気付いたのか、遠慮《えんりょ》がちの口調だったが、確かに答えづらいのは否定できない。なので、黙《もく》したままのアルスに代わり、ロキが返答した。

「アリスさん、残念ながらそれを私たちの口からお教えすることは難しいです。そのうち、軍から正式発表があると思いますけど」

「でも、それって公式コメントではあっても、そのまんま事実じゃないのよねー」

　リリシャは軍の内情を知っているだけに、茶々を入れつつも、そう核心《かくしん》を突いてくる。

「リリシャさんがそれを言うんですか？　まあ、今に始まったことじゃありませんよ」

　さすがにロキは動じなかったが、アルスは小さく肩を竦め。

「ひとまずそういうことだ。ただまあ、魔物の種類とか、戦略とかは今度、暇だったら話してやる」

「今じゃダメなんだ。私がいるから？」

表情を翳《かげ》らせ、妙な悲愴《ひそうかん》感を漂《ただよ》わせるリリシャ。

「お前はどうせ、お兄様とやらから情報を集められるだろ。だいたい、俺が言ったところで、裏と一緒に、おまけの情報も取りに行く気満々なくせに」

「あ、やっぱりバレてるんですね。というか、アルス君は乗ってくれないかー」

「さあ、用事が済んだらお前は帰れ。堂々と隠す気はないみたいだが、監視されるのも気分が良いものじゃないんでな」

「まぁ～、そう言わずに、ちょっと見学させてもらえないかな？　監視っていっても別に大したことはないし、言ってみれば暇潰《ひまつぶ》しみたいなものだからさ。ほら、なんなら上層部には言われたまま報告してくるからさ！」

言葉遣いはすでに敬語と素のちゃんぽんで、距離《きょり》が近いのか遠いのか……ただ、すでに居座《いすわ》る気だけは満々といった様子である。

リリシャはずいっとアルスの目の前まで歩み寄った。彼女の関心がどこにあるのかは分からないが、その瞳には、他所の家の中を見物したいという、子供じみた好奇心が垣間見える。しかも、さっきからきょろきょろ部屋の中を眺《なが》め渡しているのだから、いかにも分かりやすい言動だ。

「ね、訓練の邪魔《じゃま》はしないから～」

顔の前で拝むように手まで合わせるリリシャに、アルスは溜め息をついて「好きにしろ」と言い放った。

「さすがにアルス君の部屋ですね。最先端の研究機器に貴重な書物。あ、これって【ルングドベルンの魔法《まほう》理論】！　えっ⁉　こっちは学会で物議を醸《かも》した論文です、よね？」

実際それを手にとってパラパラと捲《めく》りながら、眉間《みけん》に皺《しわ》を寄せているリリシャ。

「しかも、本は希少性の高いものばかりだし。どうなってるのよ⁉」

「ま、総督の計らいってやつだ。リリシャはかなり勉強熱心みたいだが、普通《ふつう》そんなマニアックな書物の名前は知らないぞ」

アルスでさえ最新の論文にはあまり目を通さない。せいぜい気になるかどうかをタイトルで判断する程度だ。どのみち、読んだところでアルスが既知として結論づけている内容ばかりなので無意味なのだ。

「いやぁ、私も気になるものを浅く見てる程度なんですよ。実際、読んだところで、半分くらいしか理解できないからね」

それでも大したものだし、その姿勢は嫌《きら》いではない。むしろ感心する。最近ではロキもアルスに倣《なら》って小難しい本を読むようになり、ちょっとした議論ができるようになった。が、やはり根っからの研究者気質《かたぎ》なのか、そうした議論にアルスのほうがついつい夢中になってしまい、最後にはロキの方が根を上げてしまうのだ。

さらに、アルスの読む書物は一部で異端扱《いたんあつか》いされる奇書《きしょ》だったりするので、余計である。いずれも、珍《めずら》しいことは珍しいが、いくら魔法を研究している者でも、まっとうな研究者ならまず目に止めない類だった。

「こいつらにも見習って欲しいところではあるが、そもそも良く知ってるな」

「偉《えら》ぶるつもりはないけど、これでも貴族なわけでして。それなりに英才教育は受けてるのよね～、これが」

リリシャ相手だと学院の生徒と低レベルな話をしている気になってしまうが、それでも本を読むというだけでも感心だ。アルスの視線は自然と、この場にいるもう一人の「貴族」へと流れて行ってしまう。

「いや、求めるレベル高過ぎない？」

と、テスフィアからはまさに正論が返ってきてしまった。

「そうそう。だからね、フィアちゃん、あまり間に受けない方が良いと思うよー。だってこのあたりの書物なんて見てるの、研究者間でもとびっきりの変人ばかりだからね」

これには、さすがにアルスも一言いいたくなる。さっそく反駁《はんばく》しかけた機先を制するように。

「ま、だからこそ、アルス君は研究者として、魔法学会でも一目置かれているわけなんだけど。論文に実名を出してることが少ないのもあって、その程度で済んではいるんだっけね」

そこまで知られていては、アルスも余計な言葉を引っ込めざるを得なかった。

軍の機密情報といい、彼女はしっかりと監視にあたりアルスを調べ上げているらしい。

まあ、それでもリリシャが他のことに興味を持ってくれる間は邪魔になることはないだろう。というか、テスフィアとの下らない諍《いさか》いが再発するくらいなら、部屋の見物に気を取られていてくれたほうがマシだ。

（ただ、まさかと思うが、妙な風《ふ》の吹き回《まわ》しで……勉強を教えたりなんてことに……ま、普通に話すくらいならいいか）

一瞬、小さな不安が心の片隅《かたすみ》に湧《わ》き起《お》こったが、アルスはいや、と首を振《ふ》って自ら否定する。教えたり鍛《きた》えたりすることはないだろうが、必要以上に邪険《じゃけん》にする必要もないのだろう。少なくとも彼女ならば良き話し相手にはなりそうだし。

ひとまず、先にロキに言った冗談《じようだん》が現実になること——つまり、リリシャに自ら魔法の手ほどきをするような事態に陥《おちい》るのだけは、絶対に避《さ》けたい。アルスは念のため、くれぐれも心しておくよう、自分自身に内心で釘《くぎ》を刺《さ》すことまでした。

だが、結果的には、そんなアルスの用心は無駄に終わった。皮肉なことにもう一つの懸念——テスフィアとのトラブルの予感だけは、見事に的中してしまった。

たっぷりと時間をかけて、研究室を隅々《すみずみ》まで物色していった後のことだ。

リリシャがふと、彼女を置いて、黙々《もくもく》と訓練に励《はげ》んでいるテスフィアの様子をちらりと見て。

「えーっと、ねえねえ、それって魔力《まりよく》操作の訓練？　さっきから気になっていたんだけどさぁ……こう言っちゃ失礼かもだけど、マジでそんなのも出来ないの？　魔力の性質って知ってる？」

部屋を見て回るのにも飽《あ》きたとばかり、ふいっと訓練中のテスフィアに絡《から》みに行ったかと思うと、リリシャはわざとらしい真顔で、そんなことを指摘《してき》した。その口元は、少し意地悪く持ち上がっている。

「知ってるわよ!!　邪魔しないでよ」

そう叫《さけ》んだ直後にテスフィアの語尾《ごび》が急に弱くなったのは、ならついで、とばかり、リリシャが自ら魔力操作を披露《ひろう》したためだ。

アルスが見ても、彼女の魔力操作は二桁魔法師《ふたけたまほうし》に引けを取らないどころか、かなりの腕前《うでまえ》に達していると思えた。

恐《おそ》らく、小さい頃《ころ》から日々日課としてこなしていなければ到達《とうたつ》できないレベルだ。

それどころか、単に魔力操作に限った話ならば、ロキをも超《こ》えているのではないか。

アルスを含《ふく》めて全員が見つめる中、リリシャは全員の反応を確認するかのように首を振ると、口元を手で隠しつつ、片方の手で魔力を自在に操《あやつ》っていく。

その掌《てのひら》から生み出されているのは、簡素な形状のナイフであった。アルスが良く使う魔《ま》力刀《りょくとう》と同質の物だ。形状固定も合格点、強度や切れ味についても、恐らく問題はないはず。

何より驚《おどろ》くべきことに、そんな繊細《せんさい》な魔力の操作を、彼女は片手で軽々とこなしていた。

（あそこまで魔力操作に長けた魔法師は珍しい。というか、寧ろ魔力で何かを形成することと自体を、得意としているような感じだな）

高水準な魔力操作はもちろんだが、アルスが見たところ、魔力消費の効率性よりは、形状変化の自在さに、より重きが置かれている技法のようだ。

「フィアちゃん、どうしたのぉ？　そんなに驚くこと？」

「うっ……お、驚くわよ！　そんなのアルのしか見たことないもん！」

テスフィアもついに認めざるを得なくなったのか、語気を強めて言い返す。

「へ？　意味分かんないんですけどぉ」

これには口をへの字に結んだテスフィアに代わり、ロキが答えた。

「リリシャさん、普通の学院生なら、そもそもちゃんと魔力を操ることすら出来ませんよ。というより、魔力操作の概念《がいねん》の理解すら覚束《おぼつか》ないレベルかと」

「え、嘘《うそ》ッ!?　こんなの普通じゃないの？」

「そもそもAWRを使わず、そこまで魔力を何かの形に固定しておけるのは、私でも短時間だけです。大したものだ、と言わざるを得ないですね。ついでに言うなら、肉体の延長線上で魔力を形成することに至っては、私でも不可能です……まあ、今は、ですが」

しっかりと最後にそう付け足すあたり、負《ま》けず嫌《ぎら》いなロキの性格がよく出ている。ともあれ、ロキが言っていることは事実だ。一般生徒の中に、魔力というものを真から理解し、その性質や本質まで把握《はあく》している者が果たしてどれくらいいるか。加えて、エネルギー体として自在に扱《あつか》える者に至っては、間違いなくアルス以外は皆無《かいむ》だろう。

「そっかー、褒《ほ》められたと受け取っておくね。ま、でも私はその代わり、ちょ～っとだけ魔法の方は疎《おろそ》かでね～」

苦笑とともに、そんなことを告白してくるリリシャ。ある意味、自らの弱点を明かしたとも言えるその言動は、意外にさばけているとも取れる。魔法師は、己《おのれ》の手の内や弱みを明かすことは、あまりないからだ。

結果的に少し距離間が縮まったというのか、こうしてみると、この少女には妙な愛嬌《あいきょう》というか、どこか親しみやすい部分があるのかもしれなかった。

「受け取っておくも何も……私は本気ですよ。魔力操作技術の高さは認めざるをえませんね」

とロキが改めて言い直し、アルスも同意する。

「ああ、ロキが言ってるのは本当だ。魔力の成型技術だけなら、そこらの奴には引けをとらんだろう。だいぶ長いこと、身を入れて修行《しゅぎょう》してきたんじゃないか」

テスフィアを揶揄っただけで、そこまで褒められるとは思っていなかったのだろう。しかも、アルスまでが大真面目《おおまじめ》にそう言ったのだ。リリシャは一瞬きょとんとした後、はっと気づいたように目を逸《そ》らすと、やや頬を紅潮させたまま、突然《とつぜん》アリスに話しかけた。

「あ、アリスちゃん！　魔力の持続時間ってさ、ちょっとしたコツで伸《の》ばしやすくなるんだよ？」

「ほ、ほんと？」

下手な照《て》れ隠しに良いように利用されたアリスであったが、コツと聞いては耳を傾《かたむ》けざるを得ない。

それこそ化粧《けしょう》のコツを教える女子会的なノリで、リリシャはアリスに助言を送り、実際にちょっとした手ほどきまで始めてしまった。

それが進歩に繋《つな》がるなら、という思いからなのだろう、ロキもまたそんな彼女を邪魔するでもなく、寧ろ一緒《いっしょ》になって積極的にアドバイスを行っている。

（ふぅ、どうもリリシャに何かを教えるどころか……しばらくは、俺の出る幕すらなさそうだ。それはそれで楽だが）

アルスはそんなことを思いつつ、和気藹々《わきあいあい》とした様子の女子たちを眺める。まぁ、約一名、あえてその輪に参加せず、意固地になって魔力操作訓練に一人打ち込む、赤毛の少女が傍《かたわ》らにいるわけなのだが。

蚊帳《かや》の外に置かれた感じのテスフィアは、リリシャがやって見せたように、魔力を身体からある程度離《はな》れたところで、高度に独立させて操作しようと試みていた。もっとも、今の彼女にそれができるのなら、アルスの教えることは完全になくなってしまうだろう。

魔力刀を形成できるほどの魔力操作技術があれば簡単だが、ようは踏《ふ》むべきステップを三段階ほど飛ばしているのだから、今のテスフィアにこなせるわけがないのだ。

（見てらんないな）

アルスが眉《まゆ》をひそめたその横では、リリシャがアリスを使って面白いことをやっていた。

「そうそう、良くなったんじゃないかなー。身体の魔力を全部把握するのは無理だから、肩から指先にかけて、等間隔《とうかんかく》で点をイメージするの。でもって、そのポイントを魔力が通るタイミングを順に感じていく。そうやっていくうちにコツが掴めてくるよ。魔力が今どこを通過しているかに始まって、最後には魔力の流れなんかが、明確に意識できるようになってくるんだよね、これが」

そう言いつつ、指でポン、ポンと点を打つようにリリシャはアリスの腕《うで》を突いていく。しっかりとテスフィアにも聞こえるように声を張っているのか、彼女も気にはかけているようだった。

「本当だ!!」

「でしょ、これをやると魔力が思った場所に通ったっていう自覚が持てるから、結果的に持続もさせやすくなるんだよね」

教え方としては、なかなか面白いアプローチだとアルスは感じた。以前、テスフィアとアリスの二人には、自ら身体を抓《つね》ることで、痛覚によって魔力の流れを自覚させる手法を取ったことがあるが、その応用ともいえる方法だろう。

自分の経験からは、まず思い付かなかったやり方だ。

「ね、フィアちゃんもよかったら試《ため》してごらんって。ほらほら、騙《だま》されたと思ってさぁー」

続いてテスフィアに掛《か》けられたリリシャの声は、アリスに対してとは明確に異なる、微《び》妙《みょう》な上から目線も混じっていた。やはり貴族同士だけに、根っこには妙な感情的隔《へだ》たりがあるのだろう。

「そ、そのうちね。ぐぐっ、私だってその気になれば……」

テスフィアが何に対して意地を張っているのかは一目瞭然《いちもくりょうぜん》であるが、少なくとも、明確に成果を感じとったアリスは興奮したように叫ぶ。

「でも、リリシャちゃん、凄《すご》いよ！　これって本当に長い間訓練し続けないと身につかないんでしょ？」

手放しの称賛に、リリシャは今度こそ、こそばゆそうにはにかんだ。アリスは続いて頭を捻《ひね》って、机に向かっているアルスにも水を向ける。

称賛を強要された感のあるアルスはやれやれと思いながらも、一応、彼女の意向にだけは応じておく。

「確かに、面白《おもしろ》いやり方だ。人それぞれでいわば終わりのない課題とはいえ、普通なら、コツを掴むまでも時間がかかるからな」

ホラッとばかり、アリスは喜色満面、ぱっと輝《かがや》いた瞳をリリシャに向ける。

「そ、そう、なのかな～？　いや、確かにそうかも！　私、やっぱり凄い！　まさかここまでだなんて、まいったな～！　得意とはいえ、いつの間にか、アルス君にも匹敵《ひってき》するとこまで行ってたなんてね～」

いかにもタジタジな風を装う小芝居。あえてお調子者まで演じて、気恥《きは》ずかしさを誤魔《ごま》化《か》そうとしているのが丸わかりだが。

「そこまでではないですよ」

「だよね～」

なんてやりとりが、アリスとロキの間で行われている間にも、リリシャはそっと頬《ほお》を少しだけ桜色に染め、人差し指で丸めた金髪を一筋、延々いじり続けていた。

生徒達の前で堂々と演説した時とはまるで別人だ。仕事モードじゃない時、つまりは素《す》が出ている時は、意外に褒められることに対しての免疫《めんえき》がないのだろう。素のリリシャでは、どうも上手《うま》く取《と》り繕《つくろ》えないらしい。

（こいつ、何というか……）

意外にちょろいな、とでもいうべき感想をアルスが抱いた直後。

期せずして、少々効果が覿面《てきめん》すぎたらしい、と彼《かれ》は気づいた。

はーふー、とリリシャは、平静を取り戻そうとするかのように、大きく深呼吸をしたかと思うと。

「でもね、ほ、ほ本当に魔法の方は苦手なんだからね、だから差し引きゼロ」

舞《ま》い上《あ》がってしまったのか、リリシャはあろうことか、この場所――アルスの研究室――で掌に魔力を集約させ始めた。

「おいっ」と事態に気づいたアルスは、咄嗟《とっさ》に彼女の暴挙を止めようとしたが、高レベルで魔力を操作できるだけあって発現までが速い。

誰《だれ》もがあっと息を飲んだ瞬間《しゅんかん》――

リリシャの掌から、ピューッと勢い良く水が吹き出《だ》す。それは天井《てんじょう》に向け、ちょうど三十センチ程度だけ伸びると、その後は床《ゆか》をちょろちょろと濡《ぬ》らしながら、一気に勢いを失っていった。

「ねっ」と舌を出して、己の未熟ぶりをリリシャはアピールする。

一部始終を見届けたアルスは一気に白けた顔で。

「確かに酷《ひど》いな。というか苦手なんてもんじゃないぞ、これ」

うんうん、と一同の同意の声が重なり、あれ、とリリシャが小首を傾げたところに。

「あんた、それ留年するわよ」

テスフィアの呆《あき》れたような一言が、その場の全員の心中を代弁した。

そう、お世辞にもこの程度で進級できるほど第2魔法学院のレベルは低くないのだ。

（なるほど、ベリックが強引《ごういん》にねじ込んだせいで、編入試験がスルーされたかなんかで、化けの皮が剝《は》がれなかったんだな。だがまあ、少しは面白くなってきた。珍しくベリックの読みが外れそうだぞ）

アルスが意地の悪い笑みを浮かべたと同時、ロキも満面の笑みで言い放つ。

「リリシャさん、正直言うとあなたを警戒《けいかい》していました。でも、もうその心配はなさそうですね！　一緒に進級は難しいかもですが、別の道で、精進《しょうじん》されることを祈《いの》っていますよ」

「リリシャ、短い付き合いだったけど、別の学院から通いなおすって選択肢《せんたくし》も残されているわよ」

哀《あわ》れみと慈愛《じあい》に満ちた顔で、テスフィアまでが諭《さと》すように言う。とはいえ、くつくつと笑いを抑《おさ》えきれていないあたり、彼女としては完全に溜飲《りゅういん》を下げていると分かる。

一方、愕然《がくぜん》としたリリシャの頰は、まるで痙攣《けいれん》しているようにヒクついていた。

しばらくの間、放心しているリリシャを余所《よそ》に、独自の魔法研究を進めていたアルスが、一休みがてら、と目をやった今も、テスフィアは額に汗《あせ》を浮かべ、一人黙々と訓練に勤《いそ》しんでいた。

その様子は、人によっては鬼気迫《ききせま》るものすら感じられたかもしれない。すでに夜になりつつあるが、なおも集中が途切《とぎ》れていないようだ。

ただ、成果はというと、あまり芳《かんば》しくないようだった。

ついに見かねたアルスは、机に頬杖《ほおづえ》をつきつつ、深い溜《た》め息《いき》を一つ吐《は》き出してテスフィアに無駄な助言をしてやった。

「一番イメージしやすい形状で思《おも》い浮かべるんだ。そうだな、まずは第一歩として、イメージの輪郭《りんかく》をなぞるように、外形を作っていけ」

「…………」

ちらりとこちらを見たテスフィアは、コクリと頷くと深呼吸して、全意識を掌に集中させる。集まっていく魔力量だけなら、やはり学年でもトップクラスに入るだろう。貴族の子弟《してい》はもともと優《すぐ》れた魔法の素質を持つことが多いのだが、単に魔力量だけでいえば、テスフィアはそんな貴族出身の生徒らと比べても、頭一つ抜《ぬ》けている。

やがて、陽炎《かげろう》のように溢《あふ》れ出《で》た魔力が、彼女の掌の上で揺《ゆ》れる。力づくで押《お》さえ込まれたことに反発し、外に漏《も》れ出そうとする魔力が、氾濫《はんらん》する川のように流れ出しているのだ。

「ま、きちんとした形成に至るのは、だいぶ先だな」

アルスがそう言うや否や、テスフィアの不定形の魔力は、何も形をとらないまま、宙空に消えていった。

「ハァ、ハァハァハァ……」

膝《ひざ》に手を乗せつつ、腰《こし》を折ったテスフィア。彼女の顎《あご》先から、頬を伝ってきた汗が滴《したた》る。

そんな時、彼女の成果に対して思わず吹き出したといった笑い声が漏れ聞こえた。

まだ根に持っていたのか、口元を押さえ、ニンマリとした笑みがテスフィアに向けられた。

「アルス君にわざわざコツを教えてもらったからって、そうそうできるものじゃないんだなぁ。そもそもあなたには向かないんじゃな〜い？」

「ど、どういう意味よ」

「そのまんまよ。短絡的《たんらくてき》で感情的、それに……不器用そうだもん」

リリシャとしては、せめてもの仕返しに、一矢報《いっしむく》いたつもりだったのだろう。嘲笑とともに放たれたその台詞《せりふ》には、いっそ清々《すがすが》しいほどの嫌味《いやみ》が感じられた。

「ふふん。ま、よかったら、私が懇切丁寧《こんせつていねい》に教えてあげても良いよ。あなたもその方が気楽でしょ……で、その代わり、ま、魔法についてちょっと……ね？」

つまりは、自分に魔法の手ほどきを、ということだろう。リリシャとしては、相互《そうご》に利益があるよう、話を等価交換《こうかん》に持っていきたかったらしい。だが、続いてリリシャが、あくまで愛想《あいそ》よく、にこやかに手を差《さ》し伸べた時、パンッと乾いた音が派手に室内に響《ひび》き渡《わた》った。その手を、テスフィアが勢いよく払いのけたのだ。

室内の空気が、一気に張《は》り詰《つ》めた。多少予想外だったように目を丸くしつつも、リリシャはすぐ、大げさに声を上げる。

「ちょっとぉ、痛いんですけど！」

手の甲《こう》を摩《さす》りながら、リリシャは不満げに唇《くちびる》を尖《とが》らせた。

「あら、ごめんあそばせ。大丈夫《だいじょうぶ》だった？　怪我《けが》はない？　よしよーし、泣かないで？」

ムクリと上体を起こしたテスフィアの顔には、不敵な色が浮かんでいた。「ククッ」と続いて漏らされたせせら笑いが、まさしく「開戦の合図」であったかのように。

「私の綺麗《きれい》な肌《はだ》に傷が付いたらどうするつもりよ！　がさつなあなたとは、そもそもお肌のきめ細かさが違《ちが》うんだから！」

「あれれ？　その程度で感情的になっちゃって、まぁ、はしたない。でもこれで安心ね。自制心ならどっこいどっこいのあなたにできるなら、私にだって魔力形成の一つや二つ、すぐにできそうだもん」

そうテスフィアが言い捨てると同時、リリシャの顔にあからさまな対抗心《たいこうしん》が宿り「な、なによ！」と憤《いきどお》りの声を上げる。

「フェーヴェルのお花畑で、ぬくぬくおバカに育てられたあなたが、魔力操作の神髄《しんずい》を理解できるわけないですぅ。だいたいあなたが、貴族の何を知ってるって言うのかしら？　品性の欠片《かけら》もないくせに！　フェーヴェル家の御当主《ごとうしゅ》のご苦労ぶりが、目に浮かぶわ。アルス君も大変ね、こんなのを指導しなければならないなんて」

「ん……？」

急に水を向けられたアルスだが、否定もできないのが微妙なところだ。寧ろ、ロキ以外では初めて誰かにその苦労を分かってもらえたような気すらする。

「さあ、アルス君ハッキリ言って、今すぐこう言って！　『不出来な押しかけ弟子《でし》に面倒《めんどう》をかけられてる』ってさ！　すぐ総督に、学院生活に支障をきたす障害あり、って報告するから!!」

いつもの飄々《ひょうひょう》とした態度とシニカルさの仮面が剥がれたのか、リリシャは熱を帯びた顔で力説する。

今更《いまさら》だな、とアルスが苦笑《くしょう》するより早く、テスフィアの甲高《かんだか》い声が響き渡った。

「アルはそんなことしないわよっ！　それに残念でしたぁ、総督だってもう、承諾《しょうだく》済みなんだからね！」

ハハッと勝《か》ち誇《ほこ》ったような高笑いが続く。両腕《りょううで》を腰に当て、胸を反《そ》らしてふんぞり返った格好だけを見れば、間違《まちが》いなくこの場での悪役令嬢《れいじょう》ポジションは、テスフィアの方だ。

それはともかく、言い争ってくれるのは自由だが、アルスとしても、全面的に自分がテスフィアの味方だと決めつけられるのは納得がいかない。

けれども、ここでアルスは悔《くや》しくもそっと顔を逸らさなければならなかった。無念だが、確かに自分がテスフィアの指導を行っているのは事実なのだ。腐《くさ》れ縁《えん》、いや乗りかかった船、という言葉もあり、今更彼女《いまさらかのじょ》の指導を放《ほう》り出すことは無理な相談である。

その後、まさしく売り言葉に買い言葉とでも言うべき、口汚《くちぎたな》い罵《ののし》り合いが始まった。傍《はた》から見ると、実にくだらないのだが。

ちなみにテスフィアは、こういった場面にはかなり強い。普段《ふだん》からことあるごとにアルスに詰《なじ》られ慣れているせいか、巧《たく》みに相手の弱点を衝《つ》くような嫌味や罵り言葉だけは、豊富に持ち合わせている。

ロジックではリリシャに分があるものの、感情的な貶しめ合いでは、テスフィアの方が一枚上手という具合だ。奇《く》しくもアルスとの日々が、別の意味でテスフィアを成長させてしまったらしい。

やがてついにリリシャが言葉に詰まり、勝利を確信したテスフィアは、にやりと冷徹《れいてつ》に笑うと、打って変わった憐憫《れんびん》の眼差《まなざ》しで、リリシャを見つめる。

「フッ、リムフジェも落ちたものね。家名が泣くわよリリシャ。もうおやめなさい。これ

以上は、虚《むな》しいだけよ?」

哀れな愚者《ぐしゃ》を諭すかのような上から目線で、形だけは思いやりのポーズを取ってみせるテスフィア。その陰《かげ》にあるどや顔は、リリシャでなくても多少イラッとしてしまうほどだ。敗者をさらに鞭打《むちう》つかのようなその態度に、アルスは軽く呆れてしまった。

(おいおい、それくらいにしておけよ……)

ちらりと見ると、リリシャは、唇を強く噛《か》み締《し》めていた。ぎりり、と奥歯《おくば》を鳴らすと、言わんこっちゃない、と頭を振ったアルスの横で、リリシャは弾《はじ》かれたように叫び返す。

「あなたなんて嫌い! 口だけは一丁前だけど、どうせ刀を振り回すだけで、魔法の実力はからっきしなんでしょ! バッカじゃないの、こ、こ、この……この脳筋女!」

顔を真っ赤にしたリリシャは、まるで子供のように、ひねりも何もない感情的な悪口を言い放った。

テスフィアを指して脳筋とは、厳密には正しいようで正しくはない。確かに頭より身体を動かす方が得意なタイプではあるが、そもそも彼女の刀型のAWRは、振り回すのがメインの使用法ではない。

とはいえ、今はそんな揚《あ》げ足取《あしと》りに、さしたる意味はないだろう。

とにかく、二人の相性《あいしょう》は「水と油」どころではないのは確かだ。まるで、劇薬同士が混ざり合い、強烈《きょうれつ》な化学反応が起きているかのようだ。やっていることはアルスから見れば、まさしく学生レベルのチンケな口喧嘩《くちげんか》なのだが。

（……貴族ってのは、本当に面倒くさい連中だな）

アルスは頭を掻《か》いて、そんな呑気《のんき》な感想を抱《いだ》く。

彼からしてみると、まるで子供の喧嘩《けんか》のような印象すら持ってしまうが、本人たちは、大真面目なのだろう。ただ、ほんの僅《わず》かな接触《せっしょく》時間でここまで嫌い合えるなど、そうそうあることでもないはずで、これはこれで面白くはある。珍獣《ちんじゅう》同士の喧嘩など、こう見えてそうそうお目にかかれるものでもない。そういう意味でもアルスはあえて静観を決め込んだ――巻き込まれない距離だけは保ちつつ。

まだまだ長引きそうな言い争いの中、二人の間でパンッと妙案《みょうあん》を思いついたとばかりに手を叩《たた》いたのはロキであった。

「では、いっそ〝決闘《けっとう》〟されてはどうでしょうか？」

これまた唐突《とうとつ》な、とアルスは感じたが、意外にありなのか、とも思いなおす。

決闘と聞くと貴族の子弟間で開催《かいさい》される、家の名誉《めいよ》を賭《か》けた特別な試合を連想する。が、ロキ的には単純に白黒はっきりさせるための解決策として提案されたものだった。言うなら学院で普通に行われる模擬《もぎ》試合だ。

「異論はないわ！」

「もちろん、私もよ！」

テスフィアに続きリリシャも乗っかり、たちまちロキの提案が成立する。

確かに、この不毛な対立を収めるなら、寧《むし》ろ一番貴族らしい解決方法な気もする。遺恨《いこん》は多少残るかもしれないが、うだうだ諍《いさか》いが続くよりはよほど良い。

修羅場《しゅらば》に慣れていないアリスだけがアワアワしていたが、アルスとしてもこれ以上、自分の研究室で面倒事に巻き込まれるのはごめんだった。

「いいじゃない、決闘上等！　どうせすぐに終わるんだから。温室育ちのお嬢様《じょうさま》は、一度地べたを舐《な》めることを覚えると良いよ」

前哨戦《ぜんしょうせん》とばかり、挑発的《ちょうはつてき》に掌を上に向け、クイックイッと人差し指を曲げて見せるリリシャ。

「あなたこそ、いざ惨《みじ》めな負け方をした時に、泣きべそをかいて後悔《こうかい》しないことね」

それに乗っかる形でテスフィアが下品に笑い、親指を下に向けて見せる。なんだか見せ物としてすら成立しそうな一戦になりそうである。それこそ、観戦チケットで一儲《ひともう》けすらできそうな……と、そんな感想は置いておいても、とりあえず貴族の名誉が、とか良家の子女としての面子が、などといった雰囲気《ふんいき》は、とっくに失われているのは確か。

ロキは素早《すばや》くアルスに目配せし、彼が頷《うなず》くのを待って。

「では、決まりですね。それじゃ、訓練場の予約が取れ次第《しだい》ということで。日時はこちらからご連絡《れんらく》しますので、今日のところはお引き取りを」

ロキの慇懃《いんぎん》な提案に、二人は大きく頷き返した。

その後、二人は揃《そろ》って「じゃあ帰る」と口にしたが、その台詞までが半ばハモってしまい、それに気づくと露骨《ろこつ》に面白くない顔で、互《たが》いにそっぽを向く。相性が悪いのに、息がピッタリなのだから良くわからない二人だ。

流石《さすが》に扉《とびら》から一緒に出ていくのは避けたい様子だったので、一応空気を読んだアルスがテスフィアを呼び止め、リリシャを先に帰す流れを作る。

やがてリリシャの姿が消えるや否《いな》や、ロキがこそりとアルスに向けて小声で。

「アルス様、これでリリシャさんのお手並が分かりそうですね」

「!?」

アルスは今更ながら、そんなロキに呆れる思いだった。随分《ずいぶん》とちゃっかりしている。

確かに二人を焚《た》きつけたのはロキではないが、決闘を提案したのは、そういった狙《ねら》いもあってのことだったのだ。いわば、敵を知るならまずはその手の内から、を実践《じっせん》したというわけだ。

アルスとしては、ロキが例の「青春パターン」による事態収拾《しゅうしゅう》を図《はか》ったのかも、とばかり思っていたが……そう、気に入らないライバル（?）と果し合い、想《おも》いを率直《そっちょく》にぶつけあった挙句、その後から理解の芽と友情の絆《きずな》が生まれる、などという例の身体がむず痒《がゆ》くなるアレだ。それは青春の理想像ではあり、いわば定番の解決策ではあるが、ロキが狙ったこれは……。

（うん、絶対に青春じゃないな）

寧ろ友情からはもっとも遠い、大人の権謀術数《けんぼうじゅつすう》めいた匂《にお》いすらする。

ふと、いつかアルス自身がテスフィアに決闘を申し込まれた時のことを思い出す。確かにあれは、彼女と何らかの関係性が生まれたきっかけではあったが、アルス自身としては、それが絶対に友情の始まりだとは認めたくないところだ。

（いずれにしても、無益極《きわ》まりない。できれば今後も、俺《おれ》だけは蚊帳《かや》の外にいたいが）

そんな風に内心でぼやくアルスを他所に、アリスは、すぐに感情で動く赤毛の動物の頭を、慰《なぐさ》めるように撫《な》でてやっていた。

「アリスぅ〜、ごめん……」

「まったく、フィアはしょうがないなあ〜」

テスフィアなりに、少し頭が冷えてきて反省はしているらしい。

だが、アルスはあえて一言、嫌味を言わずにはいられなかった。

「血気盛んなのは結構だが、俺の部屋で騒《さわ》ぐな。挙句、まさか決闘とはな。せいぜい学生の喧嘩の範疇《はんちゅう》で終わっとけよ」

「分かってるわよ……悪かったわね、変な空気にして。ま、私もリリシャも口で言うほど本気じゃないわよ」

「本当か？　お前はそうでも、あっちはな」

なおも疑わしそうなアルスに、テスフィアはフンッと鼻息を荒《あら》くして。

「当然！　あんなの、ちょっとジャレてただけじゃない。それに生徒同士、お互いの実力を知っておくのも悪いことじゃないわ。ま、結局勝つのは私だけどね。せいぜいあいつに嫌《いや》っていうほど、訓練場の砂の味を覚えさせてやるわ！」

「…………」

もはや返す言葉が見つからなかった。少し冷静さを見せたかと思えば、次にはただの負けず嫌いではないか、と突っ込んでしまいそうなこの口ぶり。単純に、気に食わない相手を力でねじ伏《ふ》せたいだけなのではないか、とすら思えてくる。

挙句のドヤ顔での勝利宣言に、すかさずロキの突っ込みが入った。

「訓練場の床は、砂じゃないですけどね」

「ま、まあそんなの分かってるわよ、意気込みってヤツよ」

「へえ、そうだったんですね。ただ、どちらにしても下らない争いになりそうですが」

「ちょっ、そもそも決闘とか提案したのは、ロキじゃないの⁉」

憤慨《ふんがい》するテスフィアだったが、そこに、アリスもロキに同調するように立ち位置を変えて言った。

「ま、そこはロキちゃんの言う通りだよね～。今回はフィアの悪いところが出ちゃったけど、大人気ないっていえば、リリシャちゃんも大概《たいがい》同類だよねぇ」

思わぬアリスの言葉に、テスフィアは焦《あせ》って反駁した。

「い、良いじゃない⁉　ちょっと半ベソかかせるだけよ。見たでしょ、あの魔法《まほう》。文字通り、チョロいじゃない」

「そう単純じゃないと思いますよ。逆に半ベソかかされなければ良いんですけどね」

ジト目でそう返したロキの言葉に、痛いところを突かれたのか、「うぐっ」とテスフィアは唸《うな》った。魔法すらろくに編めないとはいっても、リリシャの魔力操作技術は、相当なものだったのは事実だ。

形勢不利とみて話題を変えようとでもいうのか、テスフィアは再度アルスに向き直る。

「そ、それはそうと、さっき帰ろうとした私を呼び止めたでしょ？　何か用があるってことなの？」

アルスとしては、テスフィアとリリシャが並んで部屋を出ることすら我慢《がまん》ならない、という雰囲気だったので、あくまで空気を読んだから、という理由が大きい。ただ、そう言われると、実際に用がないわけでもなかった。

「まあ、な。ただ、ここらで一度お茶にでもしないか。話はそれから、だな」

アルスが目配せすると、ロキはさっと紅茶を淹《い》れる準備に立った。

しばらく後。全員の手に紅茶が行《い》き渡り、それぞれが一息ついたムードになったのを見計らって、アルスは徐《おもむろ》に、あくまで何気なくを装って、会話を切り出した。

「そういえば、フィア。お前の家、フェーヴェル家に伝わっている秘伝の魔法とやらがあったよな。それって、いくつか種類があるのか？」

「……ん〜、話の主旨《しゅし》が見えないんだけど？」

眉根《まゆね》を寄せたテスフィアの様子に、ちょっと唐突すぎたか、とアルスは内心で舌打ちする。最初のアプローチは、ものの見事に失敗してしまったようだ。ロキのちょっと冷たい視線を感じながら、アルスはコホンと空咳《からせき》を挟《はさ》んで。

「いやなに、新魔法のヒントというか……そうだな、お前たちのために新たな魔法を開発する上で、何か良いアイディアがないかなぁ～と思ったまでだが。アリスの光系統については、例の如く既存魔法《きそんまほう》の発想を応用していくとして……フィア、お前には元々家に伝わる魔法があるだろ。その派生形とか同型なら、さらに扱いやすいんじゃないか、となる」

「例えば、【アイシクル・ソード】なんかのことですね？」

「その通りだ」

ロキのフォローに助けられながら、アルスは話を進めていく。ベリックが先に触《ふ》れていた貴族の秘伝――継承魔法――について知ってはおきたいのだが、そこにあまり踏み込むことは、同時に貴族の事情に深入りすることにも繋がる。面倒事を避けたいなら、とにかく慎重《しんちょう》になる必要があった。

もっとも、テスフィアの家系であるフェーヴェルに伝わる魔法については、すでにアルスもある程度解析《かいせき》できている。例を挙げるなら、いつかアルスに教えられて彼女が使った【氷界氷凍刃《ゼペル》】は、【アイシクル・ソード】の魔法式部分の進化版だ。【アイシクル・ソード】自体は、高度だが想像を絶するというほどの難しさはない魔法だ。だが、その構成式は上位級魔法としても不自然なほど複雑である。

つまりは、次の段階に発展させる余地を意図的に残した構成で組まれていた。だからこそ、【アイシクル・ソード】を見た後、その発展形である【ゼペル】を構想し、組み上げてみることは、アルスからすれば比較的《ひかくてき》容易なことだった。

ただ、一連の流れから悟《さと》ったことがある。

つまり、貴族が秘伝とするような独自開発の魔法は、アルスが貴族の暇潰《ひまつぶ》し程度と考えていた以上に、未知の可能性を秘《ひ》めた価値あるものなのかもしれない、ということだ。

「どうかしら。さすがにお母様も、簡単には教えてくれないわよ。なんていうのかな……正直、【アイシクル・ソード】に、【ゼペル】みたいな『その先』が別にあるのかどうかさえ、ちゃんと把握できてないのが正直なところなのよね」

以前会ったフローゼのテスフィアに対する態度を考えれば、それはアルスにもなんとなく察することができる。一族の継承魔法を娘《むすめ》にさえ伝えていないのは、貴族ならではの古き慣習と考えれば分からなくもない。そもそも秘伝であればこそ、修得できる見込みがない者に、いたずらに情報だけを渡すのは危険だし非合理的だ。

(そうなると、最後の手段……直接聞きに行く、か)

突飛《とっぴ》なようだが、アルスは現在のアルファの最高峰《さいこうほう》たるシングル魔法師である。フローゼとて、かつて軍に籍《せき》を置いていたのだから、何かしらの交渉《こうしょう》の余地はあるかもしれない。

考えこみつつ、アルスはさらにテスフィアに、疑問を投げかけた。

「そういえばフィア、フェーヴェル家は、氷系統においては造形に重点を置いているよな。

ちょっと変わったアプローチだと思うんだが、他にユニークな発想で生み出された魔法はないのか？　例えば環境変化型《かんきょう》、とか」

　それはもちろん、あの雪の男が使った魔法を想定した質問だ。バナリスを白銀世界へと変えた、アルスさえ知らぬ広範囲《こうはんい》の環境変化魔法。

「環境変化型ってー。そんなの、あんたの【永久凍結界《ニブルヘイム》】並の難易度ってことよね？　無理無理、少なくとも私が知ってる範囲内《はんいない》じゃ、聞いたこともないわ。そもそもウチは、魔法と剣術《けんじゅつ》を合わせたスタイルだもの。だから私のＡＷＲだって、家宝の刀なわけだし」

「それもそうか」

　アルスとしては、少し当てが外れた、という気もする。せっかくフローゼに会っても、面倒な交渉事の先に、空手で帰る未来が待っていたのでは、割に合わない。

「あっ!?　でも言い伝えじゃないけど、フェーヴェル家の家系で言えば、先々代が最も剣術家として優れていたはずよ。当時の呼び方で、環境変化型の魔法ってあった？」

「いや、無いな。その呼称《こしょう》が出来たのは、比較的最近のはずだ」

　魔法の研究は、近年飛躍的《ひやくてき》に発展しており、これまで未知だった分野が切り開かれる度《たび》に、新たな名称《めいしょう》が付けられる。フェーヴェル家の先々代というと、時代でいえば数十年は前の話。その頃《ころ》には、最上位級魔法という呼び名すらなかったはずだ。

魔法の分類についてさえこの有様なのだから、その時代、環境変化型魔法などというものは、概念《がいねん》すら存在していなかったはず。

「そっか。でも、お母様はまだ何か隠《かく》してると思うのよねー。小さい頃に、そんな話を聞いたような気がするし。フェーヴェル家には、伝統の【アイシクル・ソード】以外にも、当主にのみ授《さず》けられる魔法があるとか。ほら、一子相伝的な？　ま、ただの聞《き》き間違いかもだけど」

あまり当てにしないで、という軽い口調で、テスフィアはそんなことを話した。そもそもテスフィアは、こう見えて学費以外を自分で賄《まかな》っている苦学生で、寮《りょう》暮らしである。

まあ、苦学生と言ってもさすがにそこは貴族令嬢、アリスなどとは少し違うが、それでも彼女なりに自立心は強いほうだ。

さらに彼女は母・フローゼと一種の賭けを行い、それに勝利した結果、晴れて学院生活の継続《けいぞく》を勝ち取った経緯《けいい》がある。それこそ己《おのれ》の力のみで将来の道を切り開いたのだ。考えてみれば、当初は母とぎくしゃくしていた上に、自腹で学院に入ってくるほどだ。そこまで家を頼《たよ》りにするような感覚は、元々あまりなかったのだろう。

（かといって、先々代について根《ね》掘《ほ》り葉《は》掘《ほ》り、というのも野暮《やぼ》すぎる話か）

アルスはそう考えつつ、再び考え込んだ。

（あの雪の男……自分の立つ位置を軸《じく》にしつつ、緻密《ちみつ》な座標計算を魔法に組み込んでいたようだったな。あのアプローチは召喚魔法《しょうかんまほう》に通ずるところがあるが、【ゼペル】にも似ている。構成要件のベースに、座標を利用する点は同じだからな）

アルスがこう考えるのは、実は【ゼペル】の秘訣《ひけつ》は、座標を使って、自在に操《あやつ》れる氷の大剣《たいけん》を「召喚《しょうかん》」している、という点にあるからだ。

環境変化魔法とは別に、男が扱った剣の氷系統魔法は、座標へ強く干渉する複雑な構成を組み込んでいた。【ゼペル】には、氷系統という以外にも、雪の男のものとそんな共通の特徴《とくちょう》が見出《みいだ》せるのだ。偶然《ぐうぜん》かもしれないが——ひとまずアルスは、不審《ふしん》そうに小首を傾《かし》げているテスフィアに気付き、話を戻《もど》した。

「まあ、なんだ。その、一度お前の母君に会っておいたほうがいいかもな、と思ったんだ。【ゼペル】の時はうっかりしたが、娘のお前に、俺が勝手にあれやこれや魔法を修得させるのは、母君としては異論があるかもしれない。それこそフェーヴェル家のご令嬢が、出所《でどころ》が不明の妙《みょう》な魔法ばかり習得してちゃ、貴族として体裁《ていさい》が悪いだろ。今後、新たに魔法を作るにしてもな」

もっともらしい説明を交えて、アルスはフェーヴェル家を訪《おとず》れる「理由」をでっちあげようと試みる。が、そんな思惑《おもわく》を無視して、テスフィアはアルスの机の上に身を乗り出さんばかりに興味津々《きょうみしんしん》な声を上げた。

「新しい魔法⁉　ねぇねぇ、それってどんなの？　【ニブルヘイム】？　名前だけでも教えてよ！　【ニブラヘイム】とか【ニーブルヘイム】とか……あっ、もしかして【ヘイムニブル】とか？」

ちなみに【ニブルヘイム】は、現在テスフィアの収得したい魔法の筆頭らしい。

「うわ、露骨過ぎますね。いっそ清々しいほどに」

どうにも高ぶりすぎているテスフィアのテンションに、引き気味のロキ。アリスもさすがに、もう何も言うことはない、とばかりに呆れ顔《がお》だ。

とはいえ、アリスも学院の生徒かつ、魔法師の雛《ひな》ではある。新しい魔法と聞いては、興味を隠せるはずもない。

「でもアル、フィアの【ニブルヘイム】はともかくとしても、本当にこのタイミングで私たちに新しい魔法を教えてくれるの？　もしかして、私たちもいよいよ、次の段階に来たってことかなぁ？」

瞳《ひとみ》を輝かせてそんなことを言うものだから、アルスは思いつくまま、新しい魔法などと口走ってしまったことを少し後悔した。

とはいえ、言った内容自体は、別に嘘《うそ》ではない。寧ろ、すでに構想はいくつか、アルスの脳内に生まれてしまっていると言っていい。

本当は断った方がいいのかもしれないが、研究の一環《いっかん》にもなるし、実はここまでくれば、頭の中の発想を形にしてしまう程度は、アルスにとってさほどの難事でもない。ある意味で、己の頭脳が恨《うら》めしいくらいだ。

「まあ、先に俺の用事が済めば、な。……⁉」

アルスはそこでふと、テスフィアとアリス以外にも、自分に熱視線を送っている人物がいることに気付く。こうなれば、もはや仕方ない。

「分かった、分かった。ロキの魔法も考えてみるよ」

これも禁忌《きんき》魔《ま》法《ほう》を閲覧《えつらん》した際に、雷系統の魔法式をコピーしてしまっているので、すでに時遅《おそ》しだ。むしろ自分に未来予知の気があるような気さえしてくる。

「ありがとうございます、アルス様」

満面の笑《え》みが返ってきてしまった以上、もはや撤回《てっかい》もできまい。

いずれやらなければならない事だが、手を付けるのはできるだけ後回しにしたい。まるで夏休みの宿題のような新たなタスクが、また一つアルスの前に積みあがってしまったのだった。

◇◇◇

それから数日後。

アルスとロキは、共にしっかり授業に参加し、放課後はテスフィアとアリスの訓練に付き合うという、本来あるべき日常を取り戻しつつあった。

ある程度アルスが予想していた通り、学院内での彼の立場は、きちんと守られていた。少なくとも、現役《げんえき》一位であることは、未《いま》だ誰にも悟られていないようだ。

周囲は彼を、将来性に目を付けられて、軍の下働き程度の任務をたまに行っているのだと見做《みな》している。それだけでも破格ではあるのだが、軍とつながりの深いこの第2魔法学院においては、決してあり得ないことではない。

現にフェリネラなど、一部貴族の優秀《ゆうしゅう》な子弟なら、親の手伝いがてら、という名目で、ちょっとした軍務の補助に駆《か》り出されることもしばしばあるのだ。

もう一つ、アルスが訓練場で見せた戦闘《せんとう》能力についてだが、これは生徒の間でも評価が二分されていた。

一つは、一年生にしては別格と呼べる実力者で、学内でもそこそこ優秀な生徒に入るのでは、という予想。

もう一つは、学生レベルどころか、二桁並《ふたけたなみ》の力を秘めているはずだ、というものである。

こちらの根拠《こんきょ》としては、三桁のランキング保持者として知られるロキといつも連れ立っていることや、アルスの実力の一端《いったん》を直に目撃《もくげき》した生徒たちによる想像が、少なからず混ざっている。ただ、より核心《かくしん》に近いはずのこちらの説を支持する者は、未だごく少数。

実はこれには、リリシャの存在が関与《かんよ》している。

編入生でありながらも、外面の良さから推《お》し量《はか》れる貴族としての風格や、理事長にも信《しん》頼《らい》されているらしいこと、軍にいるという兄の影響力《えいきょうりょく》。それらが相互作用して、リリシャはもはや学内一の情報通として、常に生徒らの噂話《うわさばなし》の中心にいるようになった。

彼女は、以前アルスの窮地《きゅうち》を救ったのと同様、彼に関する噂話を、巧みにコントロールしてくれている節があるのだ。それがベリックの意向なのかどうかはさておき、アルスとしては、ありがたく恩恵《おんけい》にあずかっている形だ。

また学院の生徒は、学内トップのフェリネラ・ソカレントを、女神《めがみ》のごとく信奉《しんぽう》している節がある。英雄《えいゆう》ヴィザイストを父に持ち、素行も良く文武両道、まさに非の打ちどころがない彼女を超える生徒など、そうそういるわけがない、という思い込みが存在するのだ。

これは生徒達《たち》の若さゆえなのだが、まさか自分たちの級友が、という思いがどうしてもぬぐえない。結果、万に一つ、アルスの秘めた力が己の貧しい想像力の遥《はる》か上を行く可能性に思い至っても、実感が今一つ湧《わ》かないのだろう。

ともあれ、そんなこんなで、最悪の結果である「学院生活の崩壊《ほうかい》」までには至っていない、というのがアルスの実感なのであった。

ただ、確実に変化は起きている。例えば……

「アルス君、ロキちゃん、こんにちは。今度勉強を教えてねー」

すれ違う生徒に、こんな気やすい言葉を掛《か》けられることが、しばしばある。

以前には考えられなかった出来事だ。無愛想なアルスに積極的に近寄ってくる物好きなど、せいぜいシエルくらいしかいなかったはずなのに。

同時にロキも、遠巻きにされていた感じはすっかり薄《うす》れ、今やちょっとした人気者的な扱《あつか》いを受けることも珍《めずら》しくない。

アルスが目を離《はな》した隙《すき》に女生徒に囲まれ、髪《かみ》がきれいだとか見た目が華奢《きゃしゃ》で可愛《かわい》いだのと、すっかりマスコット扱いされていたことも、一度や二度ではない。こちらについてはアリスが原因な気もするが。

本人は最初こそ困っていたようだったが、最近では慣れてきたのか、だんだんあしらい方が上手《うま》くなってきていた。

これはこれで良いことなのだとアルスは言い聞かせるが、なんとなくリリシャがそこかしこで手を回している気配は感じている。これもリリシャの言っていた「生徒ごっこ」の一環、ということなのだろうか。アルスの研究室でなく、「学院」といういわば公《おおやけ》の場においては、途端《とたん》にリリシャという人物が分からなくなってくる気がする。先日のように素の部分を見せたかと思えば、生徒たちの前では、変わらず貴族令嬢としての仮面をかぶり続けているのだから。

そんなことを考えながら、今日も級友たちと噂話にふけり、談笑《だんしょう》の合間、花が咲《さ》いたように笑うリリシャの姿を見ていると、アルスは不思議な気分になる。

（こうしてみると、普通《ふつう》の女生徒なんだよな）

それでも演技をしている可能性は否定できないが、少なくともそんな「日常」を、任務として嫌々《いやいや》過ごしている気配は、彼女からは微塵《みじん》も感じられなかった。

◇◇◇

時代と場所を問わず、地位ある者をトップと言うように、偉《えら》いものはおしなべて高い場所を好む。それは、この第2魔法学院においても同じことだった。

その最上階からの景色は、ここ数年で随分と様変わりしている。ざっと見ただけでも大きな校舎がいくつか増え、教員らのための研究棟《とう》も何棟《なんむね》か建て増しされた。教員たちの専門性が高まったことも理由の一つだが、何より、この学院そのものが国の研究機関をも兼《か》ねていることが大きい。

敷地内《しきちない》にある図書館は、国内でも最大規模の蔵書数を誇っている。そこでしか閲覧できない専門書も多いため、研究者や教員の移動の手間や便宜性《べんぎ》を考えると、必然的に学院の敷地内に研究棟を設ける必要があるのだ。

教員らの中には、元軍人のみならず高名な魔法研究者も多く名を連ね、彼《かれ》らの研究から画期的な論文が発表されることも度々《たびたび》。

まさに、教育機関としての最高学府にして、偉大《いだい》なる魔法研究の殿堂《でんどう》。それが第2魔法学院である。

今、本校舎の最上階にある理事長室内には、ちょうどその主の姿がある。

外出先から帰ってきたばかりのシスティは、上着を脱《ぬ》ぐと、無造作にソファーに放った。時刻はちょうどお昼時——校内は昼食を摂《と》ろうとする生徒たちのざわめきに満ち、いっそう賑《にぎ》やかさを増していた。

ほっと疲《つか》れた息を吐《つ》いて、システィは水差しからコップに水を注ぐ。それを一息に飲み干すと、彼女は、執務机の先にある大窓から、外に広がる景色を望んだ。

アルファの、人類の未来を担《にな》う魔法師の雛。数多くの生徒たちを一手に預かる学院の理事長職は、なかなかに多忙《たぼう》である。だが、それのみに専念できたなら、まだここまでの気苦労はせずに済んだだろう。

現在、システィを悩《なや》ませている諸問題は、単に教育者の責任の範疇《はんちゅう》に収まるものばかりではない。寧ろ、それ以外の部分のほうが多いくらいだ。

例えば、経営上、学院が軍の支援《しえん》を受けている以上、軍関係に配慮《はいりょ》した各種調整を行う必要がある。アルスの任務と引《ひ》き換《か》えに、ベリックが彼の学業上の便宜を図る、というようなケースでは、そのツケを払《はら》うのはシスティだ。アルスだけを特別扱いするには、裏の事情を知らぬ教員たちをなだめすかしたり、場合によっては、そんな配慮が行われている事実自体を隠蔽《いんぺい》する必要がある。

また、グドマの事件や、先の【学園祭】での乱入者の件など、近頃《ちかごろ》は、安全上の問題にも気を配らねばならない。この前も、学院の警備員を増やすために、様々な事務手続きを行ったばかりだ。

加えて、学院に在籍《ざいせき》しているのは貴族の子弟《してい》が多い。となると、問題は本人たち以上に、その親や親族である。

ほとんどが優秀な生徒ばかりだが、中には親の威光《いこう》を笠《かさ》に着て、傲慢《ごうまん》そのものの振《ふ》る舞《ま》いを全く改めない者もいる。

もちろん全《すべ》てに適正な対処を行っているつもりだが、一つ間違えれば、いくら学院内であろうと国内を騒がせる一大スキャンダルに発展しかねない。

そんな中で、今も彼女が理事長の座を明《あ》け渡さずに済んでいるのは、彼女の経歴故《ゆえ》だ。

システィ・ネクソフィアは元シングル魔法師にして三巨頭《きょとう》の一人、というだけではない。

現在、彼女はこう見えて貴族として列せられている。端的《たんてき》にいえば、元首から授かった称《しょう》号《ごう》により、彼女はネクソフィア女爵《じょしゃく》家の、栄《は》えある一代目当主となったのだ。

とはいえ、彼女はそんなものにほとんど興味はない。そんな名前の重みなど、将官らが胸にぶら下げている、勲章《くんしょう》一つと同程度――見栄《みば》えの良いバッジ程度の認識《にんしき》なのだ。それこそ、他に何か大事な物を守るためなら、いつ放り捨てても問題ない、と思っているくらいだ。

ちなみに、貴族社会ではほとんどの者が、いわゆる「三大貴族」のうち、いずれかの派《は》閥《ばつ》に属するのが通例である。だがシスティは、どの派閥にも属していない。もちろん、ソカレント家やフェーヴェル家とは懇意《こんい》かつ交流はあるが、政治的にはあくまで中立を保っているのだ。

そういえば、ソカレントと言えば……今日のシスティには一つ、その当主に用事があったのだが。

「ヴィザイストに連絡を取りたかったのに、相変わらず一度潜《もぐ》ると一切《いっさい》居場所が突き止《と》められないのよね」

その点でいえば、彼ほど諜報《ちょうほう》活動に適した人物はいないのだろう。システィはそれとなく娘のフェリネラへ仲介《ちゅうかい》を頼《たの》んだが、彼女自身、今は父親とは連絡がついていないとのことだった。

一応、ヴィザイストのソカレント家は三大貴族の一角を担ってはいるが、あのヴィザイストに限っては、およそ一般的《いっぱんてき》な貴族のイメージとはほど遠い人物だ。

軍の最前線に常に身を置いていただけに、豪胆《ごうたん》にして質実剛健《しつじつごうけん》、ときとして型破りかつ神出鬼没《しんしゅつきぼつ》なのは、今も変わらない。

「それこそ、フローゼに訊《き》こうかと思ったけれど……」

今、システィが頭を悩ませているのは、あの編入生……具体的には、リリシャ・ロン・ド・リムフジェ・フリュスエヴァンに関してだ。

ロキという前例はあったが、さらにここで、ベリックが彼女を学院に捻《ね》じ込んできたことには、どういう裏があるのか。

ただ、軍の総督《そうとく》であるベリックが、さらに「その上」、元首の意向であることをほのめかした以上、ソカレントに並ぶ三大貴族の一角、フェーヴェル家の当主であるフローゼとて、それを知り得ているという確証はない。また、知っていても口を割らないことも、十分に考えられる。

ただ、このままだと、きっと面倒《めんどう》なことになる。それこそ無防備では、来《きた》るべき大嵐《おおあらし》を乗り切ることはできないだろう。長年の経験から導かれた勘《かん》が、彼女にそう告げていた。

ましてや元首シセルニアの名がちらついている以上、呑気に構えていることはできない。アルファの女性元首・シセルニアは、切れ者で通っているが、その裏ではときとして非情な決断を取ることを辞さない、との噂がある。国益上の判断や内政を健全化させるためなら、元首の強権を発動し、物事を裏から操作するのも厭《いと》わないタイプだという。

ただそれはあくまで、国内の上層部の間だけでの噂である。

就任以来、彼女の一般《いっぱん》市民からの支持は、常に変わらず厚い。それこそ裏の顔については、市井《しせい》の人々には片鱗《へんりん》すら悟らせていないのだから、それが事実だとしたら余計に食えない。

実はシスティでさえ、その噂について、何か裏付けを持っているわけではなかったりする。個人的な伝手《つて》のみで、元首の腹の中を探《さぐ》るのは不可能だ。たとえ元シングル魔法師でも、魔法学院の理事長程度が気軽に面会できる相手ではない。現在シングルのレティでさえ、アポなしでの面会は難しいだろう。

とはいえ、今のアルファを作ったのは、かなりの部分でシセルニアの功績だという点は、間違《まちが》いない。

あの美貌《びぼう》の奥《おく》に隠れている、恐《おそ》ろしいまでに冴《さ》えた判断力と、果断な実行力。彼女が国益と合理性をひたすら追求して無駄《むだ》なものを省き、あるいは切り捨てていった結果、アルファは随分と裕福《ゆうふく》な国になった。魔法大国と呼ばれ、学院の規模がこれほどまでに大きくなったのも、主にシセルニアの手腕《しゅわん》による恩恵である。

さらに、ベリックが現在総督の地位に就《つ》いているのも、シセルニアの権限によってのものだ。だからこそ、ベリックもいざ事あらば、元首の威光の前には、ある程度道を譲《ゆず》ることを考えざるを得ないはず。

そういう意味では、現在のところ、シセルニアの思惑は、全てが成功し見事な成果を上げている。そして、国内の地盤《じばん》を盤石《ばんじゃく》にした彼女が次に打つ手は……。

（いや、考え過ぎね。現在シセルニア様は、ミスリルの採掘交渉《さいくつこうしょう》に時間を割《さ》いていると聞いているし）

あの親善魔法大会と同じころ、７カ国の一つ、バルメスの外界へと出動したアルファの精鋭《せいえい》が、人類最悪の脅威《きょうい》として出現した【悪食《あくじき》】討伐《とうばつ》という戦果を挙げたのは事実だ。実際はほぼ壊滅《かいめつ》していたバルメス軍に代わって、その偉業《いぎょう》は成《な》し遂《と》げられたのだが、そこにアルスが加わっていたことは、当然システィは知り得ている。

また、バルメスの外界には鉱床《こうしょう》があり、そこから純度の高い貴重な魔法鉱物、ミスリルが採れることも。

国益を優先するシセルニアならずとも、一枚噛《か》みたい話だろう。

実際にどういった経緯でアルスらが助力したのかは定かではないが、システィにはおおよそ想像がついた。

（アルス君のおかげで、国外の利権であるミスリルの採掘《さいくつ》については、シセルニア様の読み通りアルファ優位で進んでいるはず。で、それとは別に、シセルニア様がまた、国内に目を向けてきた理由、ねぇ……）

何か遠大な戦略の一つの歯車として、リリシャは学院に編入されたのではないか、という予想はつく。ただ、これが何にどう繋《つな》がってくるのか……。

その情報を得るために、システィは出かけていたのだ。ただ、多忙な上に、学院を長く離れられないとある事情も持つシスティが情報収集に充《あ》てたのは、ごく僅《わず》かな時間だけである。

シセルニアの意向らしいとはいえ、総督たるベリックを通してのことである、というのがその大きな理由だ。ベリックのことはシスティもそれなりに信頼しているし、軍からの学院への出資や様々な協力の恩恵は馬鹿《ばか》にならない。これは逆にも言えることで、優《すぐ》れた人材や魔法研究成果の提供など、軍から見ても、学院の存在価値は非常に高いのだ。

だからこそ、ベリックとて最終的に学院の不利益になることはしないであろう、とシスティは読んでいる。

もしかすると、寧《むし》ろベリックが立てている遠大な計画に関連しているのだろうか。

それについては、「後々の魔法師たちのことを思えばこそ」だと、彼はいつか語ったことがあったが。

(ただ、それに付き合わされる私の身にもなってほしいものね)

あの時のことを思い返すシスティの顔に、そっと笑みが溢《あふ》れる――人のことをなんだと思ってるのかしら、とでもいうように。

レティなどは、システィを巻き込んだ、そのベリックのリスクヘッジめいた企《くわだ》てのことを知って、露骨に呆《あき》れた顔をしたほどだ。「ホント性格悪いっすね」とでも言いたげな苦い顔には、今思い出しても笑みが溢れる。

もしあの時、彼女に真剣《しんけん》な顔で、いつから練られていた計画なのか、とでも聞かれれば、きっとシスティは、「そんな大層に考えるものでもないわよ」とでも言って、軽くあしらっただろう。そう、自分がシングル魔法師を退いた理由を聞かれた時と同様に。

ただ、それを実行するには、やはりベリックがアルファの総督でなければならなかったし、システィがこの学院の理事長でなければならなかったのだ。

そもそも、貴族の子弟を預かり教育する現在の学院の在り方には、一部、ベリックの思惑が働いている。例えば、学院が基本的に全寮制《ぜんりょうせい》であることには、未来を担う魔法師の雛たちを、旧貴族らの悪弊《あくへい》や歪《ゆが》んだ思想の影響《えいきょう》下から切《き》り離す目的もある。さらに、学院の地下でシスティが管理している「あるもの」についても同様だ。

ただ、一見老練かつ周到《しゅうとう》に練り上げられたそれらの計画も、ベリックにとっては「保険」の一つに過ぎない。だから状況《じょうきょう》がそれを必要としなければ、せいぜい、万が一のための不必要な備えで終わっただろう。だが、実際にこうしてアルスが学院に入学し、それなりに馴染《なじ》んでしまっている以上、全てはベリックの敷《し》いたレールの上に乗って、進み始めているのかもしれなかった。

とはいえ、あれほど遠大な計画を思《おも》い描《えが》くには、軍部だけではない、別の力も必要だ。それこそ、ベリックと同様の頭脳と先見性を持ちつつ、彼とは違《ちが》う立場からの発想や力を駆使《くし》できる存在が。

そしてシスティが思いつく限り、そんな人物はアルファにただ一人……そう、シセルニアしかいない。ベリックを総督に就かせた張本人である彼女は、彼同様に、いや、もしかするとベリック以上に、ずっと遥かな未来を見据《みす》えているのではないか。

そう思うと、システィとしては、どこかそら恐ろしいような気持ちすら湧いてくる。

ただ、いくら未知の動きだとしても、学院を預かる理事長として、今後起きそうな出来事については、そのリスクや対処手段だけでも想定しておきたい。

とりあえず、自分でも予想できたり、実情が掴《つか》めている範囲《はんい》の要素だけを分析《ぶんせき》してみると。

「多分、リリシャさんの後ろにあるのは、彼女個人というより、確実にフリュスエヴァン絡《がら》みの問題よね。そうなると、あの家とフェーヴェル家の因縁《いんねん》からして……ひと悶着《もんちゃく》あってもおかしくないわね」

システィが知り得る限り、フリュスエヴァン家は、貴族とは言っても執行《しっこう》部隊【アフェルカ】の筆頭を自認《じにん》する特殊《とくしゅ》な家柄《いえがら》だ。

「【アフェルカ】って、果たして今も機能しているのかしら」

システィが知るその組織の概要《がいよう》は、今とは異なり、それこそ貴族間の抗争《こうそう》が激化していた時代のものだ。そしてそんな権力争いは、国内の頂点たる元首の座にも飛び火した。

結果、貴族の私兵部隊であったアフェルカの母体組織は、元首の命令の下、再編され【元首直属執行部隊】と名を変えた。貴族間抗争を収めるにあたって、当時の元首はアフェルカという刃を用い、非情な対抗措置《たいこうそち》を下す。

具体的には、粛清《しゅくせい》という名の下、多くの貴族が暗殺されたのだ。当時のイメージでいうならば、アフェルカは元首直属執行部隊というより暗殺部隊に等しい。

本日、学院図書館の秘蔵書や貴重な文献《ぶんけん》のみならず、手の届くデータベースをしらみ潰《つぶ》しにしてきたシスティが掴めたのは、フリュスエヴァンとアフェルカ、元首の関係にまつわる、そういった裏の歴史の数々であったのだ。

さらに彼女は、もう一人……いわば、時代の生き証人とでも呼べる人物に、会ってきたのである。本命はこちらだ。ただ、全てをもったいぶったように小出しにされた挙句、肝《かん》心《じん》なところはまた今度、という、残念なはぐらかされ方をしてしまったが。

「まあ、寂《さび》しいというか、久しぶりに会った弟子《でし》の顔を、また見たいんでしょうけど……相変わらず〝師匠《ししょう》〟は人が悪いわ。確かに私も、良い弟子だったとは言い難《にく》いけど」

ぼやくシスティは、ふと何かに気付いたように苦笑《くしょう》した。

そう、跳《は》ねっ返《かえ》りの弟子ほど、よく伸《の》びるものだ。

さらに、因果は巡《めぐ》るとでもいうべきか。思えばシスティ自身、教え子には恵《めぐ》まれていたとは言い難いことを、彼女は思い出したのだ。

素行不良といえば、かつての教え子であるレティには、随分《ずいぶん》と苦労を掛けさせられた。そして……昨今一番の問題児といえば、やはり〝あの少年〟であろうか。

彼はそもそも、存在自体がイレギュラーで規格外なのだが、本人が好き好んで引き起こすというよりも、トラブルが向こうからやってきてしまう、という印象も強い。実はシスティ自身、裏で彼に助けられていることも多々あるので、悪いことばかりでもないのだが、とにかく目が離せない、という意味では、確かに問題児であった。そこがまた可愛いところでもあるのだから、自分も大概《たいがい》なのだろうと自重気味に息を吐いた。

ちょっと遠い目をしつつ、システィはふと、とあることを思いついた。

（そうだ、この際だから、アルス君にお願いしてみようかしら）

顎《あご》に指を添《そ》えて再考するも、意外に悪くないアイデアな気もする。レティよりさらに上位にして、現役1位の彼ならば、シセルニアへの御目通《おめどお》りも、きっとスムーズに運ぶだろう。

アルスの存在価値は、一国を統《す》べる元首としては、きっと何物にも換え難いはずだ。親善魔法《まほう》大会で、シセルニアが彼を使って国威発揚《こくいはつよう》を図《はか》ったのであろうことも、ベリックの動きを見ていれば想像は容易《たやす》い。そもそも妙な仮面の魔法師……ウルハヴァという名の男など、システィですら知り得ない存在だったのだから。そのくせ、あれほどの見せ場を作れる実力者となると、正体の候補となるのは唯一人だ。

そしてあの彼が、いくら元首の意向とはいえ、そんな茶番じみた賑やかしへの出演要請《ようせい》に、易々《やすやす》と応じるわけはない。どんな取引があったか知らないが、それこそベリックの動きを見る限り、元首すらアルスには一目置いて、命令ではなく「交渉」せざるを得なかった様子だ。だからこそ、今回のケースも、彼ならばそうそう無下に扱われることはないだろう。

システィはそんな大人の打算めいた思考を巡らせながら、ふと棚《たな》に置いてあるコロンに目をやった。それと同時に、諦念《ていねん》交じりの溜《た》め息《いき》を吐き出《だ》した。以前、この香《かお》りで篭絡《ろうらく》しようとしたら、見事に逆効果だったことを思い出したのだ。

「ダメね、あの子に頼むとなれば、そっちの交渉の方がもっと骨が折れそうだわ」

結局、己は己の動ける範囲で備え、せめていくつかの先行きのパターンを想定し、各個対応を考えておく、ぐらいが関の山ということか。システィは結局、盤上全《ばんじようすべ》てを見通せるような、神に等しい存在でも何でもないのだから。

肩《かた》を落としつつ、システィは気分でも変えようと窓際《まどぎわ》に歩み寄った。それから唇《くちびる》に指を添えつつ、なおも思考を巡らす。

「さて、どうしようかしら、ねッ！　ん？　んんんんん‼」

そしてシスティは、思わず息を呑《の》んだ。

窓越《まどご》しに見えた本校舎、その入り口に三つの人影《ひとかげ》を認めたせいだ。

先頭には一人の少年、少し遅《おく》れて従者らしき二名。そして——その内、男性従者についてては覚えがなかったが、先頭の少年と、少し後ろを歩く女性従者の名前と素性《すじょう》は、はっきりとシスティの記《き》憶《おく》から呼び起こされた。

それを見た途端、あからさまにシスティの頬《ほお》が引き攣《つ》った。それも当然、この状況下では、彼女が頭を抱《かか》えるには十分過ぎる難物だったのだから。

「最悪ね、なんでこのタイミングで、よりにもよって三大貴族最後の家……それもあの、ウームリュイナの厄介《やっかい》なお坊《ぼっ》ちゃんが、登校してくるのよ⁉」

第63章「三大貴族の一角」

学院の昼休み中。

アルスとロキ、並びにいつもの顔ぶれにとって、昼食に学食を利用することはそう珍しいことでもなかった。

ただ、かつてのアルスは研究の片手間――そう、片手間に食事をすることが当たり前だった。だから食事も、本や資料を片手に、パンに挟《はさ》まっている具材も確認《かくにん》せず、サンドイッチを口に放《ほう》り込む程度が常だったのだ。それに比べると、食事をめぐる環境はだいぶ変化していると言えるだろう。何より、アルスとロキはともかく、同席している二人は、とにかく賑やかなのだから。

テスフィアとアリスの知名度は、入学当初――厳密には順位が公表されてから――以来、上がりっぱなしである。今では同学年どころか、学内でも知らない者はいないほどだ。

そんな二人を伴《ともな》うことで、もし座席が混《こ》んでいても、誰《だれ》かが席を空けてくれたり、詰《つ》めてスペースを作ってくれるということも増えた。そこに便乗するように、アルスとロキがくっついて着席する、というわけだ。

それでも以前は、なんとなく距離《きょり》を置かれて遠巻きにされたり、特にアルスには奇異《きい》な目を向ける者が少なくなかった。

ただ、少なくとも同じクラスの生徒らは、途中《とちゅう》からそんな態度を取らなくなってきている。そこにはやはり、途中で辞退したとはいえ親善魔法大会で見せたアルスの活躍《かつやく》や、【学園祭】での、イリイスとの模擬《もぎ》試合の影響が大きい。

さらにもう一つ、クラスメイトたちとアルスの間に、テスフィアやアリスとは異なる立ち位置から、ひょいと割って入ってきた小柄《こがら》な少女。彼女の存在も、やはり無視できないところだろう。

その陽気さと気さくさで、誰もが好感を持たずにはいられない女生徒――シエルである。彼女が気軽に接してくることで、クラスメイトたちも何となくアルスに馴染《なじ》んできた、という経緯がある。

そして今日も今日とて、彼女は絶好調である。

「ところで、アルスくんが結構授業を欠席してたのって、やっぱり軍務関係だったの？」

まったく歯《は》に衣着《きぬき》せぬ、ストレートな疑問のぶつけっぷりは、いかにも彼女らしい。現在のシエルはイメチェンのつもりなのか、髪を後ろで縛《しば》っている。

もっともそうでなくとも女子生徒の多くは、パスタや汁物《しるもの》を食べる時には髪を縛ったりするものだが。

それでも、いちいちそんな手間をかけるのは面倒だろうなと、アルスは大雑把《おおざっぱ》な男性ならではの感想を抱《だ》いてしまう。

ここでヘアゴムやヘアピンの一つも渡《わた》せるようなら、いかにも気が利《き》く紳士《しんし》を目指す道の第一歩といったところなのだろうが、アルスがそんな配慮を思いつくことなど、天地が逆転してもないのだろう。

なお、本日のメニューはアルスは簡単なサンドイッチ、ロキは貝が入ったパスタをチョイスしていた。テスフィアは特製ビーフシチューにパン、アリスはオムレツと野菜スープ、シエルは小さめのハンバーグプレートという具合だ。いずれも見るからに美味《おい》しそうな皿ばかりだ。何しろ第2魔法学院の学食は、メニューの豊富さに加えて、味は一流シェフがチェックし、ときには調理まで担当してくれるという贅沢《ぜいたく》ぶり。これで人気にならないわけがない。

しばらく待ってやっと取れた六人掛けのテーブルには、アルスとロキが横に並び、向かいにテスフィアとアリス、それにシエルという配置だ。なお、いかにもいつものメンバーに入ってきそうなフェリネラは、実はあまり学食を利用しない。その理由は明快で、彼女が来ると一気に周囲が騒《さわ》がしくなるためだった。どうやら彼女は気心の知れたクラスメイトたちと、いつも教室で昼食を取ることにしているらしい。

それはともかく、シエルの質問の件である。

軍務関係とあらば、本来なら一切答えられないところだが、あまりに素直《すなお》に好奇心《こうきしん》をぶつけてくるシエルの様子に、アルスはつい一言だけ返事をしてしまった。

「ま、そんなところだな。言っとくけど内容までは口外できないからな？」

いつものことだが、シエルのこういった言動には、妙にぞんざいに突《つ》き放《はな》せないところがある。一見無遠慮《ぶえんりょ》な態度も、不快さを感じさせないのだ。

人徳という意味では真逆のアルスからして見ると、まったく得な性格である、と思わざるを得ない。

「あ、失敬しちゃうなー。私、そこまで知りたがるほど図々《ずうずう》しくないよ？」

そんなアルスの内心を、鋭《するど》く見て取ったのか。シエルは頬を膨《ふく》らませて抗議してくる。

こう見えて、彼女にはなかなかに聡《さと》い部分もあるのだ。

とはいえ、これ以上深掘《ふかぼ》りされるのも面倒である。

「シエル、無駄話《むだばなし》ばかりしてると、昼休みの間に飯を食べ終えられないぞ」

「だって、お口が小さいから、食べるの遅いんだよね、ハハッ」

「私もぉ。いつもフィアに急《せ》かされて食べてるよ」

シエルに同意したのはアリスだった。確かに二人とも、実は食べる量自体はそう多くない。単純に食べるペースが遅いのだ。なんとなく分かる気がしてしまう。

その横に目を向けると、早くも空いたシチューとパン皿を重ねて、カウンターに張り出してあるメニューを、遠目で選別しているテスフィアの姿があった。

「こっちはまだ食う気らしいぞ」

「⁉　え、いやだって、ホラ……ここでしっかりお腹《なか》に入れとかないと、午後の授業に支障が出るかもしれないじゃん？」

「ダメとは言ってないが？」

「そうですね。どうぞどうぞ、私は流石《さすが》にそこまで食べられませんけど」

ちょうど食事を終えたロキも、そんな風にアルスに同調する。

「いや、その、実技の授業とかもあるじゃない？」

「なんの言い訳だ。何でもいいから、素直に食べれば良いだろ」

アルスはもう飽《あ》きたとばかりにそう言い放つと、視線を彼女から手元の資料に移す。せめてここからは、有意義な時間を過ごしたいものだ。

ただ時間を無駄にしない、というのはある意味ただの名目でもあって、アルス本人としては、この一見無駄な昼食時間を、そこまで気にしているわけでもない。本当に嫌《いや》なら、単に彼女らをシャットアウトし、絶対に同席しなければいいだけの話なのだから。

そうするとどうも自分は、仕方ないから彼女らに付き合っている、という体裁《ていさい》を取るためだけに、本やら研究資料やらを携《たずさ》えているのかもしれない……ふと、そんな風にアルスは思うことがある。

ただまあ、もしそうだったとしても、多少面倒というか気恥《きは》ずかしいので、アルスがそんな本音を表に出すことは決してないが。

そんな折、アルスのちょうど背中の向こうあたりの場所で、誰かの声がした。

「ご馳走様《ちそうさま》でした」

その気持ちの良い綺麗《きれい》な声音《こわね》は、やけに耳に残る。アルスが聞き覚えのある声の主の顔を思い浮《う》かべた直後、その当人が、アルスの椅子《いす》の背もたれの向こう側で、クスッと笑みを溢《こぼ》すのが聞こえた。

ちらりと振り向《む》くと、あちらもちょうど、アルスの方を振り向いたところだった。金色の髪が愉快《ゆかい》そうに揺《ゆ》れて、彼女は軽く会釈《えしゃく》を返してくる。

「こんにちは、アルス君」

「……ああ、奇遇《きぐう》だな」

奇遇といったアルスの声には、ちょっとした皮肉が混じっている。

「あはは、本当に。……任務ですので、ごめんなさいね」

小さく肩を竦《すく》めて、最後に小声で付け足したリリシャ。彼女がわざわざアルスの近くに陣取《じんど》っていたのは、やはり監視《かんし》任務の一環《いっかん》、というニュアンスだったらしい。もはやいちいち気にしていたら負け、というやつなのだろう。

アルスは軽い溜め息をつきつつ、全てを受け入れ、視線だけで小さく頷《うなず》いて見せた。当のリリシャは、次に微笑《ほほえ》みとともにテスフィアのほうを見て。

「あら、まだ食べ足りないのかしら。この数日で、なんだかお太りになられたのではなくて？」

アルスの研究室でのように、いかにもくだけた喋《しゃべ》り方《かた》ではないのは、一応周囲の視線を慮《おもんぱか》っているかららしい。

「そんなわけないでしょ！」

「そんな時には、とっても便利な道具がありますのよ。体重計って、ご存じ？」

「知ってるわよ、それくらい！」

テスフィアはこめかみに青筋を立てんばかりの勢いで、キィッとリリシャを睨《にら》みつけた。

数日前に一悶着《ひともんちゃく》あったばかりだが、この二人の間には、火種は常にたっぷりと用意されているようだ。

唐突《とうとつ》に訪《おとず》れた修羅場《しゅらば》の気配に思わずアリスは咳《せ》き込み、シエルはそれを介抱《かいほう》するかのように、慌《あわ》てて彼女《かのじょ》の背中を摩《さす》る。

「決闘《けっとう》の約束までしたのに、それまで我慢《がまん》できないんですか？　リリシャさん」

呆れたようなロキの声は、すでに始まってしまった耳が痛くなるほどの罵《ののし》り合いに飲み込まれて、アルスにしか届かなかった。

犬猿《けんえん》の仲とは、まさにこの二人のことを指すのだろう。これでは決闘の後も、すっきり解決どころか、何かしらの遺恨《いこん》が残ってしまう可能性は高いように思われる。

いずれにせよ、自分たちを巻き込んでほしくないものだが。

なおも、二人のいがみ合いは、数分ほども続き。

ついにテスフィアは、顔を真っ赤にして、その身体から薄《う》っすらと魔力《まりょく》まで溢《あふ》れ出《だ》させてしまった。完全な臨戦態勢である。リリシャもリリシャで、来るなら来い、とばかりにさらに挑発的《ちょうはつてき》な態度で、それに応じる。

どうどう、と二匹《ひき》の荒馬《あらうま》を落ち着かせるように、アルスはそっと心中で呟《つぶや》き、信じてもいない神に祈《いの》りたいような気分にすらなった。

ここで一発魔法でもぶっ放されたら、それはそれは恐ろしいことになる。学内での禁則事項《じこう》のうち、公の場で必要もないのに魔法を使用することは、もっとも罰が重いものの一つだ。だからこそ第2魔法学院の学生ならば、その手の行為《こうい》は、貴族でなくとも、決闘めかした模擬戦《もぎせん》程度で済ませるのが常識である。

昼休みの残り時間を素早《すばや》く確認して、アルスは食器を片付けるために立ち上がった。そろそろ次の教室に移動せねばならない頃合《ころあ》いでもある。アルスに続いてロキも立ち上がり、その次にアリス、残りの食事を一気に口に詰め込んだシエルも、慌ててそれに倣《なら》う。

「やるなら勝手にやってろ」

ほとんど関《かか》わり合いたくない一心のみで、アルスはそう言い放つと、そそくさと歩き出そうとした。こんなところで魔法合戦でも始まれば、それこそ連帯責任を問われかねない。

そんなアルスの態度はそれなりにテスフィアの頭を冷やす役に立ったようで、彼女は露骨《ろこつ》に不機嫌《ふきげん》な表情ながらも、リリシャを捨て置いて立ち上がる。リリシャもまた、いつでも受けて立つつもりだったが、という不敵な表情を浮かべつつも、いったんは挑発的な態度を引っ込め、椅子から腰《こし》を浮かせた。

そして同時に歩き出した二人だったが、お互《たが》い視線を合わせぬよう、そっぽを向き合って、気持ち大股《おおまた》に歩いていく。そんな様子を呆れて眺《なが》めつつ、アルスは。

「つーか、リリシャはキャラ変更か？」

「!? ホホホッ、まさか、アルス君ったら面白《おもしろ》いんだから。曲がりなりにも貴族ですからね」

背筋を伸ばし、ことさらに華麗《かれい》な足運びを披露《ひろう》して見せるリリシャ。曲がりなりにも、と自分で言ってしまうのはどうかと思うが。

彼女は一応、友達の間では「上品で少しおしゃべりなお嬢様《じょうさま》」で通しているようだ。思い返してみれば、確かにあの時、理事長からの通達とやらを読み上げたリリシャの態度と物腰《ものごし》は、貴族の子女として完璧《かんぺき》だった気がする。

ただ、テスフィア程度の相手にボロが出るようでは、この先が思いやられるが。

食堂の出口付近には、時間的なこともあり、トレーを戻《もど》すための長い行列ができていた。ひとまずそれに並び、幸い彼女の列だけが早く進んだシエルだけを先に見送ってから、アルスらは次の講義がある教室に移動しようと、改めて出口に向かった。

しかし……そこでまた、アルスたちは混雑に巻き込まれてしまった。皆《みな》が急いで出口に殺到《さっとう》したものだから、動きが取れなくなってしまったのだろう、と思ったが。

しかし、どうやら原因はそれだけでもないようだった。

見ていると一際ざわざわとした喧騒《けんそう》とともに、人垣《ひとがき》が割れていく。その中から、二つの人影が現れた。両方とも大人の男女だ。そして、続いてもう一人……こちらは少年である。

彼《かれ》は落ち着いた物腰や雰囲気《ふんいき》からして、おそらく貴族の子弟だろう。そしてどうやら、大人二人は、その従者ということらしい。

彼らはアルスたちの方へと、一直線に向かってくる。そして、その動きが人の流れに逆行しているせいで、いわば彼らが、皆の動きを堰《せ》き止めるような形になってしまっているのだ。

(この混雑時に、ずいぶん勝手な奴《やつ》らだな)

アルスは冷ややかな視線を、そっと彼らに向けた。

「失礼、通してもらえるかな」

抑揚《よくよう》の利き過《す》ぎた声音とともに、今も従者が二人、人垣を強引《ごういん》に割って、主を通すべく道を作っている。

いかにも要人警護に慣れた印象のきびきびした動きに、アルスの視線が自然と吸い寄せられた。

男性のほうは、アルスが見たところ、かなり鍛《きた》えられて引き締《し》まった身体つきをしている。少し大きめのタキシード姿は、そんないかつい身体つきの、せめてものカモフラージュのつもりかもしれない。清潔感があり、一切緩《いっさいゆる》みを感じさせない見事な着こなしだ。

綺麗に整えられたダークグレーの髪《かみ》、切れ長の眼《め》は鋭く、強い意志と同時に冷徹《れいてつ》さを感じさせる。

もう一人の女性は……こちらも女性用の作りにはなっているものの、服装は燕尾服《えんびふく》に近いフォーマルなものだ。スラリと背が高く、シンプルに纏《まと》められた藍色《あいいろ》の髪が印象的だった。涼《すず》やかな眼で生徒たちに会釈をしているのは、少々強引なやり方を詫《わ》びる意図があるのか。

二人ともまだ若く、せいぜい二十代だと思われるが、どちらも一目で分かるほどの使い手だ。身のこなしからも、対人戦のプロフェッショナルかつ優れた警護要員であることは明らかだった。

そして、二人の向こうから、コツコツと軽《かろ》やかな靴音《くつおと》を立てて近づいてくる少年。

最初は学院の生徒かと思ったが、よく見ると彼は制服姿ではない。白を基調とした、仕立てのよいジャケット風の衣装を着ている。派手さや余計な装飾《そうしょく》はないが、素材やちょっとしたデザインのセンスからして、いかにも高級そうな仕立てである。

金色の髪は、ごく平均的な長さに整えられている。眉《まゆ》の下あたりまで伸ばした前髪は、彼のいかにも育ちの良さげな表情を、上品に飾《かざ》っていた。

しかし。

（うさんくさいのが出てきたな）

というのが、アルスの第一印象だった。アルスに人柄《ひとがら》を見抜《みぬ》く目などないに等しいが、軍で揉《も》まれ、大人の世界をそれなりに見てきたせいか、何とはなしに感じ取れるものがある。

もはや高貴そうな輩《やから》を見たら疑ってかかれ、が信条になりつつあった。

何より、後ろにいたリリシャの態度が、アルスの直感が正しいことを証明している。先程《さきほど》までの貴族令嬢《れいじょう》めかした余裕《よゆう》と社交的な態度は掻《か》き消《き》え、彼女は警戒《けいかい》と薄《うす》い嫌悪《けんお》を示す冷たい視線で、その少年を見据えているのだから。

そしてテスフィアはといえば……こちらは、眼を大きく見開いて、まるで彫像《ちょうぞう》のように身体を強張《こわば》らせて突《た》っ立っている。もしかして、貴族界の知り合いでもあるのだろうか。

いずれにせよ、およそ好意的とは言い難い両者の反応だけで、アルスが警戒するには十分だ。

だが相手は、そんな様子に怯《ひる》んだ気配すらなく、あくまで穏《おだ》やかな微笑を湛《たた》えたまま、こちらに歩を運んでくる。

その一挙手一投足に漂《ただよ》う優雅《ゆうが》さは、寧ろ整いすぎていて嫌味《いやみ》に感じるほど。

いわば「違和感《いわかん》がないこと自体が違和感」でしかないのだ。

普通《ふつう》、人間の歩き方には、その者が持つ独自の呼吸やリズムが自《おの》ずと現れる。体捌《さば》きなど戦闘《せんとう》技術の心得は別にしても、それが自然で、当たり前なのだ。

しかし、この少年にはそれがない。完璧という概念《がいねん》を完璧に模倣《もほう》した、とでもいった風な、異様な雰囲気を持つ人物。

そこから読み取れるのは、今アルスの眼に映っている彼の姿は、全《すべ》てが偽《いつわ》りであり、〝フェイク〟であるということだ。単に隙《すき》がない、という表現では足りず、寧ろ彼を彼足らしめている個性やバックグラウンド全てが、その存在感からは綺麗に抜《ぬ》け落《お》ちている印象。いっそ、別の何かが人の容貌《ようぼう》を取っているだけ、という不気味ささえ感じられた。

アルスはそっと目を細めて、さらに観察を続ける。

テスフィアとリリシャの態度だけではない、周囲のざわつき具合から、この少年がただの貴族のお坊ちゃんではないことが察せられる。

ぼそぼそと漏《も》れ聞こえてくる単語は【ウームリュイナ】……察するに、彼の名前か家柄であろうか。だが、それはアルスには聞き覚えのないものだ。しかし、どうやらそう感じているのは、この場ではアルスとロキだけらしかった。

少年は、アルスの数歩手前で足を止める。背後には従者が控《ひか》え、こちらも揃《そろ》って会釈を送ってくる。一拍《ぱく》置いてから、彼は一見非の打ちどころのない、にこやかな微笑を浮かべた。

「初めまして、アルス・レーギン殿。あちこちでのご活躍、存じ上げております」

肩書《かたがき》上は一生徒で、学院以外で名を上げる場などないはずのアルスに、彼は「あちこち」という婉曲的《えんきょくてき》な表現をわざと用いた。それはおそらく、アルスの裏の顔、現役《げんえき》1位の魔法師だという事実を、多少なりとも知っていることをほのめかしたのだろう。いずれにしても気に食わない客なのは確か。

「どちら様かな」

アルスは無表情を貫《つらぬ》いたまま、端的《たんてき》に応じた。少なくともこれで、アルスが歓迎《かんげい》ムードではないことは伝わったはず。

その途端《とたん》、無礼を咎《とが》めるかのように、凄《すさ》まじい威圧《いあつ》の風がアルスに吹《ふ》き付けられた。どうやら後ろに控える従者の男から、周囲に魔力が発せられたらしい。

ロキがすかさず反応し、同じく身体から魔力を発して対抗《たいこう》する。テスフィアは固まったまま、アリスも遠巻きに様子をうかがっているようだ。ただいつの間にか、リリシャの姿だけは、その場から消えていた。そもそも彼女の任務はアルスの監視だ。余計なトラブルに巻き込まれるのを避《さ》けて一抜けしたのか、とちらりと考えたが、今はどうでもいいことだ。

アルスはひとまず、従者の男からの威圧を涼しい顔で受け流し、

「失礼、次の授業があるので」

と歩き出そうとした。邪魔《じゃま》をするとあらば、別に実力行使も辞さない気分だったが、さすがに衆人環視《しゅうじんかんし》の中なので、それは控えたほうがいいだろう。寧ろ後始末の方が手間だ。

一方、相手はそんなアルスの物言いに、柔《やわ》らかな微笑を浮かべるのをやめ、おや、というように眉を僅かに動かし、軽い驚《おどろ》きを示す。どうやらアルスが、形だけでなく本当に彼のことを知らないことに、今更《いまさら》気づいたらしい。

「これはこれは、気づかず失礼いたしました。私は、アイル・フォン・ウームリュイナと申します」

「知らないな」

取り付く島もない返事に、少年は苦笑しつつ。

「これは我《わ》がウームリュイナ家も、まだまだということなのでしょうね。それともあなたからすれば、本当にどうでも良い、ということなのかな」

不機嫌になるどころか、かえって面白がっているかのような調子だ。朗《ほが》らかな笑《え》みとともに、慇懃《いんぎん》な言葉が並べられた。

「……まあな。さて、そろそろ道を空けてくれると助かるんだが」

このやりとりを遠巻きにして見守っていた生徒たちが、小さくどよめいた。生徒達からすると、雲の上の存在らしいウームリュイナ家。その家に連なる彼と対等に会話するどころか、すげなくあしらうアルスの傍若無人《ぼうじゃくぶじん》ぶりに、もはや呆れたといった雰囲気さえ漂っている。だが、そこはアイルもさすがに強者《つわもの》であるようだった。

というよりも、おそらくアルスが現役1位である、ということを知っているにも関わらず、まったく気後《きおく》れしていない様子だ。

彼はごく気軽に、まるでちょっとした有名人に会いに来た、という程度の調子で続ける。

「以前より、一度は会っておこうと考えていたのです。しかし、まぁ、なんというかここに入られているとは盲点《もうてん》でしたが。これなら私も、少しは真面目《まじめ》に通っておくべきだったかもしれませんね」

「一応は、学院の生徒ということか」

意識せず鋭くなったアルスの視線に、アイルは小さく肩を竦めて。

「いろいろありまして……まあ、籍《せき》だけは残してあるんですよ。今更別に困らないのですが、どうせなら付けられる箔《はく》は、付けておくのが良いと思いましてね。肩書だけで人を測るような輩に、無学と思われるのも困りますし」

「それじゃ、卒業もままならないんじゃないのか」

「いえいえ、ウームリュイナ家は学院の発展に寄与《きよ》していますよ。多額の寄付金でね」

一切《いっさい》悪びれない態度だが、アルスとしては、特段何も感じない。寧ろ合理的というか、潔《いさぎよ》いくらいかもしれない。アルスは特別だとしても、真に才能がある者なら、独学でも十分知識は得られるし、結局、将来外界に出るのか否《いな》かでも、求められる資質は変わってくるのだから。どちらかというと、その手があったか、と気づかされたくらいだ。

ただ、裏金を積んで単位を買う、というのは、ことアルスに限っては、ベリックが承知するはずもないだろう。任務と引《ひ》き換《か》えに、事あるごとに便宜《べんぎ》を図ってくれるベリックだが、そんな裏技《うらわざ》を許しては、アルスを目の届くところに置いておくどころか、軍への貸しも借りも作れなくなるのだから。それに裏金といったベタな動きは、とかく市民たちや生徒らの耳目《じもく》を集めやすいだけに、とかく露呈《ろてい》しやすい。万が一があれば、正体の秘匿《ひとく》どころではなくなってしまう。そもそもシスティがそんなことを許すとは思えないので、大方アイルの場合は、他の有力な教員を抱き込みでもしたのだろう。

「では、改めて、どういったご用件かな」

アルスとしては、無駄話に付き合う程暇《ほどひま》ではない、ということを暗に示したつもりだ。

「そうですね。まあ、こんな所で立ち話もなんですし、場所を変えませんか？　シルシラ」

アイルが小さく呼ぶと、女性のほうの従者が一歩近づき、彼に小さく耳打ちした。

二言三言囁《ささや》いたのち、彼女は先導するかのように踵を返す。

仕方ない、とアルスがそれに続こうとした時、アイルはふと、アルスではない別の人物に向けて。

「やぁ、テスフィア。久しぶりだね、いつぶりかな?」

非の打ちどころがない笑みとともに、彼はテスフィアへと、にこやかに声を掛《か》けた。

途端、テスフィアの唇から、小さな嗚咽《おえつ》のような声が漏れた。ぎゅっと制服のスカートの端《はし》を握《にぎ》り込み、俯《うつむ》いてしまっている。顔面は蒼白《そうはく》に近く、呼吸を整えようとするかのように、小さく肩を揺らしている。明らかな異変が、テスフィアの身体に起きていた。

「元気にしてたかい?」

ようやく視線を上げたテスフィアは、喉《のど》を詰まらせながらも、必死で言葉を絞《しぼ》り出した。

「な、なんで! なんで、あなたが、ここに、いるの!」

「随分だなぁ、これでもここの生徒なんだけど、知らなかったのかい?」

気を悪くするどころか、子供をあやすかのような微笑を浮かべたアイル。

「なんだ、知り合いなのか」

「――!! あんた、知らないの? ……ううん、知らない方が良かったのに」

最後の言葉は、ひどく弱々しいものだった。

続いて、少し背伸《せの》びしたテスフィアは、グイッとアルスの肩を引いて、耳打ちするように囁いた。

「ウームリュイナはね、三大貴族の一つよ」

「初耳だな」

現三大貴族のうち、フローゼが当主のフェーヴェル家と、ヴィザイストが長であるソカレント家の名は、もちろんアルスも知っている。ただ、最後の一家については、不勉強ながら、今ようやく知ったというのが正直なところだ。

もともとアルスが貴族社会になど関心を持っていないせいもあるが、そもそも三大貴族の定義がかなり曖昧《あいまい》だという事情もあった。

「現」三大貴族、という言葉が示すように、時代ごとに三大貴族の枠《わく》は変わる。その枠に入れるかどうかには、家名が由緒《ゆいしょ》正しいといったことは存外影響《えいきょう》せず、実際は、貴族として称《たた》えられるような功績の有無《うむ》が大きいのだ。

もちろん「自称《じしょう》」や、小派閥《はばつ》がその中でもトップと思《おぼ》しき家を勝手に祭り上げる、といったケースもあるので、ますます話はややこしくなるのだが、とにかく三大貴族として万人《ばんにん》に認められるには、文字通り「押《お》しも押されもせぬ」実力と、確かな権勢が必須《ひっす》なのだ。

その点で言えば、まずフェーヴェル家がそこに名を連ねていることには、誰に聞いても疑問の余地はない。現当主のフローゼの手腕《しゅわん》と実績には、誰も文句を言えないだけのものがある。かつての【三巨頭《きょとう》】の一人であるのはもちろん、軍の指揮官・教官として長きにわたって優秀《ゆうしゅう》な部下を育て、貴族社会にも政治の世界においても、大きな影響力《えいきょうりょく》を有し続けているのだから。

もう一つのソカレント家も、まさに実力で測るというなら、三大貴族に数えられるのは当然のこと。本人は貴族としての名声や体裁など、さほど気にもかけていない様子だが、ヴィザイストが一代で軍のトップクラスにまで上《のぼ》り詰めた異例の功績は、畏敬《いけい》を込めた「卿」の敬称《けいしょう》とともに知《し》れ渡っている。

ただ、最後のウームリュイナ家は、ほかの二つとは少々事情が異なっている。この家は元首シセルニアの遠縁《とおえん》にあたる血筋で、元を辿《たど》れば王族である。幾代《いくだい》か前の始祖が、元首としての継承者《けいしょうしゃ》争いを放棄《ほうき》し、代わりに貴族の中でも特別な地位を与《あた》えられて「下に降りてきた」ことが、この家の始まりなのだ。

時代とともに変動があるとはいえ、実はウームリュイナが三大貴族の枠から外れたことはただの一度としてない。

歴史の他に財政力や政治的影響力など、様々な要因もあるにはあるが、やはりウームリュイナ家が抱える戦力が、その最大の要因だ。

当主がかつて軍司令まで務めたフェーヴェル家、同じく当主が現役の軍幹部であるソカレント家に比しても、ウームリュイナが持つ軍への影響力は無視できないものがある。これまで、優《すぐ》れた魔法師にして軍人という逸材《いつざい》を幾多も輩出《はいしゅつ》しており、上層部には、ウームリュイナと繋《つな》がりの深い者も多い。さらに、アイルの従者たちにうかがえるように、私兵とも言える戦力を独自に抱え込んでいることから、純粋《じゅんすい》な武力では、ほかの二家をも凌《しの》ぐ。

そして現在、ウームリュイナ家には直系の息子《むすこ》が二人いる。ちなみにアイルは次男であり、次期当主候補としては二番目にあたる。

そんなことを、ごくかいつまんでアルスに話した後。

「貴族としても特別で、うちですら単純には比べられない家なの。なにせ、ウームリュイナは元王族なんだから」

「ふぅん、そうか」

それこそ血相を変えたテスフィアに対して、アルスはごく簡単に、ほとんどただの生返事を返した。それを聞いたからといって、態度を変える気などさらさらない。元の気質もあるが、そもそも威張《いば》りくさった貴族はそれだけでいけ好かない、というのがアルスである。

「ま、だいたいそういうこと。さて、そろそろヒソヒソ話は終わったかな？　僕《ぼく》としては少々妬《や》けてしまうよ、フィア」

聞こえないはずとはいえ、テスフィアの耳打ちの内容をだいたい察していたのだろう。話が終わるのを立ち止まって待っていたらしいアイルは、そう漏らすと、不意にこちらへと滑《すべ》るように足を向けた。

「失礼するよ、アルス・レーギン」

そう断り、無造作に腕《うで》を伸《の》ばすと……彼が掴《つか》んだのは、テスフィアの肩《かた》である。

そのまま手を滑らせ、腰に持っていくと、グイとその小柄な身体を、強引に引き寄せる。

「あっ……！」

テスフィアは身体が硬直《こうちょく》してしまったかのように、自分より背の高いアイルを下から弱々しく見上げるような恰好《かっこう》になった。

彼女にしては珍《めずら》しく、その瞳《ひとみ》からは勝ち気さどころか、生気すらが消えてしまっているかのようだ。

そしてアイルは、まるでひ弱な獲物《えもの》を見下ろすかのように、垂れた髪の下から、彼女の瞳を覗《のぞ》き込む。続いて、小さく一言。

「やれやれ、どうやら僕のものに、汚《よご》れがついてしまったようだね」

続いて、そっと顎《あご》の下に添《そ》えられていく右手と、男にしては細い指。

テスフィアは、まるで石化したかのように、逆らうことができなかった。アイルの眼に射竦《いすく》められ、視線すらも外せない。

そして近づいてくる顔……強張《こわば》った身体では拒《こば》むこともできない。顎をくいと掴んだ右手と別に、テスフィアの赤い髪をゆっくりと撫でる左手の動きは、彼女の心臓をも、鷲掴《わしづか》みにしているようだった。

ウームリュイナの名前による威圧。そして何よりも、このアイルという人物がテスフィアには恐《おそ》ろしく映った。貴族に生まれ落ちたその時から決められた、心すら縛る鎖《くさり》のような上下関係。

ほとんど、無意識に擦《す》り込まれた常識だった。だから、この硬直の正体を知っていてもテスフィアは己《おのれ》の意志では拒めない。いわば、彼女の枷《かせ》は家柄《いえがら》そのもの。今や生まれ育ち、負ってきたもの全てが重石《おもし》となって、彼女の手足を拘束《こうそく》していた。

逃《に》げようにも、予想外の力によって固定された顎は――唇《くちびる》は、何も発せないまま。近づいてくるものを、拒むことはできない。

「――!!」

思わず目を瞑《つぶ》った瞬間《しゅんかん》――テスフィアは、顎を掴んでいた無慈悲《むじひ》な手が乾《かわ》いた音とともに弾《はじ》かれ、同時にアイルのものより力強い腕によって、肩ごと身体が後ろに引かれるのを感じた。

「俺《おれ》のものに、勝手に汚れをつけられると困る」
慌ててテスフィアが目を見開くと……そこに、アルスの顔があった。
彼はいかにも人の悪い笑みを浮かべつつ、皮肉げに唇をゆがめている。貴公子然とした
アイルに比べて、こちらのほうがよほど悪役面だ、とテスフィアは思ったが……それより
も今、「俺のもの」と。アルスは確かに、そう言いはしなかったか。
「え、えええぇー!!　なに！　誰《だれ》が『俺のもの』よ!!」
たちまち熟した林檎《りんご》のように頬《ほお》を紅潮させ、テスフィアは抗議《こうぎ》の叫《さけ》びをあげた。
「ちょっと、離《はな》してってば！」
なおも肩を抱いたままのアルスの腕を、弱々しく叩《たた》きながら抵抗《ていこう》しようとした直後。今
度は無造作に、ぽんっとその身体が横に押し出《だ》された。
ぽすん、とそれを両手で受け止めたのは、アリスだ。
はっと我に返ったテスフィアだったが、しかし、身体の震《ふる》えだけは止まらない。さっき
のことを思い返すだけで、なぜか背骨の下から怖気《おじけ》が這《は》い上《あ》がってくるかのようだ。
胸の前で縮こまった腕がギュッと拳《こぶし》を作り、血の気が薄れるほど、強く強く握り込まれ
る。
さっき、あれほどの嫌悪感を抱いていたのに、身体が言うことを聞いてくれなかった。

……自分が何をされようとしたのか、それを分かっていてなお、近づいてくる唇を拒むことができなかったのだ。まるで、金縛《かなしば》りにあったかのように。

不甲斐《ふがい》ない。悔《くや》しい。

そう感じるより先に、テスフィアは頬に、熱いものを感じた。

慌てて、一指し指でそれを擦《こす》り取《と》ろうとする。

「あれ……？」

それは、大粒《おおつぶ》の涙《なみだ》だった。みっともない、と慌てて彼女はそれをぬぐおうとする。だが、一度堰《せき》を切った涙は、もはや止まることを知らず、溢《あふ》れ続けた。

唇を望まない相手に奪《うば》われる、そんな文字通りの屈辱《くつじょく》。ただ、どちらかというと理性で感じたそんな感情よりも、心を許してもいない異性に力づくで迫《せま》られるという、恐怖心《きょうふしん》のほうが強かった気がする。

ふと、アリスの手が、そんな彼女を強く抱きしめてきた。見ると、テスフィアより少し背の高い親友は、今まで見たこともない強い視線で、アイルを睨みつけている。

それはロキも同じことだった。先に別れてしまったが、シエルがもしここにいれば、さすがに温厚《おんこう》な彼女とて同様だっただろう。

一方、アイルはそれを平然と受け流すと、貼り付けたような作為的《さくいてき》な笑みをことさらに深め、テスフィアにゆっくりと言葉を投げかける。

「傷付くなぁ。確かに幼い時に交《かわ》した婚約だけど……それが、未《いま》だに生きているとは思っていなかったのかい？」

テスフィアは、まるで心の古傷をえぐられたように、再び身体を震わせて、その場で固まってしまった。

「あの後、君のお母様——当主から一方的に反故《ほご》にしたいなんて話がきたけど、それで全てがすんなり収まるとでも？　違《ちが》うね、そんなの通るわけがないんだ。それこそフェーヴェル家ごときが、何を言おうともね」

「………………」

アルスはそれを聞いても、内心では特に動じることはなかった。貴族ではよくある事なのは知っている。

が、ちらりとでも赤毛の少女の涙を見てしまうと、よくあること、で済ませるのも酷《こく》な気がしてしまった。それに、アイルへの当てつけが多分に入っているとはいえ、自分がさっき取った言動のこともある。

（まあ、間違《まちが》っちゃいないだろ。俺は一応、こいつを指導している身だからな）

要は俺のもの＝俺の生徒ということだが、なぜあんな形で口にしてしまったのか。ついには何だか、自分でも深く考えるのが面倒《めんどう》くさい、という気分になり。

「……どうでもいい」

そんな結論だけが、ふと口をついて出る。このへんは、やはりアルスはアルスであった。

「とりあえず、俺に用があるんだろ。別の場所と言わず、もうここではっきりさせたらどうだ？　これでも、そんなに暇《ひま》な身じゃないんでな」

「ふふっ、まぁいいや。そうだね、一応今用があるのは君の方だ」

「さっそく、貴公子面とおそろいのお上品な言葉《ことば》遣《づか》いが崩《くず》れてるぞ」

アルスの露骨な挑発《ちょうはつ》にも、アイルは変わらず微笑を保っていた。底が知れないというか、どこか人間の感情を持っていないようにも感じられる。

「だが先にとりあえず、フィアの件を話しておこう。まあ、確かにフローゼさんからは、婚約解消の謝罪文とお詫びの品が届いたのは事実だ。ただ、そんな馬鹿《ばか》な話があるかい？　婚約は正式に結ばれたってのにね。当人同士が同意の上で、なおかつフェーヴェル家にとってはこれ以上ない縁談《えんだん》だったはずだ」

しゃあしゃあとした訳知り顔で、一方的にアイルは続ける。

「もちろん、そちらの事情も知っているよ。君が他家に嫁入《よめい》りで出てしまえば、フェーヴェル家はフローゼさんの代で途絶《とだ》えてしまうからね。だからこそ、僕が婿養子《むこようし》となっても良いと言っているんだ。もしくは君が、僕らの血を引く元気な跡継《あとつ》ぎを産むという選択《せんたく》もある」

そこでアイルは腰を落とし、黙《だま》ったまま震えているテスフィアに向かって、そっと囁いた。

「さすがにフェーヴェル家でも、うちを敵には回せないだろう？　君だって、そんな選択《せんたく》肢《し》は取りたくはないはずだ。安心してくれていい、君はきっと良い妻になれるよ。さあ、その綺麗な顔を、もっと僕に見せておくれ」

そして顔を近づけながら、小さく囁いた。

「昔を思い出すんだ、小さな君は、誰と何を約束したんだい？」

そう言ってからアイルは、再び動けなくなってしまったテスフィアに、そっと手を伸ばす。

が、その手が彼女の髪に届く前に、ぴたりと止まる。

「…………」

アイルは黙って、己の腕を掴んだ人物——アルスではない、テスフィアの親友たるもう一人の少女を見つめた。

「君は誰だい？」

「アリスよ、アリス・ティレイク！」

憤《いきどお》りを込めて、アリスは叫んだ。

「知らない名だな……貴族の端くれですらないのか。なら、邪魔しないでくれるかな？　君のような下賤《げせん》な生まれの者は、そもそも僕に触《ふ》れるべきじゃない。高貴な家同士のことに、首を突っ込まない方が賢明《けんめい》だよ」

「ふざけないで！　そんなこと関係ない！」

怒《いか》り心頭といった様子のアリスだったが、アイルは冷ややかな笑みを向けるだけだった。

「アリスさん、ウームリュイナを、君が知っている軟弱《なんじゃく》なだけの貴族と同じだと思わないことだ。僕は忠告してあげているんだ、君だってまだ、学院に居たいだろ？　分かったら、これ以上は邪魔しないでくれ」

「関係ないって言ったわ！　それこそ、あなたが何であろうと！」

「いいや、少なくとも、貴族である以上、フィアはそうもいかない」

涼しげな顔をなおもテスフィアに近づけ、アイルは微笑したまま言う。

「君はもう魔法《まほう》を学ばなくていいよ。外界に出ることもないだろう。今後は、ただずっと僕の傍《そば》にいるだけでいいんだから」

「――ッ！」

限界まで眼を見開いたテスフィアは、彼が何を言っているのか、すぐには理解できない様子だった。それもそのはず。もしも、そんなことになれば、彼女が生きてきた意味が、根こそぎ奪い去られてしまう。努力を重ね、ついには母との賭《か》けに挑《いど》み、自ら勝ち取った学院生活と魔法師としての道。それが閉ざされてしまえば、テスフィアは目標すら持たない、ただの鳥籠《とりかご》の鳥となるしかない。

そんな動揺《どうよう》は、アイルが湛える氷の壁《かべ》のような微笑にぶつかると、すぐに諦念《ていねん》へと代わり、テスフィアの瞳から光を消失させていく。

それを見計らったように、アイルは再び、テスフィアへと手を差《さ》し伸べる。アリスがまたも割って入ろうとした刹那《せつな》——アリスの喉に、燃えるような痛みが走った。

いつの間に移動したのか、アリスの背後に回ったアイルの従者の男が、彼女の首に触れていた。だが彼は、アリスの首に無造作に四指で触れているだけだ。その喉を掴んですらいない……というのにアリスは激しくせき込んで、膝《ひざ》を折ってしまった。

「わきまえろ、と忠告したつもりだったんだけどな」

アイルが冷ややかにアリスを見下ろして、そう言い放ったと同時。

「……何のつもりかな？」

従者たちが制する暇すら与えず、まさに音もなく彼の横に立った人影《ひとかげ》。いつの間にかアイルの手首を掴んだアルスが、それをぎりぎりと締め上げた。

「力で誰かを制するなら、自分も力で制される覚悟《かくご》を持つんだな。これでもあの二人は俺が指導しているんだ、これ以上は見過ごせんぞ」

「お説教とは恐れ入《い》るね。こう見えて、僕は君より一つほど年上のはずなんだけどなぁ、とりあえず、これ……放してくれる？」

アイルの手首を握るその力は、そうしている間にも、まるで万力で締め付けるかのように強まっていく。いまやその圧力は、笑いごとでは済まされない領域に達していた。

しかし、相当な痛みを感じていなければならないはずのアイルは、なおも余裕の表情を崩さない。

彼の従者二人が、主の目配せに応じて動こうとした瞬間。ナイフ型AWRを――逆手に持って手首に隠すように――構えたロキが音もなく、シルシラと呼ばれていた従者の前に立ち塞《ふさ》がり足を止める。

同時、背後からアリスの首に触れていた男従者も、足が釘付《くぎづ》けになったように動かなくなる。

いつ現れたのか、この場から一度消えていたはずの金髪《きんぱつ》の少女――リリシャが、彼の首にピアノ線のような糸を巻き付けて、それ以上の動きを牽制《けんせい》したのだ。

複雑にうねる糸は、リリシャの五指から伸びて、鋭《するど》く光っている。おそらく切れ味も相当なものだろう。うかつに動いただけで、それこそ首が落とされかねない。

ただ、それでも従者の男は、アリスの首に当てられた四指を離そうとはしなかった。

「やれやれ、仕方ない。ここは休戦といこう」

アイルが呟《つぶや》くと、まずは男従者に、素早《すばや》く視線を送る。彼はすぐにその意に応じて、まずはアリスの首から、指を離した。たちまち彼の首に掛かっていたリリシャの糸も、空気に溶《と》け込んで消えていく。

それを確認《かくにん》してからアルスがロキに目配せし、女従者への警戒を解かせる。同時、アルス自身も、強く握っていたアイルの手首を解放してやった。

「悪いな……と言いたいが、どうもお前に尽《つ》くすような礼は、俺もこいつらも持ち合わせていないようだ。三大貴族だかウームリュイナだか知らんが、これ以上は悪ふざけで済まなくなる」

アルスは、そんな言葉とともに、鋭い眼光を真《ま》っ直《す》ぐアイルへとぶつける。しかし今、アイルの視線は、アルスとは別なところを向いていた。

「フリュスエヴァンの末娘《すえむすめ》がなんでこんなところにいるんだい？　いったい、誰の差し金かな」

「なかなかお詳《くわ》しいですね、さすがはウームリュイナ家の方。アイルさん、でしたっけ。お初にお目にかかります、と言いたいところですが……そりゃあ、私も出てきたくはなかったですよ？　だからいったんは退散したんです。でも、こともあろうに学内で、こんな騒《さわ》ぎを起こされてはね」

「……まさか君が、フェーヴェル家のフィアを庇《かば》うなんてね」

リリシャはそれには答えず、ただ肩を竦《すく》めただけ。アイルは、今度こそアルスへと振《ふ》り返《かえ》り。

「それはそうと、フィアとそっちの子の指導者たるアルス殿。さっきはお説教をありがとう。代わりに今度は僕が、女性の扱《あつか》い方《かた》っていうものを教えてあげようか」

「結構だ。確かに俺はそっちは得意分野じゃないが、お前よりはマシだと思ってるんでな」

「おや、僕の調査不足かな……それはさておき、今日は君を怒《おこ》らせるために来たわけじゃないんだ、話があるというのは、本当のことだよ」

アイルはさっきまで強く握られていた手首をさすりながら、力無く項垂《うなだ》れているテスフィアを、無邪気《むじゃき》な笑みで見下ろした。

「なら、さっさと用を済ませて帰れ」

アイルは薄く笑い、小声で続ける。

「ふふっ、僕にそんな口を利《き》けるのは、君がアルファの最高位だからこそだ。ウームリュイナの次男たる僕が、わざわざ譲《ゆず》っていることだけは、理解してほしいね」

わざとらしく渋面《じゅうめん》を作ったアイルに、ロキが語気鋭く言った。

「アルス様がさっき言ったはずです、二度目はありませんよ。それ以上の無礼は、自分の身を危険に晒《さら》すのと同じと思ってください！」

しかし、そんな強い覚悟すらこもったロキの一声を、アイルは一笑《いっしょう》に付す。

「無礼ときたか。まったく面白《おもしろ》いなぁ、君たちは。しかしまあ、確かに今回は、こっちが客とも言えるからね、失礼したアルス殿。ただ用向きを伝えるにしても、ここは少々、騒がしくなり過ぎたね」

「だったらどうする。帰ってくれても構わないんだが」

「……申し訳ないが、やはり落ち着いて話ができる場所へ移るのがいいだろうね。シルシラ」

アルスの返答を待たず、アイルは再びシルシラというらしい女従者を促《うなが》して、先導させる。

やはり勝手な奴《やつ》だ、と思ったアルスだったが、男従者が促すようにアルスの傍にやってきたので、それを片手で追《お》い払《はら》いざま、仕方なしにアイルらの後に続くことを決めた。

だが、今はその前に一つだけやっておくことがある。

未だ喉の痛みが取れていないらしいアリスと、ロキに支えられたテスフィアを見て、アルスは一瞬《いっしゅん》、考え込むような表情になった。

テスフィアは何といっても多感な時期の少女、しかも今は、いつもの元気だけはある状態ではなく、だいぶ精神的に参ってしまっているようだ。果たして、どう言葉をかけたものか……たっぷり十数秒ほども考えた挙句、不慣れなことはするものじゃないな、とアルスは頭を振って、一言だけ。

「……まあ、その、犬に噛《か》まれたとでも思って我慢《がまん》しろ」

「――――!!」

デリカシーがないにも程《ほど》がある。さすがにもっと言いようもあるだろう、とロキですら呆《あき》れた視線を向けてきたので、アイルに先程「お前よりはマシ」と言い放った手前、アルスは何だかいたたまれないような気持ちになってしまった。

「で、結局どこへ行こうというんだ」

これに答えたのは、アイルではなく女従者――シルシラである。

「四階の応接室です」

(理事長……システィの許可が必要なはずだが)

アルスはそんなことを考えつつ、アイルたちを見つめた。

そういえば、ちょっとした騒ぎになってしまったが、果たして彼《かれ》らの来訪自体は、システィに伝わっているのだろうか。ウームリュイナが額面通りの厄介《やっかい》な家柄で、アイルとかいう少年が久しぶりに学院に姿を現したのだとしたら、今頃慌《いまごろあわ》てて応対準備でもしていそうだが。

「分かった。ただ、こっちには被害者が二人もいるんだ、まずは彼女《かのじょ》らの容態を確認する。先に行ってろ」

「ご自由に……でも、フィアにも関係のある話だけど同席しなくてていいのかい？」

「お前がそれを言うか」

「嘘《うそ》だよ嘘、別に構わないさ。せいぜいゆっくり話でも聞いて、頭を落ち着かせてくるんだね。そっちも混乱しているだろうから。でも、あまり待たせないでくれよ」

そう言って、アイルと女従者は、再び歩き始めた。アルスの背後に控えていた男従者も、軽く会釈《えしゃく》すると主人たちの後に続く。

それを見送り、一拍置いてからアルスは振り向《む》き。

「さっきは助かった、リリシャ」

「いえ、あの流れでは止《や》むを得《え》なかったんで。でも、ウームリュイナ家の者が学院に来るなんて……さすがに予想外だったけど。あ、言っておきますけど、最初に隠《かく》れたのは厄介事を避けるため。アイル・フォン・ウームリュイナは私のことを見知っていたようですが、彼と深い関係は一切ないですよ！」

「分かった分かった。でもリリシャが動かなかったら、アリスが危なかったのは確かだからな」

アルスはそう言って、アリスの首に残った四指の痕《あと》を診《み》る。綺麗《きれい》に四箇所《かしょ》とも内出血していた。どうやったのかは分からないが、下手をすると血管が傷ついていたかもしれない。

「予想以上に、無茶苦茶《むちゃくちゃ》をやる連中だな」

リリシャが、それに答えて。

「ウームリュイナは、確かに敵に回したくない相手ですからね。あの側近二人すら、どうにも侮《あなど》れない印象でしたから」

それからリリシャは、あの男従者が、首にピアノ線を巻き付けられていながら、ほとんど動揺を見せなかったことを告げた。自分の命が天秤《てんびん》に乗ったあの状況《じょうきょう》下にあっても、主人の命令次第《しだい》で、彼は躊躇《ちゅうちょ》なくアリスを手に掛けた可能性すらあった、と。忠実という以上に、どこかしら異常な雰囲気《ふんいき》すら感じさせる。

「いずれにせよ、最悪の事態は招かずに済んだ。アリスはひとまず保健室に行け、このままにしておくとまずそうだ。それと、後でテスフィアも連れていくからな」

「う、うん。リリシャちゃんも、ありがとう」

「お礼なんて、別にいいんですよ。あなたやテスフィアさんを助けたつもりはありませんからね。学院内でアルス君に暴れられると大変なことになるから、仕方なくだから」

そんなことを言いつつも、ちらりと押し黙ったままのテスフィアを見る視線は、ずいぶん同情的であった。ひとまずアルスは。

「いや、俺が暴《あば》れん坊《ぼう》みたいな言い方をしないでくれるか」

「あら、勘違《かんちが》いでした？」

「本気なら、暴れる前に終わらせてる」

「なら、やっぱり私の判断は、間違ってなかったってことですね」

「まあな。しかし、奴らもまともじゃないぞ」

アルスはちらりとテスフィアに目をやりつつ、そう言った。

現在、彼女は精神的ショックによる放心状態である。寧《むし》ろさっきより酷《ひど》くなっているくらいで、こちらの呼びかけにも応答せず、身体の震えが止まっていなかった。

腰《こし》を低くしたアルスは、もう一度、テスフィアの状態を確認して軽く唸《うな》った。瞳孔《どうこう》が開き、眼《め》は完全に虚ろ。涙で腫《は》れた眼を隠そうとすらせず、腕は力なく垂れさがっている。

過去のトラウマが思い起こされたためのショック症状《しょうじょう》なのだろうか、呆然《ぼうぜん》自失していて、まるで生ける人形である。

「情けない話だ。……良いようにやられたな」

自嘲《じちょう》するようにぽつりと溢《こぼ》した苦い声は、そのまどこにも届かず、中空に消えていった。彼らが派手な魔法でも使ったのなら、さすがに予兆ぐらいは察知できただろうし、寧ろ徹底的《てっていてき》に潰《つぶ》せるのだから、対処は簡単だった。そうすれば、テスフィアもアリスも、被《ひ》害《がい》を受けずに済んだ可能性はある。そこを突《つ》かれると、やはりここは学院だから、ということで躊躇してしまった部分が否めない。

「不甲斐ないが、リリシャにロキ、手を貸してくれ」

テスフィアの頭に手を乗せながら、二人へと助力を請《こ》う。

続いてアルスは、親指でテスフィアの目元をゆっくりと丁寧《ていねい》に拭《ぬぐ》う。

テスフィアの容態は、精神的な疾患《しっかん》の症状に似ているが、光の無い双眸《そうぼう》には、微《かす》かに魔《ま》力《りょく》の影響が認められる。精神に作用する魔法となると闇《やみ》系統が真っ先に思《おも》い浮《う》かぶが、これは……。

「魔法じゃない。催眠術《さいみんじゅつ》の一種だな」

魔力は、せいぜい最後のトリガーを引く程度の役割しか果たしていない。肝心《かんじん》の精神的ダメージの原因は、やはり無意識の領域に、前もって擦り込まれたトラウマ経験によるものだろう。かつての軍時代にしょっちゅう負っていた外傷の治療《ちりょう》ならともかく、こういった精神の傷に対応する手段は、アルスもあまり多くを知らない。

さらに、テスフィアの精神的ダメージのケアはともかくとして、そもそも自分がこれ以上、この一件に首を突っ込んでもいいのか、という気もしている。

アイルとかいう少年は、テスフィアとの婚約について触れていた。だとすれば、問題はフェーヴェル家とウームリュイナ家の間にある。つまりは、貴族の「家」同士のこと。

だとすれば、そもそもアルスに口を差し挟《はさ》む余地はない。

ただ、それでも、という気持ちがある。

思えばここまで、アルスは少なからぬ時間と労力をかけてテスフィアを指導してきたし、例のフローゼとの賭けにまで首を突っ込んでいる。そもそも、テスフィアという少女の未来に関《かか》わる問題を、他人事だからと放置するのもどうか。

そこまで考えた時、ふと思い返されたのが、例の台詞《せりふ》だ。

『俺のものに、勝手に汚れをつけられると困る』

アルスはふぅ、と溜《た》め息《いき》をついた。

いくらアイルの態度が癪《しゃく》に障《さわ》ったとはいえ、我ながらどうにも「やってしまった」感が否《いな》めない。アルスは内心、舌打ちをしたい気分だった。

言葉のチョイスはともかく、結局あの時点で首を突っ込んでしまっていたのだろう。

「さて、どうしたものかな」

誰にともなく投げかけられた問いに、真っ先に反応したのはロキだった。

「アルス様の望まれるように。ただ、やっぱりあの男の態度は無礼でしたし、何より不愉《ふゆ》快《かい》でした。いくらあのテスフィアさんとはいえ、その、可哀相《かわいそう》というか」

ロキも同じ少女として、分かる部分があるのだろう。一方のアルスは別に女心に聡《さと》いわけでもないが、アイルという人物、延いてはウームリュイナという家自体に対し、思うところは十二分にあった。

「同感だ。なら、奴の招きに応じるのも癪だが、行って話を付けてくるか。その前に、まずはフィアを、どうにかしてからだが」

アルスは髪《かみ》をぐしゃぐしゃと掻《か》きつつ、そう決意したのだった。

第64章「風任せの味方」

学院の喧騒《けんそう》は遠く意識に届かず、小鳥のさえずりは、その耳に僅《わず》かすらも響《ひび》かない。

今、彼女——テスフィアの心中には、無限に思い起こされる不快な記憶《きおく》とともに、無音の静寂《せいじゃく》だけが満ち満ちていた。

テスフィアは連れられてきた保健室のベッドの上に腰かけ、ぼんやりと視線を床《ゆか》に落としていた。

微かに開いた口が妙《みょう》に艶《なまめ》かしく、室内に響くのは、そこからたまに漏《も》れる吐息《といき》の音だけ。まるで夢遊病の患者《かんじゃ》のように虚ろな瞳で、テスフィアはただ、何秒かに一度、壊《こわ》れた機械のように瞬《まばた》きだけを繰《く》り返している。

まずは応急装置からだが、椅子《いす》に座《すわ》らせたアリスの手当てについては、リリシャとロキが請《う》け負《お》った。

二人が簡単な医療《いりょう》キットや薬を探している間に、アルスはベッドに座っているテスフィアに向かう。

まず彼は、テスフィアの服に手を掛ける。次に脇の下に手を差し込むと軽々と持ち上げた。続いて、こちらに背を向けさせるように座らせると、有無を言わせず服を剥いだ。

ロキもリリシャも、棚《たな》を探す手を止め、一瞬口をあんぐりと開けた。アリスもまた「んん⁉」と言った具合で、目を見開いている。

ただ、心此処《ここ》にあらずなテスフィアだけは、自分が何をされているのか気づいてすらないようだった。アルスは彼女らの様子も気にせず、続いて手早くテスフィアの下着のホックを外し、それをずらす。

今度は露出《ろしゅつ》した綺麗な肌《はだ》の上に、アルスは無造作に己の掌《てのひら》を押し付《つ》けた。

自身の魔力を波動状にし、テスフィアの背中から、一気に流し込む。

魔物《まもの》との戦いで精神的外傷を負った者や闇系統の精神侵食《しんしょく》の初期症状患者《しょうじょうかんじゃ》に対して、治癒魔法師《ちゆまほう》がやっていた対処法である。

具体的には、一定の魔力を心臓の鼓動《こどう》や血流と同様のリズムで患者に流し込むことで、精神や魔力の混濁《こんだく》を改善させる。

精神的な治療効果のほかに鎮痛《ちんつう》効果も認められており、戦場での応急処置としては、高度な技術ではあるがそれなりに一般的《いっぱんてき》なものだ。

幸いアルスが思った以上に軽度であったのか、やがてテスフィアの体内の魔力は、自浄《じじょう》作用によって本来のリズムを取り戻《もど》す。その上で、何かしらの改善傾向《けいこう》が認められなければ、専門的な治療が必要になるところだが。次第にテスフィアの瞳に、光が戻り始めた。

やがて、ゆっくりと静かに……テスフィアはようやく覚醒《かくせい》した。

「うっ……」

まずテスフィアの目に飛び込んできたのは、自らの白い双丘《そうきゅう》であった。薄布《うすぬの》一枚に包まれた自分の胸。それを見下ろすような形で、彼女の意識が取り戻された。

「#$%＞&%＋$#!!」

まだ幾分《いくぶん》か頭はぼうっとしているが、それでもどうにか自分の姿を認識《にんしき》したその瞬間。

そうと悟《さと》るが早いか、テスフィアは凄《すさ》まじい勢いで、己の胸を両腕《りょううで》で覆《おお》い隠した。

「え、な、嘘ッ！　なんで裸《はだか》!?」

「騒ぐな、鬱陶《うっとう》しい」

背後を振り返ると同時、テスフィアの顔が、驚愕《きょうがく》に塗《ぬ》りつぶされた。一気に最高潮にまで高まった羞恥心《しゅうちしん》が、顔全体の紅潮となって、溶岩《ようがん》のように噴出《ふんしゅつ》する。

今にも叫び出しそうになるのを、辛《かろ》うじて堪《た》えて。

そっと周囲を見回すと、そこには異性である「彼」だけでなく、シエルを除いた昼食時の面子が勢ぞろいしていた。それに気づいたことで、ようやくテスフィアは、多少なりと

も落ち着きを取り戻す。

「あれ？　私……確か」

そんなことを思い出すやいなや、テスフィアは下着のホックが外れていることに気づく。が、困ったことに現在胸を押《お》さえている腕を解くと、それこそ「事故」につながりかねない。誰かがホックを付け直してくれなければ……。逡巡《しゅんじゅん》した結果、テスフィアは蚊《か》が鳴くような小声で言った。

「ちょ、ちょっとホック、留《と》めて……」

モゴモゴと言い終えるが早いか、彼女は噴《ふ》き上がる羞恥心に、背骨が浮くほど身体を丸めて縮こまった。柔《やわ》らかな曲線を描《えが》いた少女の背中が優美なラインを生み出し、見る者が見れば一層扇情的《せんじょうてき》な情景になってしまっている。だが、不覚にも彼女はそれに気づけなかった。

「ん？　あぁー、そうだな」

恥《は》じらう乙女《おとめ》の頼《たの》み事《ごと》に、そうとは知らず応じた形のアルスもまた、何の躊躇《ためら》いもなく無遠慮《ぶえんりょ》な手を伸ばそうとしたが――直後、小柄《こがら》な人影が、まさに稲妻《いなずま》のごとき速さで、二人の間に割って入ってきた。

「アルス様は、後ろを向いていてください!!」

ロキの凄まじい剣幕《けんまく》に、アルスは唖然《あぜん》としつつも、大人しくくるりと身体を回転させた。

「助かったわ、ありがとう、ロキ」

「ああいうことは、最初から私に言ってください。というかテスフィアさん、なんか艶《なま》めかしいです。えっとあと、意外に可愛《かわい》い下着、着けてるんですね」

「え、今そんなこと関係ないよね、口に出して言わなくて良いよね？」

無防備な状態ゆえに敏感《びんかん》になっているのか、背中に感じるロキの視線が、なんだか痛いような気がするテスフィアである。

「下着を動かすと肉が盛り上がるんですけど、太りました？」

「ロキさんっ？　嘘……だよね？　絶対嘘よね、嫌《いや》がらせで言ってるよね、それ？」

「はい」と悪びれた様子もなく、笑顔《えがお》で返してくるロキ。

が、結局彼女は、何事もなくスムーズにホックを留めてくれたようだった。

すぐさまさっと上着を取り、そそくさと着込んだテスフィアは、ようやく人心地《ひとごこち》つくことができたのであった。

数分後。

「……で、一応説明してもらえるんだろうな」

気を取り直したというか、どこか先程《さきほど》の失態？　を取り繕《つくろ》うように、アルスからそんな鋭い一言が放たれ、テスフィアは狼狽《ろうばい》しながらもアルスへと視線を移す。と、隣《となり》からロキがまるで横槍《よこやり》を入れるかのように。

「その前に、アルス様がなぜ女性の下着の付け方・外し方を知っているのか、という点も同じく重要ですが。まあ、それはひとまず後回しにしましょう」

何を説明せよというのか、と考え込んだものの、その前に自分の方にこそ、説明してもらいたいことがあるとテスフィアは気づき。

「え～っと、その前に、なんで私半裸《はんら》だったわけ？」

素朴《そぼく》な疑問を口にしてしまってから、はっとテスフィアは微妙《びみょう》な顔つきになる。言っておいてなんだが、自分でも聞きたいような、聞きたくないような……。そんないかにも乙女的な内心の葛藤《かっとう》が、そのまま表情に現れている様子だ。

「それについての答えは、あなたがアイルという男から、何かしらの催眠術めいた影響《えいきょう》を受けていたため、ですね。アルス様が応急処置をする上で必要だったので、その……コホン、あなたの服を脱《ぬ》がせたというわけです。幸い、催眠《さいみん》は解けたようですが」

そんなロキの説明で、もう疑問は解決しただろうと、アルスはさっさと本題へと話を進める。正直、あまりこの話題を長引かせたくないというのもあった。

「で、あいつは何者なんだ。こっちは巻き込まれたんだから、説明ぐらいはしてもらえるんだろうな。さっきお前に訊《たず》ねたのは、つまりそういうことだ」

アルスに続いて、首に包帯を巻いたアリスも、身を乗り出すようにして力説した。

「フィア、力になるから何でも言ってね。婚約相手って、本当なの？　何かあの人……勝手に自分の都合で、フィアを退学にさせるようなことを言ってたし」

「……ゴメン。つまるとこ、完全にこっちの家の事情ってことになるかなぁ。でも、あいつが言ってることは絶対におかしいわ。そもそもフェーヴェル家はウームリュイナ家と対立的な関係にあるんだし」

テスフィアの記憶が正しければ、問題は全《すべ》て解決済みのはず。あくまでもフェーヴェル家の立場としては、彼との婚約云々《こんやくうんぬん》はとうに破棄《はき》されているかつての出来事なのだから。

「でも、もしかすると何か行《い》き違いが起きているのかも……」

そっと前髪《まえがみ》を一束握《にぎ》りつつ「参ったなぁ」とテスフィアは沈鬱《ちんうつ》な表情を浮かべる。仮にそうだとしても、何で今になって……という気持ちは、隠しようがない。

「もし相手の言っていることに効力があった場合はどうなるんですか？」

素朴な疑問を口にしたロキ。当然のことながら、アルスもであるが、彼女もまた貴族間の問題に疎《うと》い。

それに答えたのは一人澄《す》ました顔で、全員から少し距離《きょり》を取っていたリリシャである。

「いや、もしあっちが証書でも残してたら、効力があるどころか、そのまま有効でしょ。仮にも三大貴族の家同士の取り決めなんだから、尚更《なおさら》ね」

いつの間にか、彼女はテスフィアにだけは、妙に気さくな口を利くようになっている。

「残念だけど、めでたくゴールインするしかないでしょ。そもそも論として一方的な約束の反故なんて、貴族同士に限らずどこでだって通用しないから。三大貴族は、そんないざこざを収める立場でもあるのよ？　なのに、当の三大貴族の家たるフェーヴェルが、それをブッチしようだなんて、無理な話よ。ま、どうしてもこじれた場合は、両家の話し合いっていう手段もあるにはあるけど」

「要は交渉次第《こうしょうしだい》ってことか。少なくともこの段階じゃ、何とも言えないな」

「ただ、ウームリュイナが動いたんだから、何か根拠《こんきょ》にできるものくらいは、あるんじゃないかと」

と再びリリシャがこともなげに言う。

「どちらにせよ、フェーヴェル家当主……お前の母君に、実際のところを聞かなければならないだろうな」

重々しくアルスがこともなげに言い、テスフィアはこくりと頷《うなず》いた。

（結果次第だが、もしやフェーヴェルとウームリュイナが全面衝突《しょうとつ》する恐《おそ》れも……いや、

流石《さすが》にそれはないか）

一瞬心によぎった最悪の予感を払拭《ふっしょく》するように、アルスはあえて心の中で、その可能性を否定しておく。救いとしては、婚約《こんやく》が有効か無効かはどうあれ、フローゼ・フェーヴェルの意向だけは、はっきりしていることだろう。

何しろ以前、賭けの結果とはいえ、彼女は娘《むすめ》であるテスフィアに、学院に通い続ける許可を与《あた》えたのだから。もしアイルの言うことがフローゼの了承《りょうしょう》があってのことなら、彼との婚約成立はテスフィアの退学を認めることと同じであり、矛盾《むじゅん》が生まれる。

それに、とアルスは考える。

フローゼと何度か会ったことがある身としては、どうも彼女が、あんな男と娘の婚約を認めるような女性には思えない。もちろん家を守ることが第一だという主張はするかもしれないが、娘の幸せを一切顧《いっさいかえり》みない独善的な母親、という印象は、アルスが見たところ本音では欠片《かけら》もなかった。そんな強引《ごういん》なやり方では、だれも幸せになれない。そもそもフローゼは、かつての三巨頭《きょとう》の一人なのだから、そこまで愚《おろ》かしい選択はしないはずだ。

「今は時間がない。一先ずはフィア、お前の希望を改めて聞いておくぞ」

正直、アイルなどいつまでも待たせておけば良いが、このまま無視すると、話が無駄《むだ》にこじれてしまうのは確実だった。

「もちろん、私は最後まで学院に残りたいし、一流の魔法師を目指したい。いや、絶対にそうするわ」

そう、テスフィアはきっぱりと言い切る。

「分かった、では、あっちではその意向に沿うように、話を進めていくか」

アリスが大きく頷き、ロキも同意する。無言ではあるが、恐らくリリシャも同じ意見だろう。

「じゃあ、私も早速《さっそく》支度《したく》を……」

ベッドから立ち上がりかけたテスフィアを、アルスは片手で強く制した。

「いや、お前は来るな」

「なんでよ！　そもそもが、私と私の家についてのことよ！」

真っ直ぐに見返してくるテスフィアの眼差《まなざ》しを受け止めつつ、アルスは言った。

「そこだ。お前は相変わらず、すぐ感情的になるだろ。そして、アイル……あいつの手の内は、どうも読めん。まだ何か隠しているような気もするし、正直、あの妙な術のこともある」

「例の催眠術めいたもののことですね」

ロキが冷静に補足する。

「そうだ。多分あれは、お前の精神的な動揺を利用する罠《わな》みたいなものっぽい。そこが根本的に解決していない今、お前がのこのこ出て行ったら先の二《に》の舞《まい》になる。下衆《げす》な技だが、また倒《たお》れられたりしたらかなわん。最悪、いいように操《あやつ》られる可能性まであるんだ。純粋《じゅんすい》な精神操作系の魔法とかじゃないだけに、質が悪い」

ぐっ、と言葉に詰《つ》まってしまったテスフィアの腕《うで》を、アリスがそっと引っ張る。

「アルに任せよう、フィア。私も心配だよ、あいつに会ったら、フィアはフィアでいられなくなると思うから」

「……でも」

「テスフィアさん、アリスさんの言う通りですよ。そもそも当事者のあなたが、彼に心を折られたり、身体の自由を奪《うば》われて反論すらままならない状況に追い込まれたら、交渉《こうしょう》は大幅《おおはば》に不利になります。話を聞く限り、あなたの立場での発言は慎重《しんちょう》にならなければいけません」

ロキもまた、アリスに同意する。

「だから、私たちに任せてください」とテスフィアの肩《かた》に手を置き、幾分優《いくぶんやさ》しげに告げたロキだったが。

「あ、ロキも残ってくれ。応急処置は済ませたとはいえ、アリスもフィアも、一応、大事をとって安静にさせる」

「そんなッ！」

愕然《がくぜん》とするロキだったが、なおもアルスに説得され、結局は潔《いさぎよ》く引き下がってくれた。

ロキを残すのは、警護も兼ねているのだ。

「で、俺《おれ》と一緒《いっしょ》に行ってもらうのは……」

言いかけたアルスに、かぶせるように。

「ふぅん、で、私に白羽の矢が立つってわけ」

流れを読めばごく当然とばかり、さして面白くもなさそうに、リリシャが言った。アルスはにやりと笑って。

「お前は口が立つからな。これでも例の一件では、ちょっとは感謝してるんだ。俺の平穏《へいおん》な学院生活が脅《おど》かされそうになったのを巧《うま》く言《い》い繕いつつ、バナリスの任務で授業をサボる口実まで用意してくれたしな。まあ、謹慎扱いってのだけは微妙にいただけなかったが」

「おや、覚えていてくれたとは、恐縮《きょうしゅく》ですね」

「まだあるぞ。お前は何といっても貴族の出だし、テスフィアに比べればよっぽど冷静沈《しん》着だ。当事者でもないから客観的でいられる上、仕事柄《しごとがら》、奴らの汚《きたな》いやり口も十分知っているだろ」

「ふぅん、なるほど。でも、ホントに私を信じていいんですかねぇ？　もしかすると、ウームリュイナに都合がいいように動く、かも」

金色の髪を揺《ゆ》らしながら、リリシャは不敵に笑う。

「いいや、お前はしないさ。そうなら最初から、あの場に戻ってきたりしなかっただろ」

アルスはそう断言した後、さらに続けた。

「お前はベリックの部下で、ベリックによってここに派遣《はけん》されてきたわけだからな。ただ申し訳ないが、あちら側につくなら、それはそれで分かり易《やす》くて助かる。実力行使するにもそれなりに言い訳は欲《ほ》しいところだしな。寧ろそっちの方が、あれこれ考えずに済んで、気楽で良いってことまである。お前がどれくらいベリックに忠実なのかは知らんが、まだ当面は、今の職場で働いていたいだろ」

「あら、怖《こわ》い！」

「それとな、ベリックがどんな腹かは知らんが、そうそう俺の機嫌《きげん》をでかく損《そこ》ねることはできない仕組みになってるんだよ。これまでずっと持ちつ持たれつ、やってきたんだからな。だとすれば、そんな俺の下に遣《つか》わされたお前は、なんなんだろうな。ベリックが信頼するだけの根拠があるのか、それとも先々有用な人材と評価されたのか。まさか、弱みでも握られてるってことはないと思うが。いずれにせよ、部下の不始末は上司の責任になるんだから、下手な奴を寄越《よこ》すわけがない」

「へえ。てっきり総督《そうとく》が、あなたを縛《しば》ってるんだと思ってましたけど……逆に、総督がアルス君に縛られてる、って側面もあるんですね。あと、曖昧《あいまい》なこと言ってますけど、ベリック総督を通して、信用してもらったってことですよね」

「それだけじゃないが、ま、誰《だれ》かを縛るってことは、同時にその誰かに縛られるってことと同義だからな」

これまでベリックにさんざん使われてきたのだから、アルスは少しだけ、愉快《ゆかい》な気分だった。そう、本当に何かあった場合、今回ばかりは、ちょっと大きめに貸しを返してもらってもいいだろう。それでこそ、互《たが》いの貸借表《たいしやく》のバランスが取れるというもの。

もう一つ、自分で言いながらに気づいたことがある。アルスですら、とにかく本心が読み辛《づら》いのがベリックという男だ。だとすれば、彼の真の思惑《おもわく》については、もしかするとリリシャ本人すら、悟れていない可能性もある。もしそうなら、それはそれで嬉《うれ》しい誤算だ……必要以上にリリシャを警戒《けいかい》せずに済むのだから。さっきの縛って縛られて、という話でもないが、巧く立ち回れば、監視役《かんしやく》の彼女を便利に使うことすら可能なのではないか。どうやって彼女をこちら側に引き込むか、という問題はあるが、上手《うま》く使えば、一層学院生活を有意義なものにすることもできそうだ。

そんないかにも人の悪いアルスの考えを知ってか知らずか。

ここに至って、リリシャは「負けました」というように肩を竦めて、わざとらしい溜め息を一つついた。

「ここで協力してくれれば、リリシャへの見方も変わるかもな」

「そこまでやっちゃうと、もう監視の仕事じゃないんですけど！　ま、いいわ。同行の件、承知しました。それと、これは仕事上の任務というより、アルス君個人への貸しにしておきたいわね。あと、もう一つ……こんなことぐらいであなたとの決闘《けっとう》がナシになるとは思わないでね、傷心のフィアちゃん」

「ど、どっちがよ！　そうね、借りを作るのは嫌だから、決闘の時には少しだけ手加減してあげるっ！」

精いっぱいの憎《にく》まれ口《ぐち》で返したテスフィアだったが、全てを言い終えることはできなかった。

「そうと決まったら、さっさと行くぞ」

そんなアルスの素っ気ない声が、割って入ってきたからだ。アルスとしては、言い争いがまた一騒動《ひとそうどう》に発展してはたまらない、ということもあったのだろう。

リリシャは頷き、先にさっさと歩きだしたアルスを追うように、すっと扉《とびら》の向こうに消えた。

だが、テスフィアは確かに見ていた——扉が閉まる一瞬、流れるようにそよいだ金髪《きんぱつ》の向こうで、リリシャの口元がそっと綻《ほころ》んだのを。そこにあったのは、どこか意味深かつ、曖昧な微笑《びしょう》だった。

一方、保健室を出たリリシャは、先を行くアルスの背を見つつ、ふと足を止め、大きく息をついた。

「あ〜あ、なんだか妙なことになってきたなぁ。でも、アルス・レーギン……やっぱり1位だけあって、読めないわね。そもそも、読めたとしてもあっちは実力行使って手段が取れるのも、なんかずるい。ただ、ウームリュイナの名に動じる様子がないのはさすがだけど、相手はやっぱり、三大貴族の一つだからなぁ」

そんなことを呟《つぶや》きつつ、リリシャはさらに考えを巡《めぐ》らせる。

（そもそもあの手の貴族が得意な、絡《から》め手を使って来られたら、彼も苦しいよね。それなりに相手も、アルス君のことを調べてきてたみたいだし）

たとえ現役《げんえき》1位であろうとも、いざ貴族のいざこざに巻き込まれてしまったら、傍若無人《ぼうじゃくぶじん》な態度を貫《つらぬ》き通《とお》すことは、簡単ではないように思える。

ふと、リリシャはその、三大貴族の息子《むすこ》たる「彼」の顔を思い出す。

彼女は我知らず眉間《みけん》にそっと皺《しわ》を寄せると、嫌悪《けんお》感とともに口にした。

「でも……ウームリュイナの次男って、噂《うわさ》に違《たが》わない下衆いやり口だったなぁ」

続いて、そっと唇《くちびる》に指を当てつつ内心で思考を続ける。

(そうね、もう私が学院にいることもバレちゃったし……関わるのは正直、面倒《めんどう》なんだけど、ちょっとぐらいなら、手伝ってあげようかなっと)

それは、別にどちらかにさほど肩入《かたい》れするつもりはないが、今のところはアルス側に、という程度の判断に過ぎない。こうして、さして逡巡する様子も見せず、リリシャは当面の方針を決めた。

改めてぶらぶら歩き出すや否や、通路の突《つ》き当《あ》たりでこちらを振《ふ》り返《かえ》ったアルスと目が合った。

(早く来いって顔……フフッ、はいはい、頼《たよ》れるお味方の参上ですよ〜)

クスッとほくそ笑《え》んだリリシャは、あくまで急がずマイペースを維持《いじ》しつつ、仏頂面《ぶっちょうづら》で彼女を待っているアルスの下へと足を向けたのだった。

あとがき

The Greatest Magicmaster's Retirement Plan

本書をお手に取ってくださり、誠にありがとうございます。お久しぶりです、イズシロです。さて、ようやく本巻も十一巻まで来ることができました。読者の皆様には、深い感謝とともに、「ここまでお付き合いいただきありがとうございます」とお礼申しあげます。

ここからは本巻の解説など。多少ネタバレを含みますので、ご注意を。

さてさて、本巻では、なんと十一巻目にして、ついにアルスの過去の一部が語られます。もっと早く出しては、という話もあったのですが、思うところあり、あえてここで、という形をとらせていただきました。ええ、この頃のアルスにはいろいろと女性がらみの裏話も存在しており、彼がやけにお色気関係に不感症気味というか、無駄に「耐性が高い」理由にも繋がっているわけですね。詳細は割愛しますが……。

なお、表紙は「過去」を強くイメージしたものになっていますが、もちろん「現在」の物語も同時に進めていくにあたり、書籍版オリジナルキャラのリリシャに関係して、いろいろ書き下ろしております。すでにお読みいただいた方にはお察しいただけるかもですが、彼女がさらに重要な役割を担う、かもしれない次巻。物語が急速に進展していくことになるかと思いますので、ぜひぜひ、十二巻もお楽しみに。

では、続いて恒例の謝辞を。

ミユキルリア先生、今回も美麗なイラストありがとうございます。もう一人の主役ともいえる「幼少期版アルス」には、別枠で物語を書きたくなるほど想像力を掻き立てられました。後はエリーナ、私としても彼女は、特にイラスト化されるのを心待ちにしていた一人であったりしたのですが、実に素晴らしいデザイン、どうもありがとうございました！　本作もだんだんヒロインが多くなり、髪色や個性の出し方など、色々ご面倒をおかけいたしますが、今後とも何卒お付き合いのほど、よろしくお願い申し上げます。

また担当編集様、また関係各位の皆々様、本書に携わってくださいました全ての方にお礼申し上げます。そして読者の皆様、「最強魔法師の隠遁計画」シリーズを常々応援いただき、本当に有り難うございます。次巻はもう少し早く出せるように頑張りますので、引き続きの応援を賜れれば幸いです。

そして、この場を借りて、もう一つご報告がございます。

実は、コミカライズ「最強魔法師の隠遁計画　ジ・オルターネイティブ」の新連載が決まりました！　漫画を担当してくださるのは米白かる先生、スクウェア・エニックス様のマンガアプリ「マンガＵＰ！」でもうすぐ連載がスタートする予定ですので、詳細については、恐れ入りますが本書の帯などをご確認くださいませ。あとは著者の個人的な興奮ポイントをいろいろと書き連ねたいのですが、あまり長文になってもいけないので簡潔に。

まず、キャラクターのカッコよさ、可愛さやバトルの迫力はもちろん、風景や情景、表情の豊さなど、漫画ならではの表現の数々が見どころです。本シリーズの世界がさらに拡がっていくのを、実感できる出来栄えになっているかと。

というわけで、重ね重ねの宣伝となり恐縮ですが、「最強魔法師の隠遁計画　ジ・オルターネイティブ」に、是非ご期待ください！

それでは、今回はこのへんで。次巻、そう遠くない時期に、またお会いできれば幸いでございます。今後とも、書籍版・コミック版ともに、「最強魔法師の隠遁計画」を、よろしくお願い申し上げます。

HJ文庫 http://www.hobbyjapan.co.jp/hjbunko/
893

最強魔法師の隠遁計画 11

2020年8月1日 初版発行

著者―― イズシロ

発行者―松下大介
発行所―株式会社ホビージャパン

〒151-0053
東京都渋谷区代々木2-15-8
電話 03(5304)7604（編集）
03(5304)9112（営業）

印刷所――大日本印刷株式会社
装丁――AFTERGLOW／株式会社エストール

Printed in Japan
ISBN978-4-7986-2262-0 C0193